U0689088

中国志怪

［明］董说 著

赵红娟 朱睿达 校注

西游补

附/续西游补

郑侃嬨 著

张怡微 导读

浙江文艺出版社
Zhejiang Literature & Art Publishing House

图书在版编目（CIP）数据

西游补 /（明）董说著；赵红娟、朱睿达校注. —杭州：浙江文艺出版社，2023.8

ISBN 978-7-5339-7276-9

I. ①西… II. ①董… ②赵… ③朱… III. ①章回小说—中国—明代 IV. ①I242.4

中国国家版本馆 CIP 数据核字（2023）第 121580 号

选题策划 柳明晔
责任编辑 关俊红
装帧设计 人马艺术设计·储平
责任印制 张丽敏
营销编辑 宋佳音
数字编辑 姜梦冉 诸婧琦

西游补

[明] 董说 著 赵红娟 朱睿达 校注

出　版 浙江文艺出版社
地　址 杭州市体育场路347号
邮　编 310006
电　话 0571-85176953（总编办）
　　　 0571-85152727（市场部）
制　版 浙江新华图文制作有限公司
印　刷 浙江海虹彩色印务有限公司
开　本 710毫米×1000毫米 1/16
字　数 190千字
印　张 19.25
插　页 8
版　次 2023年8月第1版
印　次 2023年8月第1次印刷
书　号 ISBN 978-7-5339-7276-9
定　价 68.00元

灭火焰西天取经

牡丹红鲭鱼吐气

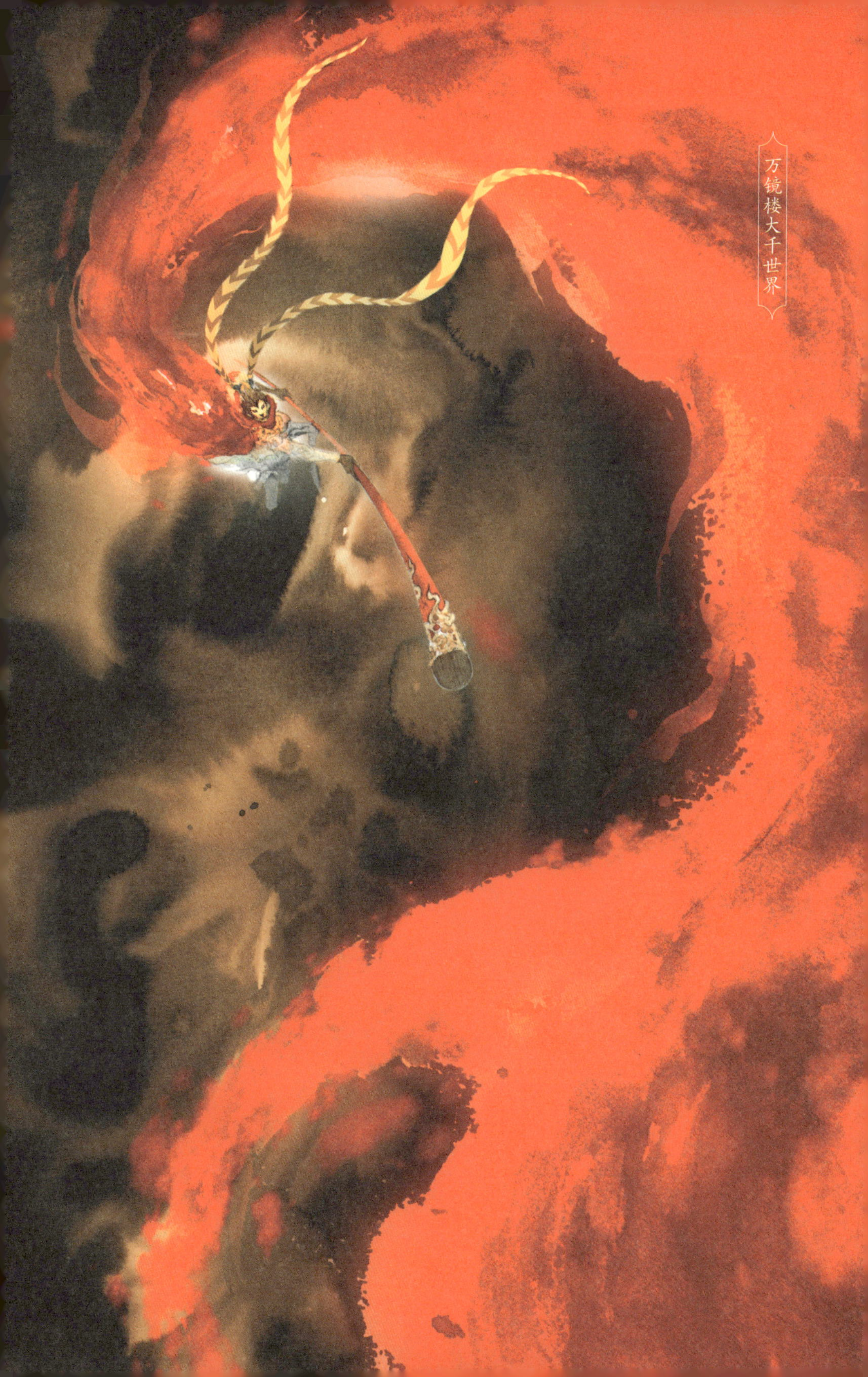
万镜楼大千世界

握香台四美齐聚

为红颜项羽平话

愁峰顶上抖毫毛

鲭鱼精头枕昆仑

红光楼归结情根

导读

一、充满奇思妙想的续书

《西游补》虽然创作于明末，但今天读来仍不过时。它名义上是《西游记》的续书，实际上却是一本最具创新性的奇书。小说采用插叙、补续的方式，写“三调芭蕉扇”之后，行者在化缘途中被鲭鱼精（情妖）迷住，做了一个在不同时空中不断切换的情梦。

在梦中，行者穿越回唐太宗第三十八代孙的新唐，看见新唐天子正与一群美丽的夫人寻欢作乐。又看见踏空儿凿天，把一个灵霄殿骨碌碌凿了下来。他愤懑不已，于是又穿越到青青世界的万镜楼，那里团团有一百万面镜子，却照不出一个他的影子。他变只小虫，蛀穿一面镜子，进入古人世界。在古人世界，他化身虞美人，一会儿与西施、绿珠等不同时代的美人饮酒作诗，一会儿挑拨项羽杀了真虞美人，并在项羽面前装疯卖娇，搞得项羽下跪流泪，还痛说了一通宵的革命家史。在古人世界，他又通过玉门——类似诺兰电影《信条》中的时间转换器——进入未来世界。在未来世界，他代阎罗天子审判宋代奸臣秦桧，拜岳飞为第三个师父。后来被新古人辘轳轳一推，坠入水中，重新回到青青世界，这很类似《盗梦空间》中的梦境转换。更神奇的是，他在青青世界看戏，演的居然是他自己的故事，说他做了丞相，娶了妻子，生了五个儿子，每个儿子都很有出息。最后他做了杀青大将军手下的破垒先锋，在战场上面对敌方将领波罗蜜王，对方口口声声称自己不是别人，而是大闹天宫齐天大圣孙行者嫡嫡亲亲的儿子。最后梦醒了，他看到鲭鱼精化身小和尚，正要向唐僧下手，于是一棒把鲭鱼精打死，重回取经队伍。

《西游补》这个故事，就像从《西游记》取经线路上弹出去一个气球，根基虽在《西游记》上，但气球里的内容却是全新的。它非常玄幻，是“梦游+穿越+大话+意识流+精神分析”，从内容到形式都是新颖的创造。诸位如果一遍读下来，感觉是在云里雾里，那是正常不过的，因为它值得反复阅读。

《西游补》这部令人拍案的奇书，最让人惊叹的莫过于让行者成为取经途中受难的主角，给他补上了“情”这一课。作为从石头缝里蹦出来的石猴，行者在《西游记》中是无情无性的，用他自己的话来说，从不晓得男女之事；不像八戒那样，见到美女就雪狮子向火，酥了半边；也不像唐僧，内心激烈挣扎，要以佛性扼杀情欲。在《西游补》中，行者变成虞美人，哄骗得项羽对其千依百顺。书中第六回写道，他“取出一尺冰罗，不住的掩泪，单单露出半面，望着项羽，似怨似怒”，活脱脱一个撩男高手。他还因为借芭蕉扇进到铁扇公主肚腹中，而让铁扇公主生下了“波罗蜜王”这个孩子。这些都是行者“情课”的重要内容。也正因为梦中的行者为情所迷，没有悟空，所以作者在《西游补》中一直以“行者”称呼他。什么时候行者才能跳出“情”呢？那就是第十五回五色旗大战时，各色旗子飞来飞去，鲜血纷飞，代表行者情欲达到最高潮，然后物极必反，被虚空主人唤醒。其实虚空没有主人，这个主人就是行者自己，只有靠自己才能跳出情梦而悟空。美国密歇根大学林顺夫教授认为，《西游补》“情梦”的理论基础是佛教思想中的“颠倒梦想”，所谓“补”是作者在《西游记》“以力遏情”之外，给行者补以“入情——出情”这一悟道方式。

《西游记》中，行者是与外在的妖魔打斗，所以尽管会时不时吃瘪，但最终还是能寻求到外援，战胜一切妖魔。《西游补》中，行者则是在与自己内在的情魔作斗争，所以不再像《西游记》中描写的那样无所不能。无论是性格还是法力，行者都少了神性，而更像是一个凡人。他在天门外听到别人诬陷自己，只是无奈；听到新唐天子要召唐僧做将军，又愁又闷，又惊又骇，却又怕自己无端生事连累师父；被青衣童子拉住要他当判官时，担心自己一时莽撞误杀了好人，或出现个公正的证人一时让他无法裁决。行者越是愁闷、愤怒、惊骇、多疑、优柔寡断，说明他入魔越深，思想斗争越激烈，而斗争越激烈就越能跳出情魔。因此，《西游记》中神、兽、人三位一体的孙悟空形象，到了《西游补》中，神性、兽性都被削弱了，而主要突出了他的“人性”，竭力写他遭受七情六欲缠绕之苦。与《西游记》中妖魔是可视的、有来历行踪的不同,《西游补》中让行者受尽苦难的妖魔是不可见的、来去无踪的,但它又无所不在。这也和"情"不知所起、无所不在、又最难战胜相统一。《西游记》中,外在的妖魔打不过,可以请求外援,但《西游补》中,迷情的行者只能自救。他只有自己"虚"了、"空"了,类似《红楼梦》中的"好了",才能从迷情中救出自己,重回取经之路。

《西游补》中行者为鲭鱼精所迷,在青青世界、未来世界、古人世界不断变换穿梭的盗梦空间,不仅有梦游、穿越,更涉及时空设置与转换问题。"青青世界"就是一个被"情"主宰的迷情辛苦的"情欲世界",古人世界、未来世界则都笼罩在青青世界之中。这个时空设置,明确地表明了作者的创作意图,这个意图在《〈西游补〉答问》中说得非常清楚:"四万八千年,俱是情根团结。悟通大道,必先空破情根;空破情根,必先走入情内;走入情内,见得世界情根之虚,然后走出情外,认得道根之实。"也就是说,小说通过时空设置,给行者补上"情"课,只有进入"俗世"的青青世界,并能跳得出来,才能真正悟道。或者说,行者必须在"情"的世界里"死一回"才能悟空。

《西游补》中最精彩的一个构思,就是青青世界中的万镜楼台。四壁都是宝镜砌成,团团约有一百万面。行者以为能照出百千万亿个自己,结果走近前照照,却无自家影子,但见每一镜子里面别有天地、日月、山林。书中为什么要创造这么一个万镜楼,这些镜子又有着怎样的象征意义呢?在笔者看来,镜子可以照出万物,但镜中万物是人心幻化出来的，其本质是空无，而人们往往不能看破这一点。行者进入青青世界的万镜楼，象征着他“情窦”开了而迷于世俗红尘。百万面镜子里的日月、山林代表的就是俗世红尘。他在俗世红尘中迷失了自己，所以百万面镜子也照不出一个他自己。这一回的回目“一窦开时迷万镜物　形现处我形亡”说的就是这个意思。《西游补》插图里有一幅图名曰“花镜”，镜中画了一树梅花。花镜，即“镜中花”，与“水中月”一样，是万物空幻的象征。小说第七回还写到假虞美人照“镂青古镜”，镜中的美人如花似玉，实际上不过是一只猴子，但项羽执迷不悟，为之下跪，为之落泪，为之讲平话。镜中美人是行者和项羽执迷于“情”而产生的幻象，它与镜中花的本质是一样的。所以，镜中花、镜中美人及镜子里的日月、山林，这些镜中之像都是空幻的，只有领悟到这一点，然后一拳打破镜子，破镜而出，才能悟通大道。故三一道人评曰：“心即镜也，镜镜相涵，生诸幻影；心心自乱，涉诸妄想。狂花浪蕊，无有是处。”又曰：“每一镜内别有天地、日月、山林，任入者生老病死，浮沉浊浪于其间。嗟乎！众生安得一拳打破？”

《西游补》中写踏空儿凿天，把一个玉帝灵霄殿凿了下来，这预示着明王朝大厦即将倾倒。凿天的这个情节是跟后面“女娲补天”联系在一起的。既然天被凿开了，就需要补，然而负责管理补天工作的女娲外出聊天，故未能补。于是行者有不得补天之恨，而正是有此之恨，他才走入情魔，所以《〈西游补〉答问》中说：“大圣不遇凿天人，决不走入情魔。”也就是说，行者是因为补天之志未遂，才走入情魔，进入“青青世界”，经历了一番梦幻。对作者董说来说，他预感到苍天欲裂，明王朝大厦将倾，但怀才不遇，无力扭转乾坤。在这里，行者与作者实际上是合二而一的。

二、癖好众多的奇人董说

《西游补》的作者董说是一位奇人。他有很多癖好，不仅嗜梦，佞佛，喜舟居，爱听雨，还有焚书癖和取名癖，更发明了不焚香而煮香的非烟香法。何以生活在明末的董说有这么多“癖好”呢？因为在晚明，“癖好”是一个褒义词，有癖好代表一个人有个性，有真情，代表他不同世俗。这可以说是晚明文人的普遍看法，但董说的癖好与同时代张岱等人有所不同。豪富冠东南的董氏家族入清前已经没落，董说实际上没有享受过那种鲜花着锦、烈火烹油的繁华。他八岁就死了父亲，在他父亲九岁左右，家族遭遇了一场民变，家族财产耗掉了六七成，一门四进士也成了过往云烟，所以董说的癖好，如听雨、舟居、香烟等，主要表明自己高洁个性，展示与社会不合作的姿态。而张岱在明代享尽了繁华，他的癖好更多地与当时晚明文人相一致，人欲物欲色彩浓厚，如好美婢，好娈童，好鲜衣，好美食，好骏马，好烟火，好梨园，好鼓吹等。这些癖好代表了前朝的繁华，和他对前朝繁华的留恋。在晚明那个性解放而又物欲横流的时代，张岱与袁宏道等晚明文人一样，在追求闲适的同时，不免风流放荡，而我们在董说的癖好上看不到任何肯定物质欲望与世俗享受的痕迹。他曾说，自己有“五香”：手不拿算盘则手香，脚不踏田园则脚香，眼不愿看科举考试文章则眼香，耳不习惯那些势力的话则耳香，舌不涉三家村学堂说话讲求则舌香。这个“五香”与袁宏道的“目极世间之色，耳极世间之声”等的“五乐”，可以说截然相反。明亡的时候董说才二十五岁，他的很多癖好是入清后才发展到极致的。在梦癖里，他可以逃避鼎革换代的痛苦，他的焚书癖有时候是烧掉清初那几年敏感的文字。他的癖好既有晚明士人和清初遗民的一些共性，也有自己的个性因素，甚至带有病态色彩。其癖好之多、之深，总让人觉得他有一点精神病倾向。当一个文学艺术家的精神状态脱离常规，不太受社会规则约束时，那他所创作出来的作品就有了世界文学的共通性。正是嗜梦、佞佛、有点精神病倾向的董说，才创造了《西游补》这样一部完全可以和世界文学接轨的奇书。

美国路易斯安那州立大学李前程教授说，《西游补》是奇幻文学的上乘之作，南美作家博尔赫斯如果知道《西游补》，大概也会被此书吸引。实际上，除了《西游补》描写的这个以行者为主角的迷情幻梦之外，董说还写过许多有意思的梦。最有意思的是他《朝阳梦史》中的31个梦，特别是首梦《天雨字》。天上下的居然不是雨，而是字，形状像雪花，但颜色是黑的，最后这些字还合成了一篇陶渊明的《归去来兮辞》。有个梦叫《卧饮二悬河》，董说梦见自己躺在峰石上，左右挂两条大河，头左转，喝干了左河，再右转，喝干了右河，堪比史上最牛抽水机！还有《走白云上》，董说梦见自己爬梯登天，半途中突然往下一看，全都是白云，就坠落在白云上。然后在白云上跑了几十里，忽然踏破白云，掉在水边，于是惊醒了。还有《云门》，类似最早的自动门，客到自开，客走自动合上。他的《病游记》和《续病游记》也记载了17个梦，其中最奇异的是，董说梦见自己骑着松枝，到了市场上，松枝就变成了牛，突然间看到自己不喜欢的东西，于是掉转牛头回来，牛又变为松枝，而且突然间长高千尺，把董说托在云中。董说可以说是史上最牛的梦癖者。

三、《西游补》不是“冷名著”

美国威斯康星大学周策纵教授说：“《红楼梦》里的好些特征，在《西游补》里早已有其端倪了。”周先生认为曹雪芹可能读到过《西游补》，因为董说友人中有几个也是曹雪芹祖父曹寅的朋友，但据笔者研究，这些人并没有同时与曹寅、董说有交游。总之，目前没有证据证明曹寅与董说有交游，也没有证据证明曹雪芹读到过《西游补》，但是《红楼梦》确实与《西游补》有相似或可比较之处。两书作者的家族都经历了盛极骤衰的过程。由于这样一个盛而速衰的家世背景，导致了他们作品中有浓郁的哀愁和强烈的梦幻色彩。《西游补》中珠雨楼台成荒草云烟一段，与《红楼梦》之《好了歌》解注所描写的意境类似。《西游补》中新唐皇帝风流生活的灰飞烟灭，与《红楼梦》中甄士隐家被“烧成瓦砾场”，以及鲜花着锦之盛的贾府的抄家败落，都给人强烈的梦幻与哀伤感。两书主人公均从某处堕入红尘梦境，最后又回到原处，以此表达了出情悟道的主旨，即佛教的色空观，也就是《西游补》第一回所谓"总见世界情缘，多是浮云梦幻"，和《红楼梦》甲戌本第一回所谓"究竟是到头一梦，万境归空"。两书的内容都有一定的自叙性质，都有一批研究者认为小说是作者心路历程的反映，甚至认为，贾宝玉就是曹雪芹，孙行者就是董说。把小说主人公等同于作者，当然是走火入魔，它混淆了小说艺术与现实生活的关系，但两部小说确实有作者心路历程的展示。只是在展示作者的心路历程方面，《西游补》比《红楼梦》更加隐微，《红楼梦》比《西游补》更加复杂。在《西游补》中，可以简单地说行者的心路历程是作者董说心路历程的反映，而《红楼梦》因为使用了神瑛侍者、顽石两个并列的神话，神瑛侍者和顽石在红尘间又分别成了贾宝玉和他身上佩戴的玉，所以神瑛侍者（贾宝玉）、顽石（宝玉）都与作者的心路历程有关。两部小说中也都出现了补天石和镜子意象，它们不仅都是两部小说中的重要意象，而且都与小说题旨的阐发有关。其中补天石意象所揭示的都是天的倾覆和未遂的补天之恨，而镜子意象揭示的都是"色即是空"的佛教哲理。在两部小说中，红与绿两种基本色调也都代表了红尘和情欲。

就笔者所知，《西游补》目前有英译本、日译本、法译本、德译本、捷克译本。其中英译本是最早的外语译本，1978年诞生在美国，名字为《万镜楼》（*THE TOWER OF MYRIAD MIRRORS*），翻译者是林顺夫与舒来瑞（Shuen-fu Lin & Larry J. Schulz），加利福尼亚大学伯克利分校亚洲人文出版社出版，被柳无忌先生认为是“一部值得推许的译书”。林顺夫是华裔汉学家，密歇根大学教授。他二十世纪六十年代在台湾东海大学当助教时，就打算翻译《西游补》，后来到了美国普林斯顿大学读博士。合作者舒来瑞的母语是英语。书名没有直译，这是一大亮点。林先生说，如果直译，很难有人感兴趣购买。于是他与舒来瑞讨论，舒来瑞想到了“Monkey in the Middle”。这是美国小孩玩的一个游戏，这启发了林顺夫先生。他觉得万镜楼（The Tower of Myriad Mirrors）是小说的中心，索性就定名“万镜楼”，舒来瑞对此也很赞同。当时翻译，是林先生口头翻译，舒来瑞记下来，回去整理成通顺的英文，然后两人再一起修正。因为觉得第一次翻译并不太好，校对也不够仔细，有些地方需要更清楚的注释，所以2000年出了改订本。2012年，密歇根大学出版社又出版了电子本，并在亚马逊(Amazon)的Kindle Store上销售。在电子本《后记》里，他们认同了笔者在《明遗民董说研究》中对董说之“说”应念“脱”的考证，并谈到了目前关于《西游补》作者的争论。他们跟笔者一样，认为小说作者是董说，而不是其父董斯张。

有人说《西游补》是一部“冷名著”。实际上，《西游补》并不冷，其海外研究颇热，颇有规模，硕博论文以及研究专著都有，而且质量上乘，特色鲜明。其研究者中，不乏像夏济安（Tsi-an Hsia）、白保罗（Frederick P. Brandauer）、何谷理（Robert E. Hegel）、林顺夫（Shuen-fu Lin）、高辛勇（Karl S. Y. Kao）等这样著名的汉学家，以及港台傅世怡、刘燕萍这样知名的小说研究学者。傅世怡1986年在台北学生书局出版研究专著《西游补初探》，封面是行者被红丝线缠绕，给人深刻印象。夏济安与夏志清是兄弟，他们都写过《西游补》研究论文，白保罗的博士论文就是研究《西游补》的，1978年时命名为《董说评传》出版，以配合英译本《西游补》。何谷理曾研究《西游补》崇祯本插图，但他认为《西游补》插图与文本有点脱离，可能是不懂《西游补》的人画的。其实恰恰相反，《西游补》插图很可能是出自作者董说之手，它是古代小说中图文互释的最好例子。十六幅插图有很深的寓意，与小说一样奇特难懂，这次出版的注本附了插图解释，应是学界首次对十六幅插图的全面审视。

四、本书亮点及阅读补充

对《西游补》崇祯本十六幅插图寓意的阐释可以说是本书的第一个亮点。插图方面，出版社还请著名插画师鹿菏创作了八幅新的插图，既酷炫又贴合作品，鲭鱼吐气、鲭鱼头枕昆仑山都摹画出来了，特别是描绘出了毫毛行者的人性温情。第二个亮点是崇祯本与空青室刻本评点及注释的清晰展示，要读懂《西游补》，除了插图，这些评点也不可忽视，更何况有些评点可以说非常精辟。这里要特别说明的是，为了不割裂原文，评点文字全部统一作为旁注加以排版，其中，书中圆括号内文字即为崇祯本原有评点或注释，前标

“▽”；方括号内文字则为空青室刻本评点，前标“△”；同一原文，但两个刊本评点不同，前标“◇”。第三个亮点是，此次再版，增加了张怡微老师新发现的郑侃嬨1932年所著的《续西游补》，让全书更为丰实。且《西游补》后附有笔者专门撰写的文章《奇人奇书：董说和〈西游补〉》，对董说和《西游补》进行了介绍和评析，尽量做到了深入浅出。《续西游补》后则有张怡微老师的精彩解读，详述了《续西游补》发现始末及该文特色。第四个亮点是，附录丰富。不仅有嶷如居士的《〈西游补〉序》、静啸斋主人的《〈西游补〉答问》、钱培名的《读〈西游补〉杂记》以及笔者的《崇祯本插图释读》，笔者还详细梳理了董说的年谱，汇辑了中外学者对《西游补》的评点，以期有助于大家更深入了解作者董说及《西游补》。

最后要说的是，我们的注释本，涉及《周易》内容的一些注释，主要出自对《周易》有专门研究的朱睿达博士。除了注释，为减少阅读阻力，还给难字加注了拼音。《西游补》原来的礼盒装版，出版社精心打造，附了音频、飞行棋和皮影戏，深受读者欢迎。这次再版，不仅内容更为丰富，编排上对初次接触《西游补》的读者也更为友好，希望这个版本依然能获得大家的喜欢和支持。

赵红娟

目录

西游补

续西游补

附录

西游补

第一回　牡丹红鲭鱼吐气　送冤文大圣留连

万物从来只一身，一身还有一乾坤。

敢与世间开明眼，背把江山别立根？▽

▽（旧诗。）

此一回书，鲭（qīng）鱼扰乱，迷惑心猿，总见世界情缘，多是浮云梦幻◇！

◇（提出结构。）［揭出全书大旨。］

话说唐僧师徒四众，自从离了火焰山，日往月来，又遇绿春时候△。唐僧道："我四人终日奔波，不知何日得见如来！悟空，西方路上，你也曾走过几遍△，还有许多路程？还有几个妖魔？"行者道："师父安心，徒弟们着力，天大妖魔也不怕他△。"

△［读者记着是绿春时候。］

△［走过几遍，恰好错了路头[1]。］

△［妖魔能摄人于天外，岂止天大？此一番问答，早为借驱山铎（duó）埋根。］

1. 路头：道路。

说未罢时，忽见前面一条山路，都是些新落花、旧落花，铺成锦地。竹枝斜处，漏出一树牡丹。正是：

名花才放锦成堆，压尽群葩敢斗奇。
细剪明霞迎日笑，弱含芳露向风攲（qī）。
云怜国色来为护，蝶恋天香去欲迟。
拟向春宫问颜色，玉环娇倚半酣时。▽

▽（旧诗。）

行者道："师父，那牡丹这等红哩△！"长老道："不红。"行者道："师父，想是春天曛（xūn）暖[1]，眼睛都热坏了？这等红牡丹，还嫌他不红△！师父不如下马坐着，等我请大药王菩萨来[2]，替你开一双光明眼。不要带了昏花疾病，勉强走路；一时错走了路头△，不干别人的事！"长老道："泼猴！你自昏着，倒拖我昏花哩△！"行者道："师父既不眼昏，为何说牡丹不红？"长老道："我未曾说牡丹不红，只说不是牡丹红。"行者

△［入魔。牡丹红何与出家人事？］

△［此节无数"红"字暗接火焰山来。］

△［不想自己倒错走了路头。］

△［妙！猴儿真是以不醉为醉。］

1. 曛暖：暖和。
2. 药王菩萨：与药上菩萨本为兄弟二人，在西方极乐净土世界。药师佛为东方净琉璃世界之教主，不可与药王菩萨混同。

道：“师父，不是牡丹红，想是日色照着牡丹，所以这等红也。”

长老见行者说着日色，主意越发远了，便骂：“呆猴子！你自家红了。又说牡丹，又说日色，好不牵扯闲人！”行者道：“师父好笑！我的身上是一片黄花毛，我的虎皮裙又是花斑色，我这件直裰(duō)又是青不青白不白的[1]△，师父在何处见我红来？”长老道：“我不说你身上红，说你心上红。”便叫：“悟空，听我偈(jì)来！”便在马上说偈儿道：

△［为下文长老脱衣作引子。］

牡丹不红，徒弟心红。

牡丹花落尽，正与未开同。

偈儿说罢，马走百步，方才见牡丹树下△，立着数百春红女[2]，簇拥一团，在那里采野花，结草卦[3]，抱女携儿，打情骂俏。忽然见了东来和尚，尽把袖儿掩口，嘻嘻而笑。长老胸中疑

△［跟定牡丹。］

1. 直裰：和尚、道士穿的长袍。
2. 春红女：年轻美丽的女子。
3. 结草卦：用蓍草占卜。

惑，便叫："悟空，我们另觅枯径去罢[1]！如此青青春野△，恐一班娈童弱女[2]，又不免惹事缠人。"行者道："师父，我一向有句话要对你说，恐怕一时冲撞，不敢便讲。师父，你一生有两大病：一件是多用心，一件是文字禅[3]△。多用心者，如你怕长怕短的便是；文字禅者，如你歌诗论理，谈古证今，讲经说偈的便是。文字禅无关正果，多用心反召妖魔。去此二病，好上西方！"长老只是不快。行者道："师父差矣！他是在家人，我是出家人。共此一条路，只要两条心。"

△［"青青春野"与后"青青世界"相映。］

△［入魔之根在此，亦全书关目。］

唐僧听说，鞭马上前。不想一簇女郎队里，忽有八九个孩童跳将出来，团团转打一座男女城，把唐僧围住，凝眼而看，看罢乱跳，跳罢乱嚷，嚷道："此儿长大了，还穿百家衣[4]！"长老本性好静，那受得儿女牵缠？便把善言遣他，再不肯去，叱之亦不去，只是嚷道："此儿长大了，还穿百家衣！"长老无可奈何，只得脱下身

1. 枯径：偏僻小路。
2. 娈童：美少年。
3. 文字禅：用诗文阐发的禅理。
4. 百家衣：民间为使婴儿长寿而向各家乞取零碎布帛缝成的小孩衣服。唐僧穿的袈裟由许多长方形小块布片拼缀制成，故被戏称为"百家衣"。

上衲(nà)衣[1]，藏在包袱里面，席草而坐。那些孩童也不管他，又嚷道："你这一色百家衣，舍与我罢！你不与我，我到家里去，叫娘做一件青苹色、断肠色、绿杨色、比翼色、晚霞色、燕青色、酱色、天玄色、桃红色、玉色、莲肉色、青莲色、银青色、鱼肚白色、水墨色、石蓝色、芦花色、绿色、五色、锦色、荔枝色、珊瑚色、鸭头绿色、回文锦色[2]、相思锦色的百家衣△，我也不要你的一色百家衣了。"

△［情天每从色界而入，色莫艳于红，故先用"红"字引起。至此光怪陆离，目迷五色，然都是空中语耳，故曰色即是空。］

长老闭目，沉然不答。八戒不知长老心中之事，还要去弄男弄女，叫他干儿子、湿儿子，讨他便宜哩△！行者看见，心中焦躁，耳朵中取出金箍棒，拿起乱赶，吓得小儿们一个个踢脚绊手走去。行者还气他不过，登时追上，抡棒便打。可怜蜗发桃颜[3]，化作春驹野火[4]！你看牡丹之下△，一簇美人，望见行者打杀男女，慌忙弃下采花篮，各人走到涧边，取了石片，来迎行者。

△［插入八戒是闲笔，然无此便觉枯寂，文家不可不知。］

△［跟定牡丹。］

1. 衲衣：百衲衣，即袈裟。
2. 回文锦：东晋前秦女子苏蕙因思念丈夫窦滔，织锦为"璇玑图"寄给窦滔，锦上有八百四十余字的回文诗，寄寓了相思之情。
3. 蜗发：像蜗牛一样头顶两角，指未成年。桃颜：指年轻美丽。
4. 春驹：指蛱蝶。

行者颜色不改，轻轻把棒一拨，又扫地打死了。

原来孙大圣虽然勇斗，却是天性仁慈△。当时棒纳耳中，不觉涕流眼外◇，自怨自艾(yì)的道[1]：“天天！悟空自皈(guī)佛法，收情束气，不曾妄杀一人；今日忽然忿激，反害了不妖精、不强盗的男女长幼五十余人，忘却罪业深重哩！”走了两步，又害怕起来，道：“老孙只想后边地狱，蚤忘记了现前地狱△。我前日打杀得个把妖精，师父就要念咒；杀得几个强盗，师父登时赶逐△。今日师父见了这一干尸首，心中恼怒，把那话儿咒子，万一念了一百遍，堂堂孙大圣，就弄做个剥皮猢狲了！你道象什么体面？”终是心猿智慧，行者高明，此时又便想出个意头△，以为：“我们老和尚是个通文达艺之人△，却又慈悲太过，有些耳朵根软。我今日做起一篇送冤文字，造成哭哭啼啼面孔，一头读，一头走。师父若见我这等啼哭，定有三分疑心，叫：‘悟空，平日刚强何处去？’我只说：‘西方路上有妖精。’师父疑心顿然增了七分，又问我：‘妖

△［无真见识、真把握，仁慈即是入魔。］

◇（“涕流眼外”是情根。）［情根一动，定慧便失，所谓一星之火能烧万里之野，涓滴之水能穿泰山之石。］

△［此后七情缠扰，如蚕作茧，几不能自脱。悲夫！］

△［跟前书。此谓多用心。］

△［越想越不是。］

△［文字禅来。］

1. 自怨自艾：悔恨自己的错误。

精何处？叫做何名？’我只说：‘妖精叫做打人精△。师父若不信时，只看一班男女个个做了血尸灵。’师父听得妖精利害，胆战心惊。八戒道：‘散了伙吧！’沙僧道：‘胡乱行行！’我见他东横西竖，只得宽慰他们一句道：‘全赖灵山观世音，妖精洞里如今片瓦无存。’”

△［以惧心转为欺心，遂不惮冒妖精之名。夫一念入道即为大圣，一念入魔即为妖精。西方本无佛，一大圣而已；西方路本无妖精，一猴而已。］

行者登时拾石为研，折梅为笔，造泥为墨，削竹为简，写成送冤文字。扯了一个秀才袖式△，摇摇摆摆，高足阔步，朗声诵念。其文曰：

△［猴儿竟充秀才，真妖精也。今日秀才都作猴儿样子，倒底是一是二？］

维大唐正统皇帝敕赐百宝袈裟五珠锡杖赐号御弟唐僧玄奘大法师门下徒弟第一人，水帘洞主齐天大圣天宫反寇地府豪宾孙悟空行者，谨以清酌庶羞之仪[1]，致饯(jiàn)于无雠(chóu)无怨春风里男女之幽魂[2]，曰：

呜呼！门柳变金[3]，庭兰孕玉[4]；乾坤不仁[5]，

1. 庶羞：指多种美味。品多曰庶，肴美曰羞。
2. 饯：崇祯本作“笺”，据空青室本改。意为设酒食送别。此指祭奠。雠：同“仇”。
3. 门柳变金：唐白居易《长安春》：“青门柳枝软无力，东风吹作黄金色。”
4. 庭兰孕玉：用“谢庭兰玉”典。晋裴启《语林》：“谢太傅问诸子侄曰：‘子侄何预人事，而政欲使其佳？’诸人莫有言者，车骑答曰：‘譬如芝兰玉树，欲使生于阶庭。’”又，唐白居易《二月一日作，赠韦七庶子》：“园杏红萼坼，庭兰紫芽出。不觉春已深，今朝二月一。”
5. 乾坤不仁：天地对万物一视同仁。《老子》：“天地不仁，以万物为刍狗。”《周易·说卦》有“乾为天”“坤为地”。

青岁勿谷[1]。胡为乎三月桃花之水，环珮湘飘[2]；九天白鹤之云，苍茫烟锁？嗟(jiē)[3]！鬼邪？其送汝耶？余窃为君恨之！虽然，走龙蛇于铜栋[4]，室里临蚕[5]；哭风雨于玉琴，楼中啸虎[6]，此素女之周行(háng)也[7]。胡为乎春袖成兮春草绿，春日长兮春寿促？嗟！鬼耶？其送汝邪？余窃恨君！

呜呼！竹马一里[8]，萤灯半帷(wéi)[9]；造化小儿[10]，宜弗有怒。胡为乎洗钱未赐▽，飞凫舄(fú xì)而浴西渊[11]；双柱初红[12]，服鹅衣而游紫谷[13]？嗟！鬼邪？其送汝邪？余窃为君恨之！虽然，七龄孔子[14]，帐

▽（洗子钱，秦制。）

1. 青岁勿谷：春天不刻意展现美好。青岁，指自然之春天，或人之青春。勿谷，即不谷，与前文“不仁”相应，避免重字。谷，庄稼结子实，引申为续，再引申为善，与前文“仁”相应。
2. 环珮湘飘：用湘君典。娥皇、女英为帝尧之女、舜之二妃。帝舜南巡，死于苍梧，二妃泪尽，投湘水而亡。环珮，环形的佩玉。亦作“环佩”。三国魏阮籍《咏怀》之二：“二妃游江滨，逍遥顺风翔。交甫怀环佩，婉娈有芬芳。”
3. 嗟：感叹词。
4. 走龙蛇：形容笔势矫健灵动。铜栋：指铜管毛笔。
5. 临蚕：指写录文章。临，临摹，写录。蚕，笔迹，古人笔法有蚕头燕尾之说。
6. 啸虎：喻琴声激昂，如虎长声鸣啸。
7. 素女：古代神女，擅长鼓瑟。周行：大路，引申为至善之道。
8. 竹马一里：形容所行不远。竹马，儿童做骑马游戏的竹竿。
9. 萤灯半帷：形容灯光幽暗。萤灯，微暗如萤火的灯光。帷，帐幕。
10. 造化：命运。小儿：小子。对命运的戏谑称呼。
11. 凫舄：仙履，会飞的鞋子。西渊：疑指西王母所主昆仑山上之瑶池。
12. 双柱初红：疑谓朝阳映照双峰之景象。
13. 紫谷：疑指老子西游时关令尹喜望见紫气东来之函谷关。唐杜甫《秋兴》有“西望瑶池降王母，东来紫气满函关”句。
14. 七龄孔子：《论语·子罕》：“子曰：‘吾自卫反鲁，然后乐正，雅颂各得其所。’”孔子自卫返鲁时为六十八岁。

中鸣蟋蟀之音[1]；二八曾参，阶下拜荔枝之献[2]。胡为乎不讲此正则也[3]？剪玉南畴（chóu）[4]，碎荷东浦；浮绛之枣不袖[5]，垂乳之桐不哺[6]。嗟！鬼邪？其送汝耶？余窃恨君！

呜呼！南北西东，未赋《招魂》之句[7]；张钱徐赵，难占古冢（zhǒng）之碑。嗟！鬼邪？其送汝邪？余窃为君恨之！

行者读罢，早已到了牡丹树下。只见师父垂头而睡▽，沙僧、八戒枕石长眠。行者暗笑道："老和尚平日有些道气，再不如此昏倦。今日只是我的飞星好[8]，不该受念咒之苦。"他又摘一根草花，卷做一团，塞在猪八戒耳朵里，口里乱嚷

▽（和尚垂头，心猿拽足矣。）

1. 蟋蟀之音：指《诗经·国风·唐风》。
2. "二八曾参"二句：疑引北宋名臣王曾轶事。王曾之名，乃其父王兼取自曾子。王曾在科举考试中曾连中三元，身兼解元、会元、状元。古人以"圆"通"元"，用荔枝、桂圆和核桃三种圆果喻指三元。《吹剑录外集》："王文正公之父见破旧文籍，必加整缉，片言一字，不敢委弃。一夕梦孔子曰：'汝敬吾书如此，吾遣曾参为汝子。'因命曰曾。"
3. 正则：常规。
4. 南畴：指田野。东晋陶渊明《酬刘柴桑》："新葵郁北牖，嘉穟养南畴。"
5. 浮绛：浅红色。用仙人典。《史记·孝武本纪》载：（李）少君言于上曰："……臣尝游海上，见安期生，食巨枣，大如瓜。"
6. 垂乳之桐不哺：用珍禽典。指我国西南地区的珍禽桐花凤，古人雅称"雏凤"。唐初张鷟《朝野佥载》曰："剑南彭蜀间有鸟大如指，五色毕具。有冠似凤，食桐花，每桐结花即来，桐花落即去，不知何之。俗谓之'桐花鸟'。极驯善，止于妇人钗上，客终席不飞。人爱之，无所害也。"唐司空曙《送柳震归蜀》："桐花能乳鸟，竹节竞祠神。"《送柳震入蜀》："夷人祠竹节，蜀鸟乳桐花。"北宋苏轼《异鹊》曰："家有五亩园，幺凤集桐花。"
7. 《招魂》：《楚辞》中一篇。关于其作者与主旨，有宋玉招屈原、屈原招楚怀王、屈原自招等说。
8. 飞星：星运，运气。

道："悟能，休得梦想颠倒△！"八戒在梦里哼哼的答应道："师父，你叫悟能做什么？"

△［我代八戒云："悟空，休得梦想颠倒！"］

行者晓得八戒梦里认他做了师父，他便变做师父的声音，叫声："徒弟，方才观音菩萨在此经过，叫我致意你哩。"八戒闭了眼，在草里哼哼的乱滚道："菩萨可曾说我些什么？"行者道："菩萨怎么不说？菩萨方才评品了我，又评品了你们三个。先说我未能成佛，叫我莫上西天；说悟空决能成佛，叫他独上西天；悟净可做和尚，叫他在西方路上干净寺里修行△。菩萨说罢三句，便一眼看着你道：'悟能这等好困，也上不得西天。你致意他一声，教他去配了真真、爱爱、怜怜[1]◇。'"八戒道："我也不要西天，也不要怜怜，只要半日黑甜甜。"说罢，又哼的一响，好如牛吼。行者见他不醒，大笑道："徒弟，我先去也！"竟往西边化饭去了。

△［暗照离书一段。］

◇（映带古本《西游》，有法。）［映带前书。片言戏谑，早动情魔，所谓言为心声。］

（行者打破男女城，是斩绝情根手段。惜哉！一念悲怜，惹起许多妄想。）

1."教他去"句：指《西游记》第二十三回《三藏不忘本　四圣试禅心》。黎山老母带着观音、普贤、文殊三位菩萨，幻化为母女四人，考验师徒四人的禅心。

第二回　西方路幻出新唐　绿玉殿风华天子

自此以后，悟空用尽千般计，只望迷人却自迷▽。

▽（不知不觉走入情魔。）

却说行者跳在空中△，东张西望，寻个化饭去处。两个时辰，更不见一人家，心中焦躁。正要按落云头，回转旧路△，忽见十里之外，有一座大城池△，他就急急赶上看时，城头上一面绿锦旗，写几个飞金篆(zhuàn)字[1]：

△［大圣原在空中，读者记清。］

△［作顿折。］

△［文法实从前书小雷音寺一段脱化。］

大唐新天子太宗三十八代孙中兴皇帝▽

▽（惊人。）

行者蓦然见了“大唐”两字，吓得一身冷湿，思量起来：“我们走上西方，为何走下东方

1. 飞金：用金粉涂绘。

来也？决是假的。不知又是甚么妖精，可恶！”他又转一念道▽：“我闻得周天之说，天是团团转的△。莫非我们把西天走尽，如今又转到东来？若是这等，也不怕他，只消再转一转，便是西天。或者是真的。”他实时转一念道：“不真，不真！既是西天走过，佛祖慈悲，为何不叫我一声？况且我又见他几遍，不是无情少面之人[1]。还是假的。”当时又转一念道：“老孙几乎自家忘了！我当年在水帘洞里做妖精时节，有一兄弟，唤做碧衣使者△。他曾送我《昆仑别纪》一书，上有一段云：‘有中国者，本非中国而慕中国之名，故冒其名也[2]△。’这个所在，决是西方冒名之国！还是真的。”顷刻间，行者又不觉失声嚷道：“假，假，假，假，假△！他既是慕中国，只该竟写中国，如何却写大唐？况我师父常常说，大唐皇帝是簇簇新新的天下，他却如何便晓得了，就在这里改标易帜？决不是真的。”踌躇(chóu chú)半日，更无一定之见。

▽（转一念，再转一念，早入妖魔圈套。）

△［作书者生于明末，故已谙(ān)地圆之说。］

△［随笔萦(yíng)带前书，似是似不是，宛然梦境。］

△［说见《水经·河水注》，云：“天竺以南皆为中国，人民殷富，服食与中国同，故名之为中国也。”］

△［百念交攻，一心无主，辗转入魔，可怜，可怜！］

1. 无情少面：不讲情面。
2. “有中国者”三句：唐宋以来，朝鲜、日本、越南等国家与地区亦有自称“小中华”“中国”的小中华思想。

◇（作两截描写，有波澜。）［十四字作两次写，曲折尽致。武陵山人云：唐太宗后三十八代则宋高宗[2]，故有中兴之名也。武后女主，后唐闵帝、后周恭帝并未逾年，不入数。此伏后勘秦桧一案。］

行者定睛决志把下面看来[1]，又见“新天子太宗三十八代孙中兴皇帝”十四字◇。他便跳跳嚷嚷，在空中骂道：“乱言，乱言！师父出大唐境界，到今日也不上二十年，他那里难道就过了几百年！师父又是肉胎血体，纵是出入神仙洞，往来蓬岛天，也与常人一般过日，为何差了许多？决是假的。”他又想一想道：“也未可知。若是一月一个皇帝，不消四年，三十八个都换到了。或者是真的。”

▽（是梦中光景。）

此时政所谓疑团未破[3]，思议空劳。他便按落云端，念动真言，要唤本方土地问个消息▽。念了十遍，土地只是不来。行者暗想：“平时略略念动，便抱头鼠伏而来[4]；今日如何这等？事势急了，且不要责他，但叫值日功曹[5]，自然有

1. 决志：拿定主意，决心。
2. 唐太宗后三十八代则宋高宗：其推数约为：唐太宗李世民、高宗李治、中宗李显、睿宗李旦、少帝李重茂、玄宗李隆基、肃宗李亨、代宗李豫、德宗李适、顺宗李诵、宪宗李纯、穆宗李恒、敬宗李湛、文宗李昂、武宗李炎、宣宗李忱、懿宗李漼、僖宗李儇、昭宗李晔、哀帝李柷，共二十代；五代后梁太祖朱全忠（朱温），后唐庄宗李存勖、明宗李嗣源，后晋高祖石敬瑭，后汉高祖刘知远，后周太祖郭威、世宗柴荣（郭荣）、恭帝柴宗训，共八代；北宋太祖赵匡胤、太宗赵匡义、真宗赵恒、仁宗赵祯、英宗赵曙、神宗赵顼、哲宗赵煦、徽宗赵佶、钦宗赵桓，共九代；南宋高宗赵构为第三十八代。
3. 政：通“正”。
4. 鼠伏：如鼠伏地，比喻降服。
5. 功曹：古代官职，西汉始置，为郡守、县令的佐吏，主管考察记录业绩。四值功曹是民间道教信仰中值年、值月、值日、值时的四神，分别是值年神李丙、值月神黄承乙、值日神周登、值时神刘洪。

个分晓。”

行者又叫功曹：“兄弟们何在?”望空叫了数百声，绝无影响。行者大怒，登时现出大闹天宫身子△，把棒晃一晃，像缸口粗，又纵身跳起空中，乱舞乱跳。跳了半日，也无半个神明答应。

△［十六回书中屡提“大闹天宫”四字者，见放心无所不至也[1]。又见情魔缠扰，虽大闹天宫手段，亦施展不得也。］

行者越发恼怒，直头奔上灵霄，要见玉帝，问他明白。却才上天，只见天门紧闭。行者叫：“开门，开门!”有一人在天里答应道：“这样不知缓急奴才！吾家灵霄殿已被人偷去◇，无天可上。”又听得一人在傍笑道：“大哥，你还不知哩！那灵霄殿为何被人偷去？原来五百年前有一孙弼马温大闹天宫，不曾夺得灵霄殿去，因此怀恨，构成党与[2]，借取经之名，交结西方一路妖精。忽然一日，叫妖精们用些巧计，偷出灵霄▽。此即兵法中，以他人攻他人，无有弗胜之计也。猢狲儿倒是智囊，可取可取!”

◇（幻。）［奇文。伏下凿天。］

▽（更幻。）

行者听得，又好笑，又好恼。他是心刚性急的人，那受得无端抢白，越发拳打脚踢，只叫“开门”。那里边人又道：“若毕竟要开天门，权

1. 放心：放纵之心。《尚书·周书·毕命》：“虽收放心，闲之惟艰。”
2. 党与：同党之人。

守五千四十六年三个月[1]，等我家灵霄殿造成，开门迎接尊客，何如?”

却说行者指望见了玉帝，讨出灵文紫字之书[2]，辨清大唐真假，反受一番大辱。只得按落云头，仍到大唐境界。行者道：“我只是认真而去，看他如何罢了▽。”即时放开怀抱，走进城门。那守门的将士道：“新天子之令：凡异言异服者拏(ná)斩[3]。小和尚，虽是你无家无室△，也要自家保个性命儿!”行者拱拱手道：“长官之言，极为相爱。”即时走出城门，变做粉蝶儿，飞一个“美人舞”，再飞一个“背琵琶”△，顷刻之间，早到五花楼下[5]。即时飞进玉阙(què)[6]，歇在殿上。真是琼枢绕霭，青阁缠云，神仙未见，洞府难摹者也!

▽（此一句是下面纲领。）

△［“无家无室”反射第十三回高唐梦、第十四回波罗蜜王[4]。］

△［装点春风。］

天回金气合，星顺玉衡平[7]。

1. 四十六年三个月：即五百五十五个月。
2. 紫字：道教文化以紫色为尊。
3. 拏：擒拿，捉捕。
4. 波罗蜜：佛教术语，意为“到彼岸”，故后文第十五回有“渐归正觉”一说。
5. 五花楼：云南大理有五华(花)楼，始建于唐代南诏国时期，后屡次重建。
6. 玉阙：指皇宫。
7. 玉衡：星名。

云生翡翠殿，日丽凤凰城[1]。▽

▽（旧诗[2]。）

行者观看不已，忽见殿门额上，有“绿玉殿”三个大字△，傍边注着一行细字：“唐新天子风流皇帝元年二月吉旦立。”殿中寂然，只有两边壁上墨迹两行，其文曰：

△［才说偷去灵霄殿，又写绿玉殿，文情节次相生。］

唐未受命五十年，大国如斗。唐受天命五十年，山河飞而星月走。新皇帝受命万万年，四方唱周宣之诗[3]。小臣张丘谨祝。▽

▽（奇文。）

行者看罢，暗笑道：“朝廷之上，有此等小臣，那得皇帝不风流！”说罢时，忽然走出一个宫人，手拿一柄青竹帚，扫着地上，口中自言自语的道：

“呵呵，皇帝也眠，宰相也眠，绿玉殿如今变做‘眠仙阁’哩！昨夜我家风流天子，替倾国夫人暖房，摆酒在后园飞翠宫中，酣饮了一夜。

1. 凤凰城：唐代人对长安的别称。唐卢照邻《首春贻京邑文士》：“寒辞杨柳陌，春满凤凰城。”唐杜甫《复愁》诗之九：“由来貔虎士，不满凤凰城。”
2. 旧诗：此处指所用之诗为明李梦阳《神京乐》四首其二。
3. 周宣：即周宣王。周宣王奋发有为，使西周国力在周厉王后得到短暂恢复，史称“宣王中兴”。

△［“镜”字先一现，伏下无数镜。高唐镜为高唐梦作一逗。］

▽（句句在宫人口中形容，此绘神家妙手。）

▽（曲尽。）

△［极力摹写风流天子，正渲染“情”字，妙从宫人口中说出，实处皆虚。］

△［二月吉旦、三月初五，皆跟上“绿春时候”来，是文家线索。］

初时取出一面高唐镜△，叫倾国夫人立在左边，徐夫人立在右边，三人并肩照镜▽。天子又道两位夫人标致，倾国夫人又道陛下标致▽。天子回转头来，便问我辈宫人。当时三四百个贴身宫女，齐声答应：‘果然是绝世郎君△！’天子大悦，便迷着眼儿，饮一大觥（gōng）。酒半酣时，起来看月，天子便开口笑笑，指着月中嫦娥道：‘此是朕的徐夫人。’徐夫人又指着织女、牛郎说：‘此是陛下与倾国夫人。今夜虽是三月初五△，却要预借七夕哩。’天子大悦，又饮一大觥。一个醉天子，面上血红，头儿摇摇，脚儿斜斜，舌儿嗒嗒，不管三七念一，二七十四，一横横在徐夫人的身上。倾国夫人又慌忙坐定，做了一个雪花肉榻，枕了天子的脚跟。又有徐夫人身边一个绣女，忒（tuī）有情兴，登时摘一朵海木香[1]，嘻嘻而笑，走到徐夫人背后，轻轻插在天子头上，做个醉花天子模样。这等快活，果然人间蓬岛[2]！

△［暗伏弹词一段。］

“只是我想将起来，前代做天子的也多，做风流天子的也不少△；到如今，宫殿去了，美人

1. 海木香：称木香的植物，菊科的有云木香、川木香等，以根部入药，蔷薇科的则是观赏植物，称木香花。此处海木香，应为木香花的一个品种。
2. 蓬岛：即蓬莱仙岛。唐李白《古风》之四八：“但求蓬岛药，岂思农扈春。”

去了，皇帝去了◇！不要论秦汉六朝，便是我先天子，中年好寻快活，造起珠雨楼台。那个楼台，真造得齐齐整整，上面都是白玉板格子，四边青琐吊窗[2]。北边一个圆霜洞，望见海日出没。下面踏脚板，还是金镶紫香檀(tán)。一时翠面芙蓉，粉肌梅片，蝉衫麟带，蜀管吴丝，见者无不目艳，闻者无不心动。昨日正宫娘娘叫我往东花园扫地。我在短墙望望，只见一座珠雨楼台，一望荒草，再望云烟；鸳鸯瓦三千片，如今弄成千千片，走龙梁，飞虫栋，十字样架起▽。更有一件好笑：日头儿还有半天，井里头，松树边，便移出几灯鬼火。仔细观看，到底不见一个歌童，到底不见一个舞女，只有三两只杜鹃儿在那里一声高，一声低，不绝的啼春雨△。这等看将起来，天子庶人，同归无有；皇妃村女，共化青尘[3]▽！

◇（三“去”字，恻然可思，胜《咏柏梁台》[1]。）［三“了”如冷水浇背。］

▽（竟是一首杜少陵诗。）

△［眠仙阁一节极淫艳，此节极萧瑟，空中结撰，当下指点，令读者黯然消魂。］

▽（宫人一段，结穴在此。）

1.《咏柏梁台》：据《史记·平准书》，汉武帝元鼎二年（前115），“作柏梁台，高数十丈。宫室之修，由此日丽”。《文心雕龙·明诗》：“孝武爱文，《柏梁》列韵。”汉武帝与群臣宴饮于柏梁台，歌咏盛世，联句赋诗，句句用韵，创柏梁体。然而后世“咏柏梁台”之诗，往往寄寓朝代兴衰之感，如南北朝鲍照《拟行路难》：“君不见柏梁台，今日丘墟生草莱。君不见阿房宫，寒云泽雉栖其中。歌妓舞女今谁在，高坟垒垒满山隅。”

2. 青琐：装饰门窗的青色连环花纹，皇宫之制。

3. 皇妃村女，共化青尘：可以参见唐杜甫《咏怀古迹》其三咏王昭君：“群山万壑赴荆门，生长明妃尚有村。一去紫台连朔漠，独留青冢向黄昏。画图省识春风面，环佩空归月夜魂。千载琵琶作胡语，分明怨恨曲中论。”

“旧年正月元宵，有一个松萝道士[1]，他的说话倒有些悟头。他道我风流天子，喜的是画中人，爱的是图中景△，因此进一幅画图，叫做《骊山图》。天子问：‘骊山在否？’道士便道：‘骊山寿短，只有二千年。’天子笑道：‘他有了二千年，也够了。’道士道：‘臣只嫌他不浑成些。土木骊山二百年，口舌骊山四百年，楮墨骊山五百年，青史骊山九百年，零零碎碎，凑成得二千年！’我这一日当班，正正立在那道士对面，一句一句都听得明白。歇了一年多，前日见个有学问的宫人话起，原来《骊山图》便是那用驱山铎的秦始皇帝坟墓哩◇！”话罢扫扫，扫罢话话。

△［画中人、图中景，正是梦中说梦。］

◇（借驱山铎是一部张本，此伏案。）［驱山铎从无意中点出。《玉堂闲话》：“豫章宜春界钟山，有峡，回环澄澈，深不可测。曾有一渔人，钓得一金锁。引之数百尺，而得一钟，如铎状。举之，声如霹雳，天昼晦，山川震动，山一面崩摧五百余丈，渔人皆沉舟落水。识者曰：‘此秦始皇驱山铎也。’”］

行者突然听得“驱山铎”三字，暗想：“山如何驱得？我若有这个铎子，逢着有妖精的高山，预先驱了他去，也落得省些气力。”正要变做一个承值官儿模样，上前问他驱山铎子的根由，忽听得宫中大吹大擂。

1. 松萝道士：结合小说语境，可以推知松萝道士与男女之情关涉。松萝，又名女萝，寄生松树上，在古典文学中常用于形容伉俪情深。如《诗经·小雅·弁》：“茑与女萝，施于松柏。未见君子，忧心奕奕；既见君子，庶几说怿。”梁萧衍《古意诗》其一：“寄言闺中妾，此心讵能知。不见松萝上，叶落根不移。”唐李白《寄远》其一：“遥知玉窗里，纤手弄云和。奏曲有深意，青松交女萝。”

（此文须作三段读：前一段，结风流天子一案；中间珠雨楼一段，是托出一部大旨；后骊山一段，伏大圣入镜一案。）

第三回　桃花钺诏颁玄奘　凿天斧惊动心猿

△[上回末点出驱山铎，欲转至古人世界矣，却又先插入此段，预伏十四回根子。用笔之妙，真如兔起鹘(hú)落，岭断云连。]

行者听得宫中奏乐，即时飞进虎门[1]△，过了重楼叠院，走到一个雕青轩子，团团簇拥公卿，当中坐着天子。

歇不多时，只见新天子忽然失色，对众官道："朕昨日看《皇唐宝训》，有一段云：'唐僧陈玄奘，妄以缁(zī)子[2]，惑我先王。门生弟子，尽是水帘石涧之流；锡杖檀盂(yú)，变为木柄金箍之具。四十年后，率其徒众，犯我疆土，此大敌也△。'又有一段云：'五百年前，有孙悟空者，曾反天宫，欲提玉帝而坐之阶下。天命未绝，佛祖镇之。天且如此，而况于人乎！然而唐僧纳为

△[奇人奇文，不知作者从何处想入。]

1. 虎门：古代王宫正殿之门。
2. 缁子：即和尚。缁，黑色僧衣。

第一徒弟者，何也？欲以西方之游，肇(zhào)东南之伯[1]；倚猿马之威，壮鲸鲵(ní)之势[2]。’朕看此书，有些害怕！今遣总戎大将赵成，望西方而去，斩了唐僧首级回来；当时又赦他徒众，令其四散，自然无事。”

尚书仆射(yè)李旷[3]，出班奏道：“秃臣陈玄奘，不可杀，倒可用；只可用他杀他，不可用他人杀他△。”既对，新天子叫将士在囊师库中，取出飞蛟剑、吴王刀、碣(jié)石钩、雷花戟(jǐ)、五云宝雕戈、乌马胄(zhòu)、银鱼甲、飞虎玉帐幡、尧舜大旗、桃花钺(yuè)、九月斧、玻璃月镜盔、飞鱼红金袍、斩魔晶线履、七星扇，同着一幅黄缣(jiān)诏书封上，飞送西天杀青挂印大将军御弟陈玄奘▽。诏曰：

△［此即第二回所云“以他人攻他人”也，前后文无意中相应。］

▽（“杀青将军”四字可思。）

大将军碧节之青[4]，朱丝之直[5]。昨青路诸侯，走马宗国[6]，竞奏将军雄武，使西方天下，

1. 肇：开创。
2. 鲸鲵：即鲸，雄曰鲸，雌曰鲵。此指凶恶不义之人。
3. 尚书仆射：官职名，唐朝初年和北宋后期成为名副其实的首席宰相。
4. 碧节：竹节。青：崇祯本作“情”，空青室本作“清”，据上下文义改。“碧节之青”与“朱丝之直”相对。
5. 朱丝：朱弦，用熟丝制的琴弦。
6.宗国：指朝廷。

人鱼结舌而海蜃(shèn)无气[1]。草阶华历之代，阙见其人。朕之素慕，听词美良。转目西山，悲哉而叹矣。今夫西贼星亟，关檄(xí)日来[2]，盖天厌别离，而飞锡之归期也[3]。将军何不跃素池而弹慧剑[4]，褫(chǐ)墨缁而倾智囊[5]？绿林如练，玄日无烽，然后朕以一尺素[6]，束将军之马首。此日雕戈银甲，他时虫帐蚊图。若乃昆仑铜柱[7]，难刊堕泪碑文[8]；天壁金绳，谁赋归来辞句[9]？惟大将军一思之，二思之！且夫朕之厌珊瑚弓、碧玉矢者，久矣。

叫宫中取出珑琥(hǔ)节，同付使者。使者得了圣旨，拿着珑琥节，捧着钦赐印诏，飞马出城。

行者大惊，又恐生出事来，连累师父，不敢做声，登时赶上。飞一个“梅花落”△，出了城门。现原身，望望使者，使者早已不见。行者越

△［与“美人舞”“背琵琶”相应成文。］

1. 海蜃：传说中的一种海怪，形似大牡蛎。
2. 关檄：发到边关去的檄文。
3. 飞锡：高僧乘锡杖飞升。
4. 慧剑：佛教语，即智慧剑，斩断一切烦恼的智慧。
5. 褫：脱去。
6. 一尺素：一封书信。
7. 昆仑铜柱：据《神异经》记载，昆仑山有铜柱，其高入天，所谓天柱也。
8. 堕泪碑：即羊公碑。《晋书·羊祜传》：“襄阳百姓于岘山祜平生游憩之所建碑立庙，岁时飨祭焉。望其碑者莫不流涕，杜预因名为堕泪碑。”
9. 归来辞：即东晋陶渊明《归去来兮辞》。

发苦恨，须臾闷倒。

却说行者不曾辨得新唐真假，平空里又见师父要做将军△，又惊又骇，又愁又闷△，急跳身起来，去看师父下落。忽然听得天上有人说话△，慌忙仰面看，看见四五百人，持斧操斤，轮刀振臂，都在那里凿天。行者心中暗想："他又不是值日功曹，面貌又不是恶曜(yào)凶星，明明是下界平人，如何却在这里干这样勾当？若是妖精变化惑人，看他身面上又无恶气。思想起来，又不知是天生痒疥(jiè)[3]，要人搔背呢◇？不知是天生多骨，请个外科先生在此刮洗哩？不知是嫌天旧了，凿去旧天，要换新天；还是天生帷障，凿去假天，要见真天▽？不知是天河壅(yōng)涨[4]，在此下泻呢？不知是重修灵霄殿△，今日是黄道吉日，在此动土哩？不知还是天喜风流，教人千雕万刻，凿成锦绣画图？不知是玉帝思凡，凿开一条御路，要常常下来△？不知天血是红的，是白的？不知天皮是一层的，两层的？不知凿开天胸，见天有心、

△［文家提缀法[1]。］

△［初入新唐界，尚有许多疑信，此时入魔渐深，忘却本来面目矣。］

△［每接笋处[2]，都出人意外。］

◇（奇文。）［奇文，可续《天问》。］

▽（假天、真天句徽。）

△［跟上文。］

△［语有映射。］

1. 提缀：指提出前文，联结后文。
2. 接笋：榫头相接，比喻事物首尾一贯，配合得当。笋，榫头。
3. 痒疥：疥疮，一种瘙痒性皮肤病。
4. 壅涨：因堵塞而引起的暴涨。

天无心呢？不知天心是偏的，是正的呢？不知是嫩天，是老天呢？不知是雄天，是雌天呢？不知是要凿成倒挂天山，赛过地山哩？不知是凿开天口，吞尽阎浮世界哩？就是这等，也不是下界平人有此力量。待我上前问问，便知明白。”

行者当时高叫：“凿天的长官，你是那一国王部下？为何干此奇勾当？”那些人都放了刀斧，空中施礼道：

“东南长老在上，我们一干人，叫做踏空儿，住在金鲤村中。二十年前，有个游方道士，传下踏空法儿，村中男女俱会书符说咒，驾斗翔云，因此就改金鲤村叫做踏空村，养的男女都叫踏空儿，弄做无一处不踏空了。

“谁想此地有个青青世界天王，别号小月王△，近日接得一个和尚，却是地府豪宾、天宫反寇、齐天大圣、水帘洞主孙悟空行者第二个师父，大唐正统皇帝敕赐百宝袈裟、五花锡杖、赐号御弟唐僧玄奘大法师。这个法师，俗姓姓陈，果然清清谨谨，不茹荤饮酒[1]，不诈眼偷花[2]，西

△［武陵山人云：“小月王”三字，合成一“情”字。］

1. 茹：吃。
2. 诈眼：假装看错。

天颇也去得。只是孙行者肆行无忌，杀人如草，西方一带，杀做飞红血路△。百姓言之，无不切齿痛恨。今有大慈国王，苦悯众生，竟把西天大路，铸成通天青铜壁，尽行夹断。又道孙行者，会变长变短，通天青铜壁边，又布六万里长一张相思网△。如今东天西天，截然两处，舟车水陆，无一可通。唐僧大恸[1]，行者脚震，逃走去了。八戒是唐僧第二个徒弟，沙僧是第三个徒弟，只是一味哭了△。唐僧坐下的白马，草也不吃一口了△。当时唐僧忙乱场中，立出一个主意，便叫二徒弟不要慌，三徒弟不要慌；他径鞭动白马，奔入青青世界▽。

△［顾首回。］

△［相思网岂止六万里？］

△［暗照离书一回。］

△［渺茫恍惚，说来凿凿有据。］

▽（提出。）

“小月王一见，见他想是前世姻缘，便像一个身子儿相好，把青青世界坚执送与那和尚。那和尚又坚执不肯受，一心要上西天。小月王贴上去，那和尚推开来。贴贴推推，过了数日，小月王无可奈何，便请国中大贤，同来商议。有一大贤，心生一计：只要四方搜寻凿天之人，凿开天时，请陈先生一跃而上，径往玉皇殿上讨了关文，直头到西天——此大妙之事也。

1. 大恸：大哭，极度悲哀。

“小月王半愁半喜，当时点起人马，遍寻凿天之人，政撞着我一干人在空中捉雁。那些人马簇拥而来，有一个金甲将军，乱点乱触道：‘正是凿天之人了，正是凿天之人了！’一班小卒把我们围住，个个拏来，被枷带锁[1]，送上小月王。小月王大喜▽，叫手下人开了枷，去了锁，登时取出花红酒，赏了我们，强逼我们凿天。人言道：‘会家不忙，忙家不会。’我们别样事倒做过，凿天的斧头却不曾用惯。今日承小月王这等相待，只得磨快刀斧，强学凿天。仰面多时颈痛，踏空多时脚酸△。午时光景，我们大家用力一凿，凿得天缝开。那里晓得又凿差了，当当凿开灵霄殿底[2]，把一个灵霄殿光油油儿滚下来。天里乱嚷：‘拏偷天贼！’大惊小怪，半日才定。

▽（小月王见凿天人便大喜，请人参来。）

△［凿天原是勉强之事。］

“却是我们星辰吉利，自家做事，又有那别人当罪。当时天里嚷住，我们也有些恐怕。侧耳而听，只听得一个叫做太上老君△，对玉帝说：‘你不要气，你不要急。此事决非别人干得，断然是孙行者弼马温狗奴才小儿！如今遣动天兵，

△［萦带前文，又与第二回似接似不接，写得又恍惚，又确凿。］

1. 被：披。
2. 当当：恰恰。

又恐生出事来，不若求求佛祖，再压他在五行山下，还要替佛祖讲过，以后决不可放他出世。'我们听得，晓得脱了罪名。想将起来，总之别人当的罪过，又到这里放胆而凿，料得天里头也无第二个灵霄殿滚下来了。只是可怜孙行者，下界西方路上又恨他，上界又怨他，佛祖处又有人送风。观音见佛祖怪他，他决不敢暖眼[1]。看他走到那里去？”傍边一人道：“啐(cuì)！孙猢狲有甚可怜？若无猢狲这狗奴才，我们为何在这里劳苦？”那些执斧操斤之人都嚷道：“说得是，我们骂他！”只听得空中大沸，尽叫：“弼马温！偷酒贼！偷药贼！偷人参果的强盗！无赖猢狲妖精！”▽一人一句，骂得孙行者金睛暧(ài)昧[2]，铜骨酥麻。

▽（对大圣说大圣，对大圣怜大圣，对大圣骂大圣，大圣此时容身何处？）

（此书奇处在一头结案，一头埋伏。如此回本结第二回一案，却提出小月王青青世界，又是伏案。）

---

1. 暖眼：热情看待，与“冷眼”相对。
2. 暧昧：昏暗不明。

第四回　一窦开时迷万镜 物形现处我形亡[1]

却说行者受此无端谤(bàng)议[2]，被了辱詈(lì)[3]，重重怒起，便要上前厮杀。他又心中暗想△：“我来的时节，师父好好坐在草里△，缘何在青青世界？这小月王断然是个妖精，不消说了。”

△［写出若明若昧光景。］

△［跟定来脉。］

好行者！竟不打话，一往便跳。刚才转个弯儿，劈面撞着一座城池。城门额上有碧花苔篆成自然之文，却是“青青世界”四个字◇。两扇门儿，半开半掩。行者大喜，急急走进，只见凑城门又有危墙兀立，东边跑到西，西边跑到东，却无一窦(dòu)可进[4]。行者笑道：“这样城池，难道一个

◇（到此才见“青青世界”下落。）［与“新唐世界”前后相对，却两样写法。］

1. 我：正文中作“本”。
2. 谤议：诽谤议论。
3. 辱詈：辱骂。
4. 窦：门洞。

人也没有？既没有人，却又为何造墙？等我细细看去。”看了半晌（shǎng）[1]，实无门路。他又恼将起来，东撞西撞，上撞下撞，撞开一块青石皮，忽然绊跌，落在一个大光明去处△。行者定睛一看，原来是个琉璃楼阁。上面一大片琉璃作盖，下面一大片琉璃踏板。一张紫琉璃榻，十张绿色琉璃椅，一只粉琉璃桌子。桌上一把墨琉璃茶壶，两只翠蓝琉璃钟子△。正面八扇青琉璃窗，尽皆闭着，又不知打从那一处进来。

△［真光明耶？假光明耶？种种幻心，种种妄想，皆从东撞西撞、上撞下撞而来。］

△［早为吃茶作鳞之而[2]。］

行者奇骇不已，抬头忽见四壁都是宝镜砌成△，团团约有一百万面。镜之大小异形，方圆别制，不能细数，粗陈其概：

△［心即镜也。镜镜相涵，生诸幻影；心心自乱，涉诸妄想。狂花浪蕊，无有是处。］

天皇兽钮镜，白玉心镜，自疑镜，花镜，风镜，雌雄二镜，紫锦荷花镜，水镜，冰台镜，铁面芙蓉镜，我镜，人镜，月镜，海南镜，汉武悲夫人镜，青锁镜，静镜，无有镜，秦李斯铜篆镜，鹦鹉镜，不语镜，留容镜，轩辕正妃镜，一笑镜，枕镜，不留景镜，飞镜。

1. 半晌：好一会儿。
2. 鳞之而：鳞与颊毛。之，与。而，颊毛。

行者道："倒好耍子！等老孙照出百千万亿模样来。"走近前来照照，却无自家影子△，但见每一镜子里面别有天地、日月、山林△。行者暗暗称奇，只用带草看法[1]，一览而尽。

△［哭！孙行者何处去了？］

△［每一镜内别有天地、日月、山林，任入者生老病死，浮沉浊浪于其间。嗟乎！众生安得一拳打破？］

忽听耳朵边一人高叫："孙长老，别了多年，无恙？"行者左顾右顾，并无一人，楼上又无鬼气；听他声音，又不在别处。政疑惑间，忽然见一兽钮方镜中，一人手执钢叉，凑镜而立△，又高叫道："孙长老，不须惊怪，是你故人。"行者近前看看，道："有些面熟△，一时想不起。"那人道："我姓刘，名伯钦。当年五行山下，你出来的时节，我也效一臂之力△。顿然忘记，人情可见！"行者慌忙长揖(yī)道："万罪！太保恩人[2]，你如今作何事业？为何却同在这里？"△伯钦道："如何说个'同'字？你在别人世界里，我在你的世界里，不同不同！"行者道："既是不同，如何相见？"伯钦道："你却不知，小月王造成万镜楼台▽，有一镜子，管一世界。一草一木，一动

△［幻极。］

△［有些面熟，可知道根尚存。］

△［萦带前书，又紧接前回凿天人所述太上老君之语。］

△［请问孙长老，你如今作何事业，为何却同在这里？］

▽（提。）

1. 带草看法：形容看得快。
2. 太保：对绿林好汉的敬称。

一静，多入镜中。随心看去，应目而来，故此楼名叫做‘三千大千世界’▽。”行者转一念时，政要问他唐天子消息，辨出新唐真假△，忽见黑林中走出一个老婆婆，三两个觔(jīn)斗，把刘伯钦推进，再不出来。

▽（提。）

△［时时点出本题，却又随手推开，如海上三山[1]，可望不可即。］

行者怏怏自退。看看日色早已夜了，便道：“此时将暗，也寻不见师父，不如把几面镜子，细看一回，再作料理△。”当时从“天字第一号”看起，只见镜里一人在那里放榜，榜文上写着：

△［不去抖擞寻师，却偷懒看镜子，总写入魔人精神恍惚，全迷本性。］

第一名廷对秀才柳春[2]，第二名廷对秀才乌有，第三名廷对秀才高未明。

顷刻间，便有千万人，挤挤拥拥，叫叫呼呼，齐来看榜。初时但有喧闹之声，继之以哭泣之声，继之以怒骂之声。须臾，一簇人儿各自走散：也有呆坐石上的；也有丢碎鸳鸯瓦砚；也有首发如蓬，被父母师长打赶；也有开了亲身匣，

1. 海上三山：即海上三神山。《史记·秦始皇本纪》：“齐人徐市等上书，言海中有三神山，名蓬莱、方丈、瀛洲，仙人居之。”
2. 廷对：在朝廷上回复皇帝的咨询，或特指“廷试”，为科举考试最高一级，由皇帝对考生中的优胜者进行定等。

取出玉琴焚之，痛哭一场；也有拔床头剑自杀，被一女子夺住；也有低头呆想，把自家廷对文字三回而读；也有大笑拍案，叫“命，命，命”；也有垂头吐红血；也有几个长者，费些买春钱，替一人解闷；也有独自吟诗，忽然吟一句，把脚乱踢石头；也有不许僮仆报榜上无名者；也有外假气闷，内露笑容，若曰应得者；也有真悲真愤，强作喜容笑面△。独有一班榜上有名之人：或换新衣新履；或强作不笑之面；或壁上写字；或看自家试文，读一千遍，袖之而出；或替人悼(dào)叹[1]；或故意说试官不济；或强他人看刊榜，他人心虽不欲，勉强看完；或高谈阔论，话今年一榜大公；或自陈除夜梦谶(chèn)[2]；或云这番文字不得意▽。

△［君从何处看得此无人态?］

▽（描写至此，何翅一幅下第图[3]！唐柳真生不足道也。）

不多时，又早有人抄白第一名文字，在酒楼上摇头诵念。傍有一少年，问道：“此文为何甚短?”那念文的道：“文章是长的，吾只选他好句子抄来。你快来同看，学些法则，明年好中哩。”

1. 悼叹：悲伤，叹息。
2. 梦谶：梦兆。
3. 何翅：何啻，何止。

两个又便朗声读起。其文曰：

振起之绝业，扶进之人伦；学中之真景，治理之完神。何则？此境已如混沌之不可追，此理已如呼吸之不可去。故性体之精未泄，方策之烬(jìn)皆灵也。总之，造化之元工，概不得望之中庸以下；而鬼神之默运，尝有以得之寸掬(jū)之微。◇

◇（数“之”字妙。）［摹拟逼真，作书者廷对必然第一。］

孙行者呵呵大笑道：“老孙五百年前，曾在八卦炉中△，听得老君对玉史仙人说着文章气数▽：‘尧、舜到孔子，是纯天运，谓之大盛；孟子到李斯，是纯地运，谓之中盛；此后五百年，该是水雷运，文章气短而身长，谓之小衰；又八百年，轮到山水运上，便坏了，便坏了◇！’当时玉史仙人便问：‘如何大坏？’老君道：‘哀哉！一班无耳无目、无舌无鼻、无手无脚、无心无肺、无骨无筋、无血无气之人，名曰秀士△。百年只用一张纸，盖棺却无两句书！做的文字，

△［萦带前书，又伏借紫金葫芦案。］

▽（此段骂杀天下文士。）

◇（奇论。）（如今文章别号“山水文”。）［乾、坤、屯、蒙，才历四运，文字已如此！未知由“剥”而“复”，定在何时？］

△［不怕普天下秀才动公呈耶[1]？］

1. 公呈：民众联名递交政府的文书。

qī qiao

更有蹊跷：混沌死过几万年[1]，还放他不过；尧、舜安坐在黄庭内，也要牵来！呼吸是清虚之物，不去养他，却去惹他；精神是一身之宝，不去静他，却去动他！你道这个文章叫做什么？原来叫做“纱帽文章”△！会做几句，便是那人福运，便有人抬举他，便有人奉承他，便有人恐怕他。’当时老君说罢，只见玉史仙人含泪而去。我想将起来，那第一名的文字，正是‘山水运’中的文字哩。我也不要管他，再到‘天字第二号’去看！”

△［如今叫做顶子文章。］

（行者入新唐，是第一层；入青青世界，是第二层；入镜，是第三层。一层进一层，一层险一层。）

［武陵山人曰：汉魏西晋为水雷运，东晋至北宋为山水运，伏后勘秦桧一案。］

1. “混沌”句：典出《庄子·应帝王》：“南海之帝为倏，北海之帝为忽，中央之帝为浑沌。倏与忽时相与遇于浑沌之地，浑沌待之甚善。倏与忽谋报浑沌之德，曰：‘人皆有七窍以视听食息，此独无有，尝试凿之。’日凿一窍，七日而浑沌死。”

第五回　镂青镜心猿入古　绿珠楼行者攒眉

却说行者看"天字第二号"一面镂青古镜之中，只见紫柏大树下立一石碑，刊着"古人世界原系头风世界隔壁"十二个篆字[1]。行者道："既是古人世界，秦始皇也在里头▽。前日新唐扫地宫人说他有个驱山铎△，等我一把扭住了他，抢这铎来，把西天路上千山万壑(hè)扫尽赶去，妖精也无处藏身，强盗也无处着落了。"登时变作一个铜里蛀虫，望镜面上爬定，着实蛀了一口，蛀穿镜子▽。忽然跌在一所高台，听得下面有些人声。他又不敢现出原身，仍旧一个蛀虫，隐在绿花窗缝里窥探。

▽（也只为秦始皇弄得心猿颠倒。）

△［遥接。］

▽（不好了，大圣又入镜中了。）

1. 头风世界：明方谷《医林绳墨·头痛》："浅而近者，名曰头痛；深而远者，名曰头风。头痛卒然而至，易于解散也；头风作止不常，愈后触感复发也。"小说中由"古人世界原系头风世界隔壁"一语，可见孙行者神智紊乱，入幻已深。

原来古人世界中有一美人，叫做“绿珠女子”，镇日请宾宴客，对酒吟诗。当时费了千心万想，造成百尺楼台，取名“握香台”。

▽（打头便撞着一班女伴。）

当当这一日，有个西施夫人、丝丝小姐，同来贺新台▽。绿珠大喜，即整酒筵，摆在握香台上，以叙姐妹之情。正当中坐着丝丝小姐，右边坐着绿珠女，左边坐着西施夫人。一班扇香髻子的丫头，进酒的进酒，攀花的攀花，捧色(shǎi)盆的捧色盆[1]，拥做一堆。行者在缝里便生巧诈，即时变作丫头模样△，混在中间。怎生打扮？

△［大圣如何变作丫头？大错，大错！］

▽（苏诗：“祝小姬，眉不扫。”）

洛神髻，祝姬(jī)眉▽；楚王腰[2]，汉帝衣。上有秋风坠，下有莲花杯。

只见那些丫头嘻嘻的都笑将起来，道：“我这握香台，真是个握香台，这样标致女子，不住在屋里，也趱(zǎn)来[3]！”又有一个丫头对行者道：“姐姐，你见绿娘也未？”行者道：“大姐姐，我

1. 色盆：盛骰子的盆子，因骰子俗称色子，故曰色盆。
2. 楚王腰：指细腰。
3. 趱：赶（路），快走。

是新来人，领我去见见便好。”

那丫头便笑嘻嘻的领见了绿娘。绿娘大惊，簌（sù）簌吊下泪来[1]，便对行者道：“虞美人，许多时不相见△，玉颜愁动，却是为何？”行者暗想：“奇怪！老孙自从石匣生来△，到如今不曾受男女轮回[2]△，不曾入烟花队里，我几时认得甚么绿娘？我几时做过泥美人、铜美人、铁美人、草美人来？既然他这等说，也不要管我是虞美人，不是虞美人，耍子一回倒有趣，正叫做将错就错。只是一件：既是虞美人了，还有虞美人配头[3]△。倘或一时问及，驴头不对马嘴，就要弄出本色来了[4]。等我探他一探，寻出一个配头，才好上席。”

△［奇文。］

△［为十三回算命埋根。］

△［眼前即是男女轮回，怎说不曾？］

△［变丫头已错，冒认虞美人又错，又想出虞美人配头，更大错。愈想愈妄，愈使乖，愈入魔。危哉，大圣！］

绿娘又叫：“美人，快快登席，杯中虽淡，却好消闷。”行者当时便做个“风雨凄凉面”，对绿娘道：“姐姐，人言道：‘酒落欢肠。’我与丈夫不能相见△，雨丝风片，刺断人肠久矣，怎能

△［想丈夫也，想师父也，是一是二，请问诸禅和子[5]。］

---

1. 簌簌：眼泪纷纷落下的样子。
2. 轮回：佛教认为人行善行恶，来生都有报应，在天、人、恶神、地狱、饿鬼、畜牲等六道中生死相续，像车轮运转一样循环不息。
3. 配头：配偶。
4. 本色：本来面貌。
5. 禅和子：参禅的人。

够下咽？”绿娘失色道：“美人说那里话来！你的丈夫就是楚伯(bà)王项羽，如今现同一处，为何不能相见△？”行者得了“楚伯王项羽”五字，便随口答应道：“姐姐，你又不知，如今的楚王不比前日楚王了！有一宫中女娃，叫做楚骚△，千般百样，惹动丈夫，离间我们夫妇。或时步月，我不看池中水藻，他便倚着阑干，徘徊如想，丈夫又道他看得媚。或时看花，我不叫办酒，他便房中捧出一个冰纹壶，一壶紫花玉露进上，口称‘千岁恩爷’，临去只把眼儿乱转，丈夫也做个花眼送他△。我是一片深情，指望鸳鸯无底，见他两个把我做阁板上货[1]，我那得不生悲怨？那时丈夫又道我不睬他[2]，又道难为了楚骚，见在床头取下剑囊，横在背上，也不叫跟随人，直头自去，不知往那里走了。是二十日前去的△，半月有余，尚无音耗。”说罢大哭。绿娘见了，泪湿罗衫半袖。西施、丝丝一齐愁叹，便是把酒壶的侍女，也有一肚皮眼泪，嘈哜(jiē)哜[3]，痛上心来△。

△［暗射唐僧师徒们在一处，如何不能相见？］

△［暗射末回唐僧收悟青。］

△［一个孙大圣才变虞美人，便满口妖气。信乎，本来易失！］

△［暗跟三月初五来。］

△［为下心痛张本。］

1. 阁板上货：不受欢迎的东西，即冷货。
2. 睬：崇祯本、空青室本均作“采”。
3. 嘈哜哜：形容声音杂乱。

正是：

愁人莫向愁人说，说与愁人转转愁。

四人方坐定，西施便道："今夜美人不快，我三人宛转解他，不要助悲。"登时取六只色子，拿在手中，高叫："筵中姊妹听令：第一掷无幺，各要歌古诗一句；第二掷无二，要各人自家招出云情雨意；第三掷无三，本席自罚一大觥，飞送一客。"西施望空掷下，高叫："第一掷无幺！"绿珠转出娇音，歌诗一句△：

△［一首送冤文，惹出许多枝节。古来佳人才子，月下伤心，花前洒涕，堕入愁城，都为艳词绮语所感。文字禅之累，深哉！］

夫君不来凉夜长！

丝丝大赞，笑道："此句双关得妙！"他也歌诗一句：

玉人环珮正秋风。

行者当时暗想："这回儿要轮到老孙哩！我别的文字却也记得几句，说起'诗'字，有些头痛。又不知虞美人会诗的不会诗的。若是不会诗的，是还好；若是会的，却又是有头无尾了。”绿娘只叫：“美人歌句!”行者便似谦似推、似假似真的应道：“我不会做诗。”西施笑道：“美人诗选已遍中原，便是三尺孩童，也知虞美人是能词善赋之才。今日这等推托!”行者无奈，只得仰面搜索，呆思半日，向席上道：“不用古人成句好么?”绿娘道：“此事要问令官。”行者又问西施，西施道：“这又何妨！美人做出来，便是古人成句了△。”众人侧耳而听，行者歌诗一句：

△［古人世界中无今人句子。］

忏悔心随云雨飞。

绿娘问丝丝道：“美人此句如何?”丝丝道：“美人的诗，那个敢说他不好？只是此句带一分和尚气。”西施笑道：“美人原做了半月雌和尚△。”行者道：“不要嘲人，请令官过盆。”

△［都不道和尚做了半日美人。今日小和尚惯作美人，不知是雄是雌，佛告诸菩萨摩诃萨，如是如是。］

西施慌忙送过色盆于绿娘。绿娘举手掷下，高叫：“第二掷无二!”西施便道：“你们好招，我却难招。”绿娘问：“姐姐，你有什么难招?”西施道：“啐！故意羞人，难道不晓得我是两个丈夫的△！”绿娘道：“面前通是异姓骨肉△，有何妨碍？妹子有一道理，请姐姐招一句吴王[1]，招一句范郎[2]。”西施听得，应口便招：

△［“两个丈夫”与第九回“第三个师父”相应。］

△［与第十五回义兄义弟、不相识父子、不同床原配，遥相映合。］

范郎，柳溪青岁；

吴王，玉阙红颜。

范郎，昆仑日誓；

吴王，梧桐夜眠。

范郎，五湖怨月；

吴王，一醉愁天。

绿珠听罢，鼓盏自招：

妾珠一斗，妾泪万石(dàn)[3]。

今夕握香，他年传雪▽。

▽（石家有传雪台。）

绿珠一字一叹。西施高叫：“大罚！我要招出快活来，却招出不快活来。”绿娘谢罪，领了罚酒。

1. 吴王：指夫差。
2. 范郎：指范蠡。
3. 石：十斗为一石。

那时丝丝便让行者，行者又让丝丝，推来推去，半日不招。绿娘道："我又有一法：丝丝姐说一句，美人说一句罢！"西施道："使不得。楚伯王雄风赳赳，沈玉郎软缓温存，那里配得来？"丝丝笑道："不妨，他是他，我是我，待我先招。"丝丝道：

泣月南楼。

△［许多做作，妄之甚。一时不检点，说出本相，复之机。］

行者一时不检点，顺口招道△：

拜佛西天。

绿娘指着行者道："美人，想是你意思昏乱了！为何要拜佛西天起来？"行者道："文字艰深，便费诠(quán)解[1]。天者，夫也；西者，西楚也；拜者，归也；佛者，心也。盖言归心于西楚丈夫△。他虽厌我，我只想他。"绿娘赞叹不已。

△［解妙。具此慧根，宜其自出于险。］

行者恐怕席上久了，有误路程，便佯(yáng)醉欲

1. 诠解：解释。

呕[1]。西施道："第三掷不消掷，去看月吧！"当时筵席便撤。四人步下楼来，随意踏些野花，弄些水草。

行者一心要寻秦始皇，便使个脱身之计，只叫："心痛难忍，难忍！放我归去罢！"绿娘道："心痛是我们常事，不必忧疑，等我叫人请岐(qí)公公来[2]，替美人看脉。"行者道："不好，不好！近日医家最不可近，专要弄死活人，弄大小病；调理时节，又要速奏功效，不顾人性命△，脾气未健，便服参术(zhú)[3]，终身受他的累了。还是归去！"绿娘又道："美人归家，不见楚王，又要抱闷；见了楚骚，又要恨△。心病专忌闷、恨。"姊妹们同来留住行者，行者坚执不肯住下。绿娘见他病急，又留他不住，只得叫四个贴身侍儿，送虞美人到府。行者做个"捧心睡眼面"△，别了姊妹。

△［世上医家惯送人到古人世界，若古人世界中医家，直送人到未来世界矣。此等妙手，须一概派往矇瞳(méngtóng)世界[4]，永不出伏道，庶令天上天下稍延寿算。］

△［逗下。］

△［与"风雨凄凉面"作关键。］

四个侍儿扶着行者，径下了百尺握香台，往一条大路而走。行者道："你四人回去罢了，千

1. 佯：假装。
2. 岐公公：指医生。因岐伯是历史上医术高明者，故有此称。
3. 参术：人参、白术。
4. 矇瞳：昏愦，糊涂。空青室刻本作"矇曈"。

万替我谢声，并致意夫人、小姐，明日相会。”女使道：“方才出门时节，绿娘分付一定送到楚王府。”行者道：“你果然不肯回么？看棒！”一条金箍棒，早已拔在手中，用力一拨，四个侍儿，打为红粉。

△［金箍棒自第一回纳在耳中，至此始再用。不用金箍棒，如何现得出本身？］

△［大圣差了，此非我家的天。忽然遥撞，妙。］

△［萦带前书。］

行者即时现出原身△，抬头看看，原来正是女娲门前。行者大喜，道：“我家的天△，被小月王差一班踏空使者，碎碎凿开，昨日反掩罪名在我身上。虽是老君可恶，玉帝不明，老孙也有一件不是，原不该五百年前做出话柄△。如今且不要自去投到；闻得女娲久惯补天，我今日竟央女娲替我补好，方才哭上灵霄，洗个明白。这机会甚妙。”走近门边，细细观看，只见两扇黑漆门紧闭，门上贴一纸头，写着：

△［跟初五日来。］

二十日到轩辕家闲话△，十日乃归。有慢尊客，先此布罪。

行者看罢，回头就走。耳朵中只听得鸡声三唱，天已将明。走了数百万里，秦始皇只是不见△。

△［斗入正脉。］

（嘲笑处一一如画，隽(jùn)不伤肥[1]，恰似梅花清瘦。）

［两个丈夫便怕羞难招，西施毕竟是古人世界中人。］

---

1. 隽：美味的肉。

第六回　半面泪痕真美死　一句苹香楚将愁

忽见一个黑人坐在高阁之上，行者笑道："古人世界也有贼哩！满面涂了乌煤，在此示众。"走了几步，又道："不是迎贼[1]，原来倒是张飞庙。"又想想道："既是张飞庙，该戴一顶包巾[2]；纵使新式，只好换做将军帽，皇帝帽子也不是乱戴的△。戴了皇帝帽，又是玄色面孔，此人决是大禹玄帝▽。我便上前见他，讨些治妖斩魔秘诀；我也不消寻着秦始皇了▽。"看看走到面前，只见台下立一石竿，竿上插一面飞白旗，旗上写六个紫色字：

△［关了门戴戴，或者不妨。］

▽（使人喷饭。）

▽（提。）

1. 迎：逆。
2. 戴：崇祯本、空青室本均作"带"。

先汉名士项羽◇

◇（六字奇。）［此回写老项许多丑态，大都为名士写照。］

行者看罢，大笑一场，道："真个是'事未来时休去想，想来到底不如心'。老孙疑来疑去，又道是大禹玄帝，又道张飞，又道是迎强盗。谁想一些不是，倒是我绿珠楼上的遥丈夫△！"当时又转一念道："哎哟！吾老孙专为寻秦始皇，替他借个驱山铎子[1]▽，所以攒入古人世界来。楚伯王在他后头，如今已见了，他却为何不见？我有一个道理：径到台上，见了项羽，把始皇消息问他，倒是个着脚信[2]。"

△［自生魔障，佛教诸健儿慎勿作，因以此。"遥丈夫"又与后文不同床原配相映。］
▽（提。）

行者即时跳起细看，只见高阁之下，有一所碧草朱栏、鸟啼花乱去处，坐着一个美人。耳朵边只听得叫："虞美人！虞美人！"行者笑道："绿珠楼上的老孙，如今在这里了△。我不要管他死活！"行者登时把身子一摇，仍前变做美人模样△，竟上高阁，袖中取出一尺冰罗[3]，不住的掩泪，单单露出半面，望着项羽，似怨似怒。项

△［谬甚。］
△［大错。］

1. 替：同，和。
2. 着脚：确实的，可靠的。
3. 冰罗：白色罗帕。

羽大惊，慌忙跪下。行者背转，项羽又飞趋跪在行者面前，叫："美人，可怜你枕席之人，聊开笑面△。"行者也不做声。项羽无奈，只得陪哭▽。行者方才红着桃花脸儿，指着项羽道："顽贼！你为赫赫将军，不能庇一女子，有何颜面坐此高台！"项羽只是哭，也不敢答应。

△［老项何仇于作者，遭此荼毒。］

▽（万古英雄未有不留连情事者。虽然，羽太甚矣。项羽一生善哭。）

行者微露不忍之态，用手扶起，道："常言道：'男儿两膝有黄金。'你今后不可乱跪△！"项羽道："美人说那里话来！我见你愁眉一锁，心肺都已碎了。这个七尺躯，还要顾他做甚！你说与我，果是为何？"▽行者便道："大王，我也瞒你不得了。我身子有些不快，在藤榻上眠得半个时辰，只见窗外玉兰树上，跳出一个猿精，自称五百年前大闹天宫齐天大圣菩萨孙悟空。"项羽听得，登时叫跳乱嚷："拿我玉床头刀来！拿我刀来！不见刀，便是虎头戟！"他便自爬头，自打脚，大喝一声："如今在那里？"行者低着身子，便叫："大王，不消太恼，气坏了自家身子，等妾慢慢说来：'这个猢狲果然可恶▽！竟到藤

△［此种情态，孙长老从何处学来？若今日禅和子，固会家不忙。］

▽（大豪杰，大豪杰！天下无情人绝非奇男子。余谓项羽是第一个情人，屈宋还属第二[1]。）

▽（真孙行者妆假虞美人，假虞美人说真行者，大奇。）

1. 屈宋：屈原、宋玉，均为先秦楚辞作家。

榻边来，把妾戏狎(xiá)。妾虽不才，岂肯作不明不白、贞污难辨之人！当时便高叫侍女。不知这猢狲念了什么定身诀，一个侍女也叫不来。吾道侍女不来，就有些蹊跷，慌忙丢下团扇，整抖衣裳。那猴头怒眼而视，一把揪住了我，丢我在花雨楼中△，转身跳去。我在花雨楼中，急急慌慌，偷眼看他走到那里去。大王，你道他怎么样△？他竟到花阴藤榻之上坐着，变作我的模样，呼儿唤婢。歇歇儿，又要迷着大王。妾身不足惜，只恐大王一时真假难分，遭他毒手。妾之痛哭，正为大王△！”

△［忽又露出花雨楼，奇妙。］

△［好顿折，如闻其声。］

△［迷人者往往如此。］

项羽听罢，左手提刀，右手把戟，大喊一声：“杀他！”跳下阁来，一径奔到花阴榻上，斩了虞美人之头，血淋淋抛在荷花池内，分付众侍女们：“不许啼哭！这是假娘娘，被我杀了。那真娘娘在我的阁上。”那些侍女们含着泪珠，急忙忙跟了项王，走到阁上，见了行者，都各各回愁作喜，道：“果然真娘娘在此，险些儿吓死婢子也！”

项王当日大乐，教阁下侍儿，急忙打扫花雨

楼中，谨慎摆酒：“一来替娘娘压惊，二来贺孤家斩妖却惑之喜△。”台下齐声答应。当时阁上的众侍女们，都来替行者揉胸做背，进茶送水。也有问：“娘娘惊了，不心颤么？”行者道：“也有些。”也有问：“娘娘不跌坏下身么△？”行者道：“这个倒不，独有气喘难当。”项王道：“气喘不妨，定性坐坐就好。”

△［自迷者往往如此。］

△［何以独问下身？岂知娘娘下身竟是长老！堂堂大圣，一染情魔，心不由主，便做出许多丑态。迷人者还自迷，往往如此。］

忽有一对侍儿跪在面前：“请大王、娘娘赴宴。”行者暗想道：“我还不要千依万顺他。”登时妆做风魔之状，呆睁着两眼，对着项王道：“还我头来！”▽项王大惊，连叫：“美人，美人！”行者不应，一味反白眼睛。项王道：“不消讲，这是孙悟空幽魂不散，又附在美人身上了。快请黄衣道士到来，退些妖气，自然平复。”顷刻之间，两个侍儿同着一个黄衣道士，走上阁来。那道士手执铃儿，口喷法水，念动真言：

▽（假美人杀真美人，奇矣；真行者妆假行者，更奇。）

三皇之时，有个轩辕黄帝，大舜神君。大舜名为虞氏，轩辕姓着公孙。孙虞、虞孙，原是婚姻。今朝冤结，那得清明？伏愿孙先生大圣老爷△，行者威灵，早飞上界，再闹天宫，放了虞

△［好称呼。］

美人，寻着唐僧。急急如令！省得道士无功，又要和尚来临。

行者便叫："道士！你晓得我是那个？"道士跪奏："娘娘千岁！"行者乱嚷："道士，道士！你退不得我！我是齐天大圣，有冤报冤，附身作祟(suì)。今日是个良辰吉日，决要与虞美人成亲△！你倒从中做个媒人，得些媒人钱也是好的。"说罢，又嚷几句无头话。道士手脚麻木，只得又执剑上前，软软的拂一拂，轻喷半口法水，低念一声："太上老君急急如律令，敕！"——"敕"字又不响△。

△［真行者方要代真虞美人与项羽成亲，假行者又要与假虞美人成亲，更奇。］

△［何苦又调侃法师。］

行者暗暗可怜那道士，便又活着两眼，叫声："大王亲夫在那里△？"项王大喜，登时就赏黄衣道士碎花白金一百两，送他回庙。忙来扶起行者，便叫："美人，你为何这等吓人？"行者道："我却不知，但见榻边猢狲又走进来，我便觉昏昏沉沉，被道士一口法水，只见他立脚不定，径往西南去了。如今我甚清爽，饮酒去罢！"

△［好称呼。］

项王便携了行者的手，走下高阁，径到花雨

楼中坐定。但见凤灯攦(lì)秀[1]，桂烛飞晖(huī)[2]，众侍女们排班立定。酒方数巡，行者忽然起身，对项羽道：“大王，我要睡。”项羽慌忙叫苹香丫头点灯◇。两个又携了手，进入洞房，吃盏岕(jiè)茶[3]△，并肩坐在榻上。

◇（此文章家血脉。黄子岸所谓文字须晓提丝法也。“苹香”二字不见此处，后便说来无味。）[先出苹香，后文便不嫌突。]

△[又逗吃茶。]

行者当时暗想：“若是便去了，又不曾问得秦始皇消息；若是与他同入帐中，倘或动手动脚△，那时依他好，不依他好△？不如寻个脱身之法。”便对项羽说：“大王，我有句话，一向要对你说，只为事体多端，见着你就忘记起了。妾身自随大王，指望生男长女△，永为身后之计，谁想数年绝无影响[4]。大王又恋妾一身，不肯广求妃嫔。今大王鬓雪飘扬，龙钟万状。妾虽不敏，窃恐大王生为孤独之人，死作无嗣之鬼。苹香这侍儿，天姿翠动，烟眼缭人△，吾几番将言语试他，倒也有些情趣。今晚叫他伏侍大王。”项王失色道：“美人，想是你日间惊偏了心哩！为何极醋一个人，说出极不醋一句话△？”行者

△[反对前书罗刹女一案。]

△[请问小师太，依他便如何？不依他，便如何？]

△[生男长女，恐非小师太所能。]

△[反对楚骚一节。]

△[此普天下做丈夫的祷祀而求者，项王乃受宠若惊。]

1. 攦秀：散发华彩。
2. 桂烛：用桂膏制的烛。
3. 岕茶：明清时一种名茶，产在长兴、宜兴一带。
4. 影响：效验。

陪笑道："大王，我平日的不容你，为你自家身子；今日的容你，为你子孙。我的心是不偏△，只要大王后日不心偏。"项王道："美人，你便说一万遍，我也不敢要苹香。难道忘了五年前正月十五观灯夜同生同死之誓△，却来戏我？"行者见时势不能，又陪笑道："大王，只怕大王抛我去了，难道我肯抛大王不成？只是目下有一件事，又要干渎（dú）[1]。"

△［孙长老从何处学来？］

△［凭空结撰，奇妙之至。］

（孙行者不是真虞美人，虞美人亦不是真虞美人；虽曰以假虞美人杀假虞美人，可也。）

［项王是牛魔王影子，虞美人是罗刹影子，楚骚（苹香）是玉面影子，紧跟来脉，有反照入江、橹摇背指之妙。］

1. 干渎：冒犯。

第七回　秦楚之际四声鼓　真假美人一镜中

项羽便问："美人何事？"行者道："我日间被那猴头惊损心血，求大王先进合欢绮(qǐ)帐，妾身暂在榻上，闲坐一回，还要吃些清茶△，等心中烦闷好了才上床。"项羽便抱住行者△，道："我岂有丢美人而独睡之理？一更不上床，情愿一更不睡；一夜不上床，情愿一夜不睡。"当时项羽又对行者道：

△［又逗吃茶。］

△［此抱可为罗刹女雪耻，一笑。看他处处与前书两相照。］

"美人，我今晚多吃了几杯酒，五脏里头结成一个魂磊(kuǐ lěi)世界[1]△。等我讲平话，一当相伴，二当出气。"行者娇娇儿应道："愿大王平怒，慢慢说来。"项王便慷慨悲愤，自陈其概。一只手儿扯着佩刀，把左脚儿斜立，便道："美人，美人，

△［古人世界中又忽然化出一个魂磊世界，奇妙。呜呼！又乌知三千大千世界又孰非魂磊耶？］

1. 魂磊：比喻心中郁积的不平之气。

我罢了！项羽也是个男子△，行年二十，不学书，不学剑，看见秦皇帝矇瞳▽，便领着八千子弟，带着七十二范增[1]，一心要做秦皇帝的替身。那时节，有个羽衣方士，他晓得些天数。我几番叫个人儿去问他，他说秦命未绝。美人△，你道秦命果然绝也不绝？

△［自数英雄，博枕边人快活，口吻宛然。］
▽（伏矇瞳世界。）

△［百忙中叫一声美人，妙。此亦是文家唤醒法。不然，滔滔说去，成一篇呆板文字矣。］

“后边我的威势盛了，志气猛了，造化小儿也做不得主了。秦不该绝，绝了；楚不该兴，兴了。俺一朝把血腥腥宋义的头颅儿挂起，众将官魂儿飞了，舌儿长了，两脚儿震了△，那时我做项羽的好耍子也！

△［几个“了”字，着纸欲飞。］

“章邯(hán)来战，俺便去战。这时节，秦兵的势还盛，马前跳出一员将士，吾便喝道：‘你叫什么名字？’那一员将士，见了我这黑漫漫的脸子，听得我廓落落的声音△，扑的一响，在银花马上，翻在银花马下。那一员将，吾倒不杀他。

△［名士口气。］

“歇歇儿，又有一个大将，闪闪儿的红旗上，分明写着‘大秦将军章’。吾想秦到这个田地也不‘大’了，忽然失声，在战场上呵呵的笑。不

1. 七十二范增：《项羽本纪》言“居巢人范增，年七十”，而非“七十二”。

想那员将军见俺的笑脸儿，他便骨头儿粉碎了，一把枪儿横着，半个身儿斜着，把一面令旗儿乱招着，青金锣儿敲着，只见一个金色将军，看定自家的营中躜着△。那时俺在秦营边，发起火性，便骂章邯：‘秦国的小将！你自家不敢出头，倒教三四寸乳孩儿，拿着些柴头木片，到俺这里来祭刀头！俺的宝刀头说与我，不要那些小厮们的血吃，要章邯血吃△！我便听了宝刀头的说话，放了那厮。’

△［又连下几个“着”字，说得兴会。］

△［好形容。］

“美人△，你道章邯怎么样？天色已暮了△，章邯那厮，径领着一万的精兵，也不开口，也不打话，提着一把开山玉柄斧，望俺的头上便劈。俺一身火热，宝刀口儿也喇（lā）喇的响了。左右有个人叫做高三楚，他平日有些志气△。他说：‘章邯不可杀他，还好降他。我帐中少个烧火军士，便把这个职分赏了章邯罢。’俺那时又听了高三楚的说话，轻轻把刀稍儿一拨，斩了他坐下花蛟马，放他走了。那时节，章邯好怕也！”

△［又叫一声美人。］

△［夹一句写景。］

△［名士口气。］

行者低声缓气道：“大王，且吃口茶儿△，慢慢又讲。”项羽方才歇得口，只听得樵楼上鼕（dōng）鼕响，已是二更了△。项羽道：“美人，你要睡

△［妙，又逗吃茶。］

△［好顿折，若一直说下去，便不成文字。］

未？”行者道：“心中还是这等烦闷。”项羽道：“既是美人不睡，等俺再讲。

“次日平明△，俺还在那虎头帐里，呼呼的睡着，只听得南边百万人叫：‘万岁！万岁！’北边百万人也叫：‘万岁！万岁！’西边百万人也叫‘万岁’，东边百万人也叫‘万岁’△。俺便翻个身儿，叫一个贴身的军士，问他：‘想是秦皇帝亲身领了兵来与俺家对敌△？他也是个天子，今日换件新甲◇。’

△［紧接“天色已暮”句来。］

△［一个只要打听秦始皇，一个偏是兴高采烈，叨叨诉说，天下往往有此不着肝肺之事。］

△［反折，妙。］

◇（换新甲见秦皇帝，不换新甲见诸侯，妙！有低徊。）［换新甲，妙。］

“美人△，你便道那军士怎么样讲？那军士跪在俺帐边，嗒嗒（dā）的说：‘大王差了，如今还要讲起“秦”字？八面诸侯现在大王玉帐门前，口称万岁。’俺见他这等说，就急急儿梳了头，戴盔；洗了足，穿靴△。也不去换新甲△，登时传令，叫天下诸侯都进辕门讲话[1]。巳时传的号令，午时牌儿换了，未时牌儿又换了，只见辕门外的诸侯再不进来◇。俺倒有些疑惑，便叫军士去问那诸侯：‘既要见俺，却不火速进见，倒要俺来见你？’

△［又叫一声美人。］

△［琐碎得妙。］

△［不换新甲，妙。］

◇（突发一段奇想。）［又反折，妙。］

1. 辕门：军营之门。

“我的说话还有一句儿不完，忽然辕门大开，只见天下的诸侯王个个短了一段▽。俺大惊失色△，暗想：‘一伙英雄，为何只剩得半截的身子？’细细儿看一看，原来他把两膝当了他的脚板，一步一步捱(ái)上阶来。右帐前拜倒几个衮冕(gǔnmiǎn)珠服人儿[1]，左帐前拜倒几个衮冕珠服人儿。我那时正要喝他，为何半日叫不进来，左右禀：‘大王，那阶下的诸侯接了大王号令，便在帐前商议。又不敢直了身子走进辕门，又不敢打拱，又不敢混杂。众人思量，伏在地上，又走不动。商商量量，愁愁苦苦，忧忧闷闷，慌慌张张，定得一个膝行法儿，才敢进见。’▽

▽（奇，奇。）

△［看他笔笔作顿折，全不肯下一直笔。］

▽（从左右口中写出拜辕门光景，项羽真会夸口。）

“俺见他这等说话，也有三分的怜悯，便叫天下诸侯抬起头来。你道那一个的头儿敢动一动？那一个脚儿敢摇一摇？只听得地底上洞洞儿一样声音，又不是钟声，又不是鼓声，又不是金笳(jiā)声。定了性儿听听，原来是诸侯口称万岁，不敢抬头。想当年，项羽好耍子也！”

行者又做一个“花落空阶声”，叫：“大王辛

1. 衮冕：即衮衣和冕冠，是古代皇帝及上公的礼服和礼冠。

苦了，吃些菉（lǜ）豆粥儿△，消停再讲。”▽项羽方才住口。听得樵楼上鼕鼕鼕三声鼓响，行者道：“三更了。”△

△［妙。］

▽（老项一段拔山盖世之气，假美人一种婉转悲凉之态，天地间不可少此两样。）

△［又作顿折，盖在行者耳中听之，更不耐烦也。写项羽十分刚猛，纯是一个“气”字；写假美人十分软媚，纯是一个“情”字，气为情缚，便辗转不得脱，然此非项羽之气、假美人之情，乃行者之气、行者之情耳。自缠自缚，皆由一念之误。］

项羽道：“美人心病未消，待俺再讲：此后沛公有些不谨，害俺受了小小儿的气闷。俺也不睬他，竟入关中。只见一个人儿在十里之外，明明戴一顶日月星辰珠玉冠，穿一件山龙水藻黼黻（fǔ fú）文章衮[1]，驾一座蟠龙缉凤画绿雕青神宝车，跟着几千个银艾金章悬黄佩紫的左右[2]◇，摆一个长蛇势子，远远的拥来▽。他在松林夹缝里，忽然见了俺。那时节，前面这一个人，慌忙除了日月星辰珠玉冠，戴着一顶庶人麻布帽；脱了山龙水藻黼黼文章衮，换了一件青又白、白又青的凄凉服；下了蟠龙缉凤画绿雕青神宝车△，把两手儿做一个背上拱。那一班银艾金章悬黄佩紫的，都换了草绦（tāo）木带，涂了个朱红面，倒身俯伏，恨不得钻入地里头几千万尺！他们打扮得停停当当。俺的乌骓（zhuī）儿去得快△，一跨到了面前。只听得道旁叫：‘万岁爷！万岁爷！’俺把眼稍儿斜一斜。

◇（细，妙。）［偏看得仔细。］

▽（子婴降汉祖，原不是老项，然自老项夸口，不妨假借，况在妻子之前乎？）

△［句句重复，妙。］

△［带乌骓，妙。］

1. 黼黻：泛指礼服上所绣的华美花纹。
2. 银艾：银印和绿绶。

他又道：‘万岁爷爷，我是秦王子婴，投降万岁爷的便是。’俺当年的气性不好△，一时手健，一刀儿苏苏切去，把数千人，不论君臣，不管大小，都弄做个无头鬼。俺那时好耍子也！便叫：‘秦始皇的幽魂，你早知今日……◇’”

△［自埋怨，妙。是对枕边人口角。］

◇（不了，妙结。）［不再说下，妙。］

却说行者一心原为着秦始皇△，忽然见项羽说这三个字，便故意放松一步道：“大王，不要讲了，我要眠。”项羽见虞美人说要眠，那敢不从，即便住口。听得樵楼上鼕鼕鼕鼕鼕打了五声更鼓◇，行者道：“大王，这一段话得久了，不觉跳过四更。”行者就眠倒榻上。项羽也横下身来，同枕而眠△。行者又对项羽道：“大王，吾只是睡不稳。”项羽道：“既是美人不睡，等我再讲平话▽”。行者道：“平话便讲，如今不要讲这些无颜话△！”项羽道：“怎么叫做无颜话？”行者道：“话他人叫做有颜话，话自己叫做无颜话。我且问你：‘秦始皇如今在那里◇？’”项羽道：“咳！秦始皇亦是个男子汉，只是一件：别人是乖男子，他是个呆男子。”行者道：“他并六国，筑长城，也是有智之人。”项羽道：“美人，人要辨个智愚、愚智，始皇的‘智’是个‘愚智’。

△［归入正脉。］

◇（写更鼓处，妙入神境。）［将要问秦始皇下落，却又作一顿折，总不肯使一直笔。跳过四更，妙。不然，又是拙笔。］

△［此眠亦可为罗刹女雪耻，一笑。］

▽（《西游补》是平话矣。项羽平话正是平话中之平话。）

△［自数英雄，讨好枕边人，谓之无颜话。骂尽。］

◇（要紧。）［急入。］

元造天尊见他矇瞳得紧△，不可放在古人世界，登时派到矇瞳世界去△。”

△［好品评。］

△［出矇瞳世界。］

那行者听得“矇瞳世界”四字，却又是个望空，慌忙问：“矇瞳世界相去有几里路程？”项羽道：“还隔一个未来世界哩△！”行者道：“既是矇瞳世界还隔一未来世界，那个晓得他在矇瞳世界？”项羽道：“美人，你却不知，原来鱼雾村中，有两扇玉门，里边有条伏路[1]，通着未来世界；未来世界中，又有一条伏道，通矇瞳世界△。前年有一个人，名唤新在，别号新居士△。他也胆大，一日推开玉门，竟往矇瞳世界去，寻着父亲。归家来时，须发尽白。那新居士走了一遭，原不该走第二遭了。他却不肯安心，歇得三年，重出玉门，要去寻他外父[2]△。当时大禹玄帝△，重重大怒，不等他回来，叫人拿一张封皮，封了玉门关。新居士在矇瞳世界出来，见了玉门关儿紧闭，叫了一日，无人答应。东边不收，西边不管，这中人却是难做。喜得新居士是有性情的，住在未来世界，过了十多年，至今还

△［又出未来世界。］

△［鱼雾村有玉门，玉门中有伏路，通未来世界；未来世界有伏路，通矇瞳世界。读者思之。］

△［又在项羽口中说出新居士。］

△［寻父亲，寻外父，妙；正与行者寻师父作影子。新居士父亲、外父如何却在矇瞳世界，读者试猜。］

△［大禹玄帝，又应上文。］

1. 伏路：暗道，秘道。

2. 外父：岳父。

◇（新居士一段，文境极旷。）［古人世界中有新居士，却在曚曈世界寻父亲、外父，回来不得，却住在未来世界，读者思之。］

不归家。”◇

行者便叫：“大王，玉门果是奇观，我明日要去看看。”项王道：“这个何难！此处到鱼雾村，不过数步。”

△［画所不到。］

△［虞美人有赠嫁，妙。形容妙。］

正说之间，听得鸡声三唱，八扇绿纱窗变成鱼肚白色△，渐渐日出东山，初昕(xīn)鼓舞[1]。四个赠嫁在窗外走动[2]，但有脚声△，无口声。行者便叫：“苹香，吾要起身。”一个赠嫁在窗外应道：“叫来。”

顷刻，苹香推进房门。项羽扶了行者，一同走起。登时就有一个赠嫁趋进，请娘娘到天歌舍梳洗。行者便要走动，又转一念道：“若是秃秃光光，失美人的风韵。”轻轻推开绿纱窗两扇，摘一瓣石榴花叶，手里弄来弄去，仍旧丢在花砌之上△。

△［普天下后世学虞美人风韵者，牢牢记着。石榴花又映上牡丹，照十五回五月中云云。］

△［一切铺排皆为“情”字烘染。］

行者转身便走。不多时，走到天歌舍△，只见一只水磨长书桌上，摆一个银漆盒儿，合着一盒月殿奇香粉；银盒右边，排着一个碧玻璃盏儿，放一盏桃浪胭脂絮；银盒左边，排着一个紫

1. 初昕:黎明。
2. 赠嫁:陪嫁的婢女。

花盂，盂内放一根缠头带；又有一个细壶儿，放一壶画眉青黛。东边排大油梳一个，小油梳三个；西边排着青玉油梳一套，次青玉油梳五斜，小青玉油梳五斜；西南排大九纹犀油梳四枚，小赤石梳四枚；东北方排冰玉细瓶，瓶中一罐百香蜜水，又有一只百乳云纹爵，爵中注着六七分润指甲的截（zài）浆▽；西北摆着方空玉印纹石盆，盆中放清水，水中放着几片奇石子，石子上横放一只竹节柄小棕刷；南方摆着玄软刷四柄，小玄软刷十柄，人发软刷六柄；人发软刷边，又排一个水油半面梳一斜，牙方梳二斜，又有金钳子一把，玉镶剪刀一把，洁面刀一把，清烈蔷薇露一盏，洗手菉米粉一钟，绿玉香油一盏，都摆在一面青铜古镜边▽。行者见了镜子，慌忙照照△，看比真美人何如，只见镜中自己形容更添颜色。当时便有侍女儿簇拥行者，做髻的做髻，更衣的更衣。

▽（即酒浆也。）

▽（镜中镜。）

△［与第四回初入万镜楼照镜，两两相映。］

晓妆才罢，又见项羽跳入阁来△，嚷道："美人，玉门前去也！"行者大喜。项羽叫打轿△。行者道："大王这样不知趣！一步两步的路，又都是松阴柏屋之下，俗嗒嗒打什么轿！"

△［"跳"字妙，写讨好妻子人高兴。］

△［打轿，妙。写得高兴。］

△［不许打轿，妙。写得高兴。］

项羽就叫不许打轿△。

两人携手出阁。不多时，走到玉门关下。两扇门上也不见甚么封皮，用手推推，玉门半开。行者暗想："此时不走，等待何时？"便把身子一闪，闪进玉门关。项羽慌慌张张，嗒嗒吃吃，扯住一把衣裳，又扯了一个空，扑的一跌。行者全然不顾，竟自走了。

却说行者撞入玉门，原来是一直滚下去的。滚下数里，耳朵里只听得楚王哭声，侍儿号叫；又滚下数里，才不听得，只是未来世界再不肯到。行者心焦，便嚷道："哎哟，哎哟！老孙一向骗别人，今日反被项羽骗入无量井了[1]△！"忽听得耳边叫："大圣不用忧煎！此处一大半路，再走一小半，便是未来世界。"行者道："大哥，你在那里说话？"那人道："大圣，我在你隔壁。"行者道："既然如此，开了门等我进来吃口茶水△。"那人道："这里是无人世界，没得茶吃。"行者道："既是无人，话无人的是那个？"那人道："大圣多的聪明，今日又呆！我是离身数

△［又作一折。］

△［伏十三回吃茶案。］

1. 无量井：无限深的井。

的[1]，却不曾连身数[2]。”

行者见门儿不开，赌个气苦，用力一滚，直落下未来世界◇。刚刚立得地上，走得几步，对面撞见当年六贼[3]△。行者笑道：“啐！时运不济，白日里见鬼！”六贼便喝：“美妇人休走，等我来剥下衣裳，留下些宝物买路！”

◇（不好了，又是一世界了。）［读者记清，是未来世界。］

△［突兀。］

（竟是一篇《项羽本纪》。）

［拔山举顶，正是大闹天宫人影子，却如何变作虞美人，读者试猜来。写项羽忽然剑拔弩张，忽然柔颜媚骨，都在老婆眼中，真堪一笑。］

1. 离身数：离开本身计数。
2. 连身数：包括本身计数。
3. 六贼：见《西游记》第十四回《心猿归正　六贼无踪》，乃六个拦路山贼，名叫眼看喜、耳听怒、鼻嗅爱、舌尝思、意见欲、身本忧，都被孙悟空打死，暗喻佛教中去除欲念、六根清净的教义。

第八回 一入未来除六贼 半日阎罗决正邪

原来行者做虞美人时节，忙忙然撞入玉门，便一心只想未来世界如何长短，不曾现得原身。当时听得六贼之言，方才猛省，慌忙抹抹脸，叫："六贼看棒！"△那六贼心胆俱碎，跪在道傍，哀哀告上："大圣慈悲菩萨！我等当年在枯藤古树之下△，不该挡你师父，恼了大圣尊性，弟兄六个一时横死。那时一点灵魂奔入古人世界△。古人世界道是我有个贼名头，不肯收留，只得权到这里，堂堂正正，剽(piāo)掠过日[1]，并无半件不良的事业。伏望大圣放生。"行者道："我放得你，你却放不得我！"登时拔出棒来，打为肉饼。望前便走，一心要寻伏道◇。

△［忘却本来面目，便为六贼所侮；现出原身，一棒打杀。情魔将断，渐入觉路矣。］

△［萦带前书。］

△［与第六回首"古人世界也有贼哩"一语相映成趣。］

◇（提。）［来脉。］

1. 剽掠：劫掠。

忽然一对青衣童子，一把扯住行者，道：“大圣爷来得好，来得好！我们阎罗天子得病而亡，上帝有些起工动作之忙[1]△，没得工夫派出姓氏，竟不管阴司无主。今日大圣爷替我们权管半日，极为感激！”大圣想想：“若又错过半日，明早才好见始皇哩△。万一师父被妖精弄死，怎了，怎了？不如回那童子去吧。”便叫：“儿！我别的事做得，若是阎罗天子，断然做不得。我做人虽然直达，却是一时性躁，多致伤人△。万一阴司有张状词，原告走来，说得是，我便忽然愤怒，拔出棒来，打得被告稀烂。若是没有公道硬中证的还好[2]；一时间有个中证，直头跪上前来，又说原告不是，被告可怜，叫我怎么样？”▽青衣道：“大圣，你差了。生死关头在你手里，又怕那个哩？”也不管行者肯不肯，一把扯进鬼门关，高叫：“各殿出来迎接，我寻得一个真正阎罗天子来也▽！”

△［跟上再造灵霄殿，直照第九回末借紫金葫芦一案。］

△［跟定来脉。］

△［自知病痛，是归真返朴根子。］

▽（自写照，逼真。然惟如此性躁，实无留曲。问秦桧，原一些不差。）

▽（孙行者为何是真正阎罗天子，请人参来。黄鲁直《跋阎罗天子图》：“天子姓火，亦言心也。”）

行者无奈，只得升了正堂。当时有个随身判官徐显，捧上玉玺，请行者权掌。阶下赤发鬼、

1. 上帝：即玉帝。起工动作：指起造楼房等工程。
2. 中证：证人。

青牙鬼，一班无主无归昏沦鬼，共八千万四千六百个；殿前七尺判官、花身判官、总巡判官、主命判官、日判、月判、芙蓉判官、水判官、铁面判官、白面判官、缓生判官、急死判官、炤(zhāo)奸判官、助正判官、女判官等，共五百万零十六人，呈上连名手本，口称千岁△。又有九殿下进谒(yè)[1]，行者通打发出去。当时主簿曹判使跪倒阶下，送上生死簿子▽。行者接在手中翻看，心中暗想："我前日打杀一干男女△，不知他簿子上可曾记着不曾记着。"又翻了一叶，道："万或记在上边，孙悟空打死男女几千人，我如今隐忍好，还是出牌票好[2]？"正踌躅间，忽然醒悟道："啐！吾老孙当年赶到此间，把姓孙的多已抹倒△。那一班小猢狲还靠我的福荫，功罪两无。况且老孙自家干事，那一名小鬼敢报？那一个判官敢记哩？"便顺手翻翻，掷落阶下。曹判使依旧捧在手中，傍着左柱立起。

△［与前书唐太宗入冥，及行者闹森罗殿，相映成文，却无一句蹈袭，真大手笔。］

▽（好照顾。）

△［萦带上文。］

△［萦带前书。］

行者便叫曹判使："你去取一部小说来与我消闲△。"判使禀："爷，这里极忙，没得工夫看

△［何不请尊夫项羽来说平话，不比水帘洞闲来看《昆仑别纪》？］

1. 谒：拜见。

2. 牌票：指执行官方命令的书面凭证。

小说。”便呈上一册黄面历▽。又禀：“爷，前任的爷都是看历本的△。”行者翻开看看，只见打头就是十二月，却把正月住脚[1]；每月中打头就是三十日，或二十九日，又把初一做住脚，吃了一惊，道：“奇怪！未来世界中历日都是逆的△，到底想来不通。”

▽（着眼。）

△［阎罗王都是看历本过日，可怕。］

△［逆数历本的地方尚没功夫看小说，顺数日子的偏要忙里偷闲看小说，言之凛然。］

政要勾那造历人来问他，只见一个判官上堂，禀：“爷，今日晚堂该问宋丞相秦桧一起。”行者暗想道：“当时秦桧必然是个恶人，他若见我慈悲和尚的模样，那里肯怕？”便叫判官：“拿坐堂衣服过来。”行者便头戴平天九旒(liú)冠，身穿蛟绕袍[2]，脚踏一双铁不容情履△。案上摆着银硃(zhū)锡砚一个，铜笔架上架着两管大朱红笔。左边排着幽冥皂隶签筒一个，判官总名签筒一个，值堂判官签筒一个，无名鬼使签筒三个。登时又派起五项鬼判△：一项绿袍判官，领着青面青皮青牙青指青毛五百名剐(guǎ)秦精鬼▽；一项黄巾判官，带着金面金甲金臂金头金眼金牙五百名除秦厉鬼；一项红须判官，领着赤面赤身赤衣赤骨赤胆赤心

△［忽然作虞美人，忽然作阎罗王，何怪今之美人翻转面皮，便似阎罗王也。］

△［铺排阎罗威武，为假虞美人解秽，正与天歌舍一段反对。］

▽（伏。）

1. 住脚：收尾，放在最后。
2. 蛟绕袍：空青室本作“绕蛟袍”。

▽（赤胆、赤心，可以羞秦矣。）

五百名羞秦精鬼▽；一项白肚判官，领着素肝素肺素眼素肠素身素口五百名诛秦小鬼；一项玄面判官，领着黑衣黑裙黑毛黑骨黑头黑脚，只除心儿不黑，五百名挞（tà）秦佳鬼。配了五色，按着五行，立在五方，排做五班，齐齐放在那畏志堂前。又派一项雪白包巾、露筋出骨、沉香面孔、铜铃眼子的巡风使者，管东边帘外；一项血点包巾、露筋出骨、粉色面皮、峨象鼻子的巡风使者，管西边帘外；着一个徐判官总管▽。又派一项草头花脸、虫喉风眼、铁手铜头的解送鬼六百名，着崔判官管了▽；一项虎头虎口、牛角牛脚、鱼衣蛟色的送书传帖鬼使一百名△；一项迎宾送客、葱花帽子阴阳生，一项卷帘刷地的蓬首鬼二百名；一项九龙脚凤凰头的奏乐使者七百名。行者便叫小鬼，把铁风旗杆儿竖起了。判官传旨，帘外齐声答应，擂鼓一通。

▽（看他叙次。）

▽（伏。）

△［为送书张本。］

铁杆立起，闪闪烁烁，二面大白旗，分明写着“报仇雪恨，尊正诛邪”八个纯金字。行者看立旗杆，登时出张告示：

正堂孙：天道恢恢，法律无情。一切掌善司

恶判使，毋得以私犯公，自投严网。三月△日示

△［跟三月。］

告示挂毕，帘外齐声大喊，擂鼓一通。行者又出吊牌一起：

秦桧

判官跪接牌儿，飞奔出帘，挂在东边栋柱。帘外大震，擂鼓一通▽。行者便叫卷帘。有数个鬼使飞趋走进，把斗虎帘儿高挂。只见众判官排班，雁行鹰视，两边对立。外面又擂鼓一通，吹起海角，击动云板石，闹纷纷送进一首白纸旗儿[1]，上写“偷宋贼秦桧”△。

▽（几个“擂鼓一通”，使读者神情振动。）

△［名目新奇，比偷酒贼、偷药贼、偷人参果的强盗何如?］

到了头门，头门上鬼使高叫：“偷宋贼秦桧牌进!”帘外齐声答应，擂鼓一通，重复吹起海角，击动云板石。殿中青牙判使便撞起夺邪钟。头门上发擂，二门上也发擂，帘外也发擂，烟飞斗乱。头门鬼使高叫：“秦桧进!”帘内五项鬼

1. 首：面。

判，帘外众项鬼使，同声吆喝，响如霹雳。

鼓声才罢，行者便叫：“放了秦桧绑子，细细问他。”一千个无职雄风鬼，慌忙解下绳来，把秦桧一揪揪下石皮，踢了几脚。秦桧伏在地上，不敢做声。行者便叫：“秦丞相请了。”

（写行者扮威仪处，一一绝倒。）

第九回　秦桧百身难自赎　大圣一心皈穆王

掌簿判官将善恶簿子呈上御览。行者看罢，便叫："判官，为何簿上没有那秦桧的名字?"判官禀："爷，秦桧罪大恶极，小判不敢混入众鬼丛中，把他另写一册，夹在簿子底下。"行者果然翻出一张《秦桧恶记》，从头看去：

会金主吴乞买以桧赐其弟挞懒[1]；挞懒攻山阳，桧遂首建和议。挞懒纵之使归，遂与王氏俱归。

行者道："秦桧，你做了王臣，不思个出身

1. 金主吴乞买：金太宗完颜晟，女真名完颜吴乞买。挞懒：金朝宗室将领完颜昌，女真名完颜挞懒。

扬名，通着金人，是何道理?”秦桧道：“这是金人弄说，与桧全没相干。”行者便叫一个银面玉牙判使，取“求奸水鉴”过来。鉴中分明见一秦桧，拜着金主，口称万岁。金主附耳，桧点头；桧亦附耳，金主微笑。临行，金主又附耳，桧叫：“不消说，不消说！”◇行者大怒，道：“秦桧！你见鉴中的秦桧么?”秦桧道：“爷爷，鉴中秦桧却不知鉴外秦桧之苦。”行者道：“如今他也知苦快了！”叫铁面鬼用通身荆棘刑。一百五十名铁面鬼即时应声，取出六百万只绣花针，把秦桧遍身刺到。又读下去：

◇（奇。）［凭空结撰，竟如目见。虽谓之信史，可也。］

绍兴元年，除参知政事。桧包藏祸心，唯待宰相到身。

行者仰天大笑，道：“宰相到身，要待他怎么?”高总判禀：“爷，如今天下有两样待宰相的△：一样是吃饭穿衣、娱妻弄子的臭人，他待宰相到身，以为华藻自身之地，以为惊耀乡里之地，以为奴仆诈人之地；一样是卖国倾朝、谨具平天冠、奉申白玉玺的，他待宰相到身，以为揽

△［自昔已然，于今为烈，呜呼！］

政事之地，以为制天子之地，以为恣刑赏之地。秦桧是后边一样。”行者便叫小鬼掌嘴。一班赤心赤发鬼，一齐拥住秦桧，巳时候掌到未时候，还不肯住。行者倒叫：“赤心鬼，不必如此，后边正好打哩。”又读下去：

八月拜右仆射，九月吕颐(yí)浩再相，桧同秉政。桧风其党[1]，建言内修外攘，出颐浩于镇江。上尝谓直学士綦(qí)崇礼曰：“桧欲以河北人还金，中原人还刘豫[2]。若南人归南，北人归北，朕北人，将安归乎？”△

△［臣桧诚惶诚恐，稽首顿首，谨对曰：“归金。”］

行者道：“宋皇帝也是真话。到了这个时节，布衣山谷，今日闻羽书，明日见朝报，那个不有青肝碧血之心？你的三公爵、万石侯是谁的？五花绶(shòu)、六柳门是谁的？千文院、百销锦是谁的▽？不想上报国恩，一味伏奸包毒，使九重天子不能保一尺的栋梁，还是忠呢，还是奸？”秦桧道：“桧虽愚劣，原有安保君王、宴宁天室之

▽（并出《龙津杂纪》。）

1. 风：委婉劝告。
2. 刘豫：金朝扶植的伪齐傀儡皇帝。

意[1]。'南人归南，北人归北'，此是一时戏话。爷爷，不作准也罢了！"

行者道："这个不是戏的！"叫抬小刀山过来。两个蓬头猛鬼抬出小刀山，把一个秦桧血淋淋拖将上去。行者道："此是一时耍子。秦丞相，你不作准也罢了。"说罢大笑。又看下去：

八年拜右仆射。金使议和，与王伦俱至，桧与宰执共入见。桧独留身，言："臣僚畏首畏尾，不足与断大事。若陛下决欲讲和，乞颛(zhuān)与臣议[2]。"帝曰："朕独委卿。"桧曰："愿陛下更思三日。"

行者道："我且问你：你要图成和议，急如风火，却如何等得这三日过呢？万一那时有个廷臣，喷血为盟，结一忠臣丢命党，你的事便坏了。"秦桧道："爷，那时只有秦皇帝，那有赵皇帝？犯鬼有个朝臣脚本，时时藏在袖中，倘有朝臣不谨，反秦姓赵，那官儿的头颅登时不见。爷

1. 宴宁：安定。
2. 颛：同"专"。

爷，你道丢命忠臣，盘古氏到再来混沌，也有得几个？当日朝中纵有个把忠臣，难道他自家与自家结党？党既不成，秦桧便安康受用。”▽

▽（千古奸人秘诀只是破党。）

行者道：“既如此，你眼中看那宋天子殿上，象个甚么来？”秦桧道：“当日犯鬼眼中，见殿上百官都是蚂蚁儿◇。”行者叫：“白面鬼，把秦桧碓(duì)成细粉，变成百万蚂蚁，以报那日廷臣之恨！”白面精灵鬼一百名得令，顷刻排上五丈长一百丈阔一张碓子，把秦桧碓成桃花红粉水。水流地上，便成蚂蚁微虫，东趱西走△。行者又叫吹嘘王掌簿，吹转秦桧真形，便问：“秦桧，如今还是百官是蚂蚁，还是丞相是蚂蚁？”秦桧面皮如土，一味哀号。

◇（是。）［其实当时殿上百官无异蚂蚁儿，非秦桧虚言。］

△［如此化身千百亿，恐南柯国主不免做宋高宗耳。］

行者又道：“秦桧，你如今再说，你当日看宋天子象个甚么来？”秦桧道：“犯鬼站立朝班，看见五爪丝龙袍，是我箧(qiè)中旧衣服[1]；看见平天冠，是我破方巾；看见日月扇，是我芭蕉叶；看见金銮殿，是我书房屋；看见禁宫门，是我卧榻房▽。若说起赵陛下时，但见一只草色蜻蜓儿，

▽（都在秦桧口中模写，真绝，快绝！）

1. 箧：小箱子。

△［其实当时赵陛下无异一只草色蜻蜓，非秦桧虚言。］

团团转的舞也△。”行者道：“也罢，我便劳你做做天子！”叫天煞部下幽昭都尉，把秦桧滚油海里洗浴；拆开两胁，做成四翼，变作蜻蜓模样。

△［奇想、奇问，想必不看小说。］

▽（做奸臣原是极忙事。）

行者又叫吹转真形，便问秦桧：“我且问你，你这三日闲不过，怎么样消闲△？”秦桧道：“秦桧那得工夫▽？”行者道：“你做奸贼，不要杀西戎，退北虏；不要立纲常，正名分，有甚没工夫呢？”秦桧道：“爷爷，我三日里看官忙，看着心姓秦的，便把银硃红点着名姓上。点大的，大姓秦；点小的，小姓秦。大姓秦的，后日封官大些；小姓秦的，后日封官时节，小小儿吃亏。又有一种不姓秦又姓秦，不姓赵又姓赵的，空着，后日竟行斥逐罢了。撞着稍稍心姓赵的，却把浓墨涂圈，圈大罪大，圈小罪小，或灭满门，或罪妻孥[1]，或夷三党，或诛九族，凭着秦桧方寸儿。”行者大怒，高叫：“张、邓两兄[2]！张、邓两兄！你为何不早早打死了他△，放他在世界之内，干出这样勾当！也罢，邓公不用霹雳，还有

△［灵霄殿被偷去，张、邓两兄何处立脚？］

1. 孥：子女。
2. 张、邓两兄：《西游记》中有二雷公，名为张蕃、邓化。

孙公霹雳[1]!”便叫一万名拟雷公鬼使，各执铁鞭一个，打得秦桧无影无踪。行者又叫判官吹转真形。却把册子再看：

三日过了，复留身奏事如故，帝意已动矣。桧犹恐其变也，曰：“望陛下更思三日。”又三日，和议乃决。

行者道：“你这三日怎么闲得过?”秦桧道：“犯鬼三日也没得闲。吾入朝时，见宋陛下和议已决，甜蜜蜜的事体做得成了。出得朝门，随即摆上家宴，在铜乌楼中，为灭宋扶金、兴秦立业之贺，大醉一日。次日，家中大宴，心姓秦的官儿，当日便奏着金人乐，弄个‘飞花刀儿舞’，并不用宋家半件东西，说宋家半个字眼，又大醉一日。第三日，独坐扫忠书室，大笑一日，到晚又醉。”行者道：“这三日倒有些酒趣。今日还有几杯美酒，奉献丞相!”便叫二百名钻子鬼，扛出一罈(tán)人脓水，灌入秦桧口中。行者仰天大笑，

1. 孙公霹雳：民间传说中的雷公面目往往是尖嘴猴腮，所以《西游记》中孙悟空屡屡被看作雷公模样，“孙公霹雳”即从此意而来。

道："宋太祖辛辛苦苦的天下，被秦桧快快活活儿送了！"秦桧道："今日这个人脓酒忒不快活△！咳！爷爷，后边做秦桧的也多，现今做秦桧的也不少，只管叫秦桧独独受苦怎的？"行者道："谁叫你做现今秦桧的师长，后边秦桧的规模[1]▽！"登时又叫金爪精鬼，取锯子过来，缚定秦桧，解成万片。傍边吹嘘判官，慌忙吹转。行者又看册子：

△［何不大醉三日？］

▽（唤醒一世。）

和议已决，秦桧挟金人以自重。

行者又叫："秦桧，你挟金人的时节，有几百斤重呢？"秦桧道："我挟金人，却如铁打泰山一般重。"行者道："你知泰山几斤△？"秦桧道："约来有千万斤。"行者道："约来的数不确，你自家等等分厘看！"叫五千名铜骨鬼使，抬出一座铁泰山，压在秦桧背上。一个时辰，推开看看，只见一枚秦桧△，变成泥屑。行者又叫吹

△［尊夫项羽力能拔之。］

△［王氏私通兀朮（zhú）[2]，秦桧之为此一枚，久矣。］

1. 规模：模范、榜样。元耶律楚材《赠蒲察元帅七首》其一："元老规模妙天下，锦城风景压河中。"

2. 兀朮：完颜宗弼，金朝宗室将领。

转，再勘问他。又看册子：

> 诸将所向奏捷，而桧力主班师。九月，诏还诸路将军。

行者便问："那诸将，飞马还朝的，步还朝的呢？"判官禀："爷，这个自然飞马回来的。"行者便叫变动判官，立时把秦桧变作一匹花蛟马。数百恶鬼，骑的骑，打的打。半个时辰，行者方叫吹转原身。又看册子后边去：

> 一日奉十二金牌，令岳飞班师。飞既归，所得州县，寻复失之。飞力请假兵柄，不许。兀朮遗桧书，桧以为然。以谏(jiàn)议大夫万俟卨(mò qí xiè)与飞有怨，风卨劾飞[1]；又谕张俊，令劾王贵，诱王俊诬告张宪，谋还飞兵。桧遣使捕飞父子证张宪事。初命何铸鞫(jū)之[2]，裳忽自裂，露出背上"尽忠报国"四字，深入肤理。既而阅实无左验[3]，

1. 风：教唆。
2. 鞫：审问。
3. 左验：证人、证据。

铸明其无辜。改命万俟卨。卨入台月余，狱遂上。于是飞以众证坐死，时年三十九。

行者便叫："秦桧，岳将军的事如何？"说声未罢，只见阶下有一百个秦桧伏在地上，哀哀痛哭。行者便叫："秦桧，你一个身子也够了，宋家那得一百个天下！"秦桧道："爷爷，别的事还好，若说岳爷一件，犯鬼这里没有许多皮肉受刑。问来时，没有许多言语答应。一百个身子，犯鬼还嫌少哩！"行者便吩咐各衙门判官，各人带一个秦桧去勘问用刑。登时九十九个秦丞相到处分散△。只听得这边叫："岳爷的事，不干犯鬼！"那边叫："爷爷台下！饶犯鬼一板，也是好的。"

△［此一百个秦桧流转世间，为害无已，实缘行者作阎罗时，不曾绝得根株，大错。］

行者心中快畅，便对案前判使道："想是这件事情，原没处说起刑法的了？"曹判使不敢回言，只将手中册本呈上御览。行者展开一看，原来是各殿旧案卷。第一张案上写着：

本殿严：秦桧秉青蝇之性，构赤族之诛；岳飞存白雪之操，壮黄旗之烈。桧名"愚贼"，飞曰“精忠”。

行者道：“这些通是宽话，‘愚’字也说不倒秦桧。”第二张案：

本殿黎：秦构缈纶[1]，楚骚悱恻……△

△［风欠酸丁亦死作阎摩王邪[2]？］

行者道：“可笑！那秦贼的恶端说不尽，还有闲工夫去炼句！正所谓‘文章之士，难以决狱’◇。不消看完了。”便展第三张案：

◇（又骂文士了。）［想是廷对秀才出身。］

本衙唐[3]：《吊岳将军诗》：谁将三字狱，堕此万里城？北望真堪泪，南枝空自萦。国随身共尽，相与虏俱生。落日松风起，犹闻剑戟鸣。

行者道：“这个诗儿倒说得斩钉截铁。”便叫：“秦桧，唐爷的诗句上‘相与虏俱生’那五

1. 缈纶：空青室本作“弥纶”。指首尾周密。
2. 风欠酸丁：指痴呆迂腐的读书人。
3. 本衙唐：后面诗为唐顺之所作，是其《岳将军墓二首》其二，题目略有不同。唐顺之是明代抗倭名将，王阳明心学传人，与王慎中、归有光并称“嘉靖三大家”。小说巧妙地以唐顺之呼应唐姓阎王。

△［武陵山人云：前文不见"莫须有"三字，未免渗漏。］

个字，也是'五字狱'了，拿来配你这'三字狱'，何如△？我如今也不管你什么'三字狱'，也不用唐爷的'五字狱'，自家有个'一字狱'。"

判官禀："爷，为何叫做'一字狱'？"行者道："剐！"登时着一百名蓬头鬼，扛出火灶，铸起十二面金牌。帘外擂鼓一通，趱出无数青面獠牙鬼，拥住秦桧，先剐一个"鱼鳞样"[1]，一片一片剐来，一齐投入火灶。鱼鳞剐毕，行者便叫正簿判官销第一张金牌。判官销罢，高声禀："爷，召岳将军第一张金牌销。"▽擂鼓一通。左边跳出赤身恶使，各各持刀来剐秦桧，剐一个"冰纹样"。行者又叫正簿判官销了第二张金牌。判官如命，高声禀："爷，召岳将军第二张金牌销。"擂鼓一通。东边又走出十名无目无口血面朱红鬼，也各持刀来剐，剐一个"雪花样"△。判官销牌讫(qì)，高声禀："爷，召岳将军第三张金牌销。"擂鼓一通。

▽（胸中积愤到此稍雪其半。）

△［鸾刀缕切何纷纶！相公，相公，真可调和鼎鼐(nǎi)。］

忽然头门上又擂起鼓来，一个鱼衣小鬼，捧着一大红帖儿呈上◇。行者扯开便看，帖上写着

◇（不销完，更妙。文章含蓄无限。）［又作不了案，妙。］

1. 鳞：崇祯本作"燐"，据空青室本改。

五个字：

宋将军飞拜

曹判官见了，登时送上一册历代臣子案卷。行者又细览一遍，把岳飞事实切记在心头。

门上又击鼓，帘外吹起金笳，大吹大擂了半个时辰，一员将军走到面前。行者慌忙趋下正殿，侧着身子，打一拱，道："将军请!"到了阶上，又打一深拱。刚刚进得帘内，好行者，纳头便拜，口称："岳师父，弟子一生有两个师父：第一个是祖师；第二个是唐僧；今日得见将军，是我第三个师父◇，凑成三教全身。"岳将军谦谦不已。行者那里听他，一味是拜，便叫："岳师父，弟子今日有杯血酒，替师父开怀△。"岳将军道："多谢徒弟！只恐我吃不下。"

◇（行者问秦桧，不奇；拜岳武穆作师父，大奇，大奇！着眼。）［西楚霸王妻即岳武穆弟子，于意云何，读者思之。］

△［才将脓酒请丞相，又将血酒请师父。如此请客，真是阎罗王开饭店也。］

行者当时密写一封书，叫："送书的小鬼那里?"一班牛头虎角齐齐跪上，禀："爷，有何分付?"行者道："我要你们上天。"牛头禀："爷，我一干沉沦恶鬼，那能勾上天?"行者道："只是你没个上天法儿，上天也不是难事◇。"把片纸

◇（着眼。）［是真语者、实语者、如语者。］

头，变作祥云，将书付与牛头。忽然想着前日天门紧闭，不知今日开也不开◇。便叫："牛头，你随着祥云而走，倘或天门闭上，你径说幽冥文书，送到兜率宫中去的△。"

◇（好照顾。）［萦带前文。秦桧案已审结，我知天门一定开了。］

△［萦带前书。］

行者打发牛头罢了，又叫："岳师父！弟子欢喜无限，替你续成个偈子。"岳将军道："徒弟，我连年马上，不曾看一句佛书，不曾说一句禅话，有何偈子可续？"行者道："师父且听我续来：

有君尽忠，为臣报国▽。

个个天王，人人是佛△。"

▽（两句系岳将军语。）

△［是无等等祝。］

行者方才念罢，只见牛头鬼捧着回书▽，头上又顶一紫金葫芦，突然落在阶前。行者便问："天门闭么？"牛头禀："爷，天门大开△。"呈上老君回书，云：

▽（只见回书，妙。）

△［读者试猜，是真天假天？］

玉帝大乐，为大圣勘秦桧字字真、棒棒切

也。金葫芦奉上，单忌金铁钻子[1]▽，望大圣留心。至于凿天一事◇，其说甚长，面时再悉。

▽（照应古本《西游》处，好！）

◇（又提。）［萦带前书，又顾凿天一笔。］

行者看罢，大笑道："老孙当初在莲花洞里，原不该钻坏了他的宝贝，这个老头儿今日反来尖酸我了[2]！"便对岳将军打一拱，道："师父，你且坐一回，等徒弟备血酒来。"

（问秦桧，是孙行者一时极畅快之事，是《西游补》一部极畅快之文。）

［《庄子·天运篇》："正者，正也。"其心以为不然者，天门弗开矣，作书之意似本此。］

1. 金铁钻子：参见《西游记》第三十二回到三十五回孙悟空智胜金角大王、银角大王故事。二妖原是太上老君手下看守丹炉的童子。
2. 尖酸：用刻薄的话讥刺人。

第十回 万镜台行者重归 葛藟宫悟空自救[1]

行者接得葫芦儿在手，便叫判官立在身边，附耳低言，不知说些甚么。将葫芦付与判官，判官便到阶下，跳起空中，叫："秦桧，秦桧！"桧时心已死，而气犹存，应了一声，忽然装入葫芦里面△。行者看见，叫："拿来，拿来！"判官慌忙趋进帘内，把葫芦递还行者。行者贴一张"太上老君急急如律令"封皮[3]，封了口子。一时三刻，秦桧化为脓水◇。便叫判官取出金瓜杯[4]，把葫芦底朝上，倒出血水。行者双手举杯，跪进岳将军，道："请师父吃秦桧的血酒。"岳将军推开

△［大圣仔细[2]，如此神奸，安知其不会变金铁钻子?］

◇（直到化为脓水，方了案。）［丞相才饮了脓血酒，便要还席，寄语世人，阎罗王酒席不可轻扰。］

1. 葛藟宫：青青世界中小月王宫殿名，以《诗经·王风》中《葛藟》篇命名。葛藟是一种藤蔓性植物，比喻被重重围困。
2. 仔细：空青室刻本原作"子细"。
3. 贴：崇祯本、空青室本原作"帖"。
4. 瓜：崇祯本作"爪"，据空青室本改。

不饮。行者道："岳师父，你不要差了念头，那偷宋贼只该恨他，不该怜悯。"岳将军道："我也不是怜悯。"行者道："既不怜悯他，为何不吃口血酒？"岳将军道："徒弟，你不晓得，那乱臣贼子的血肉，为人在世，便吃他半口，肚皮儿也要臭一万年！"行者见岳师父坚执不饮，就叫一个赤心鬼，赏他吃了。

那赤心鬼方才饮罢，走入殿背后，半个时辰，忽见门前大嚷一阵，门役打起鸣奸鼓；阶下五方五色鬼使，五路各殿判官，个个抖搜精神[1]。行者正要问判官为着何事，白玉阶前早已拥过三百个蓬头鬼，簇住一个青牙碧眼赤发红须的判官头颅，禀："爷，赤心鬼自饮秦桧血浆酒，登时变了面皮，奔到司命紫府，拔出腰间小刀，刺杀他恩主判爷，径出鬼门关托生去了◇。"

◇（快绝，奇绝！只是赤心鬼不知托生在那一世。）［又做丞相去了。］

行者喝退小鬼，岳将军也便起来。帘外擂鼓一通，奏起细乐，枪刀喇喇，剑戟森森，五万名总判磕头送岳爷爷。行者道："起去！"总判应声，各散衙门。又有无数青血红筋猛鬼，俯伏送岳爷爷。行者道："起去！"又有三百名拥正黄牙

1. 抖搜：抖擞，振作。

鬼，各持宝戟禀送岳爷爷，行者便叫黄牙鬼送岳爷到府。

两个走到头门，头门擂鼓一通，奏金笳一曲。行者打拱，又跟着岳将军而走。到了鬼门关，擂鼓一通，万鬼齐声呐喊。行者打一深拱，送出岳将军，高叫："师父！有暇再来请教。"又打一拱。

△［正了念头，空中便可立脚，为虚空主人张本。］

△［忽断，妙。］

行者送别了岳师父，登时立在空中△，脱下平天冠一顶、绕蛟袍一件、铁不容情履一双、阎罗天子玉印一方，抛在鬼门关上，竟自走了△。

△［武陵山人云：提清山东地方在南宋时为金地。］

◇（照应。）［入脉。］

却说山东地方△，有一个饭店，店中有一个主人，头发脱，口齿落，不知他几百岁了，镇日坐在饭店卖饭。招牌上写着"新古人饭店在此"；下面一行细字："原名新居士"。原来新居士在曚瞳世界回来，玉门关闭，不能进古人世界，权住未来世界中◇，开饭店度日。他是不肯忘本的人，因此改名叫做"新古人"。

△［接第七回吃茶来，又为第十三回作引，极草蛇灰线之妙。］

当日坐店中吃茶△，只见孙行者从东边乱嚷："臊气，臊气！"一步一跌跑来。新古人便叫："先生请了！"行者道："你是何人，敢叫先生？"新古人道："我是古人今人，今人古人，说了出来，一场笑柄。”行者道：“你但说来，我不笑你。”新古人道：“我便是古人世界中的新居士。”行者听得，慌忙重新作揖，叫声：“新恩人！若非恩人，我也难出玉门关了。”新古人大惊。行者径把姓名根由尽情说了一遍。新古人笑道：“孙先生，你还要拜我哩。”行者道：“且莫弄口，我有句要紧话问你：为何这等臊气？又不是鱼腥，又不是羊膻(shān)。”新古人道：“要臊，到我这里来；不要臊，莫到我这里来。这里是靼(dá)子隔壁◇，再走走儿，便要满身惹臊。”

◇（又照着元朝说，何等周匝。）［武陵山人云：南宋之后是元，故云是靼子隔壁。］

行者听罢，心中暗想：“老孙是个毛团，万一惹些臊气，恰不弄成个臊猢狲？况且方才权做阎罗天子，把一名秦桧问得他千零万碎△。想将起来，秦始皇也是秦，秦桧也是秦，不是他子孙，便是他的族分。秦始皇肚里膨脝(hēng)[1]，驱山铎子也未必肯松松爽爽拿将出来◇。若是行个凶险，使个抢法，又恐坏了老孙的名头；不如问新居士一声，跳出镜子罢了。”行者便叫：“新恩人，你可晓得青青世界如今打那里去？”新古人道：“来路即是去路。”行者道：“好油禅话儿！

△［来脉。］

◇（提。）［醒题。］

1. 膨脝：肚子大的样子。

我来路便晓得的，只是古人世界顺滚下未来世界也还容易；若是未来世界翻滚上古人世界，恰是烦难。”新古人道：“既如此，随我来，随我来！”一只手扯了行者，拽脚便走。走到一池绿水边◇，新古人更不打话，把行者辊辘轳（gǔn lù lu）一推，喇嘛（lǎ lài）一声[1]，端原跌在万镜楼中▽。

◇（呀，大圣出镜了。）［武陵山人云：一池绿水，“兑”为泽也，“兑”乃“困”之外卦[2]。］
▽（提。）
△［醒题。］

行者周围一看，又不知打从那一面镜中跳出，恐怕延搁工夫，误了师父△，转身便要下楼；寻了半日，再不见个楼梯。心中焦躁，推开两扇玻璃窗，玻璃窗外都是绝妙朱红冰纹阑干。幸喜得纹儿做得阔大，行者把头一束，趱将出去。谁知命蹇（jiǎn）时乖，阑干也会缚人，明明是个冰纹阑干，忽然变作几百条红线，把行者团团绕住，半些儿也动不得▽。行者慌了，变作一颗珠子，红线便是珠网；行者滚不出时，又登时变作一把青锋剑，红线便是剑匣。行者无奈，仍现原身，只得叫声：“师父，你在那里△？怎知你徒弟遭这等苦楚！”说罢，泪如泉涌△。

▽（请问天下那个不被红线缚住？）

△［寻出源头来了。］
△［去妄存真，在此一哭。］

1. 喇嘛：象声词。
2. 外卦：《易经》原理，卦象的基本符号为阴阳二爻，任意三爻组成八卦，任意六爻组成六十四卦；六十四卦的上三爻为外卦，下三爻为内卦，如困卦的外卦为兑，内卦为坎。

忽然眼前一焼(huǒ)[1]，空中现出一个老人，对行者作揖，便问：“大圣为何在此？”行者哀告原由。老人道：“你却不知，此处是个青青世界小月王宫里。他原是书生出身◇，做了国王，便镇日作风华事业，造起十三宫，配着十三经。这里是六十四卦宫。你一时昏乱，当当走入困之困葛藟(lěi)宫中[2]△，所以被他捆住。我替你解下红线，放你去寻师父。”行者含泪道：“若得翁长如此，感谢不尽。”老人即时用手一根一根扯断红线。

◇（如今书生都是小月王出身。）[书生出身，纠缠故纸，颠倒经文，迷惑后学，是廷对秀才变相。]

△[武陵山人云：葛藟宫属上六，困之至极，故谓之困之困。]

行者方才得脱，便唱个大喏(rě)[3]，问：“翁长姓甚名谁？我见佛祖的时节，也要替你注个大功劳。”老人道：“大圣，吾叫做孙悟空。”行者道：“我也叫做孙悟空，你又叫做孙悟空！一个功劳簿上，如何却有两个孙悟空？你且说平日做些甚么勾当来，等我记些事实罢了。”老人道：“若问我的勾当，也怕杀人哩！五百年前要夺天宫坐坐，玉帝封我弼马温做做△。齐天大圣是我，五行山下苦一苦。苦一苦，苦得一个唐僧来从正

△[萦带前书。]

1. 一焼：指一道火光。
2. 困之困葛藟宫：“困”卦上六爻辞：“困于葛藟，于臲卼，曰动悔有悔，征吉。”
3. 喏：古代表示敬意的呼喊。

果。西天路上有灾危，偶在青青世界躲。”行者大怒，便道：“你这六耳猕猴泼贼△，又来耍我么？看棒！”耳中取出金箍棒，望前打下。老人拂袖而走，喝一声道：“正叫做自家人救自家人▽，可惜你以为不真、不真、不真[1]！”突然一道金光飞入眼中，老人模样即时不见。行者方才省悟，是自己真神出现。慌忙又唱一个大喏，拜谢自家。

△［萦带前书。］

▽（看来此事原不是别人家救得。）

（救心之心，心外心也。心外有心，正是妄心，如何救得真心？盖行者迷惑情魔，心已妄矣，真心却自明白。救妄心者，正是真心。）

［心一而已，有真无妄，妄心非心，心之魔也。妄深魔深，无待外救，救真心者，即真心也。真心所救，是真非妄，若彼妄心，岂足救乎？］

［行者变长变短，几忘却本来面目，是认贼作子也。遇老人相救，而指为六耳猕猴，是反主为客也。金光入眼，觉性顿开，始恍然大悟，是一非二。道歧(qí)于二，通于一，一则诚，诚则去妄归真，此之谓道枢。］

1. 你以为不真、不真、不真：“为”字据文义所加。此句空青室刻本作“你以不真为真、真为不真”。

第十一回 节卦宫门看帐目 愁峰顶上抖毫毛

行者拜谢已毕，跳下楼来，又走到一个门前。门额上有个石板，刊着“节卦宫”三个大字△。门楹（yíng）上挂一条紫金绳，悬着一个碧玉雕成的节卦。两扇门：一扇上画水纹[5]，一扇上画河

△［此回独是节卦，何也？内悦外险[1]，上互得蹇[2]。蹇，难也。下互得归妹[3]。归妹，女之终也。中互得颐[4]。颐，养也。饮食男女，人之大欲，而蹇难即在其中。作者盖深明画卦之旨意。武陵山人云：“困”与“节”是两象易[6]。］

1. 内悦外险：节卦的内卦为兑，外卦为坎。兑义为悦，坎义为险，所以说内悦外险。
2. 上互得蹇：上互，易学术语，将某卦三、四、五爻作为内卦，四、五、六爻作为外卦，即外卦不变，组成另一卦。初、二爻不参与变互，所以称上互。节卦三、四、五爻组成艮卦，外卦坎，成蹇卦。
3. 下互得归妹：下互，易学术语，将某卦二、三、四爻作为外卦，初、二、三爻作为内卦，即内卦不变，组成另一卦。五、上爻不参与变互，所以称下互。节卦二、三、四爻组成震卦，内卦兑，成归妹卦。
4. 中互得颐：中互，易学术语，将某卦三、四、五爻作为外卦，二、三、四爻作为内卦，组成另一卦。初、上爻不参与变互，所以称中互。节卦三、四、五爻组成艮卦，二、三、四爻组为震卦，成颐卦。
5. 水纹：坎为水。
6. “困”与“节”是两象易：困卦的外卦为兑，内卦为坎；节卦的内卦为兑，外卦为坎。节卦与困卦，形成内外卦颠倒的关系，所以说是两象易。

泽[1]。两傍又有一对云浪笺(jiān)春联[2]，其词云：

不出门，不出户，险地险天。

为少女，为口舌，节甘节苦。[3]

△［又作顿节。］

行者看罢，便要进去。忽顿住了脚△，想想道：“青青世界有这等缚人红线，不可胡行乱走◇。等我门前门后看看，打听个消息，寻出老和尚罢了。”转过墙门东首，有一斜墙，上贴着一张纸头，上面写着：

◇（着眼。）［渐有主意了。］

▽（此是叙青青世界无穷处。）

节卦宫木匠石匠杂匠工钱总帐▽：

节卦正宫　房子大小六十四间。木匠银万六千两，石匠银万八千零一两，杂匠银五万四千零六十两七钱正。

节之乾宫　六十四间。前日小月王一个结

1. 河泽：兑为泽。
2. 云浪笺：印有层叠云纹的纸张。云浪，形容云朵如波浪层叠。宋代钱惟演《七夕》：“若比人间更肠断，万重云浪寄微辞。”宋代陶梦桂《登胡氏楼》：“草际露华白，天边云浪开。”宋代王绎《题张公洞》：“后夜龙归云浪湿，未明人起月华鲜。”
3. “不出门”一联：上联主要讲节的外卦坎。节卦爻辞：“初九，不出户庭，无咎。九二，不出门庭，凶。”《说卦》：“坎，陷也。”坎卦彖辞：“习坎，重险也。”爻辞：“九二，坎有险，求小得。”下联主要讲坎的内卦兑。《说卦》：“兑为泽、为少女、为巫、为口舌……”节卦爻辞：“九五，甘节，吉，往有尚。上六，苦节，贞凶，悔亡。”

义兄弟，三四十岁还不上头，还不做亲▽。小月王替他讨一个妻子，叫做翠绳娘▽，就在第三宫中做亲。结亲刚刚一夜，忽然相骂起来。小月王大怒，叫我进去重责五十板。此是众匠害我。今除众匠价银各六倍，替我消闷：木匠只该五万两，石匠只该四万两，杂匠只该二十万两正。

▽（提法绝好，妙在不说出唐僧。）

▽（此处先提翠绳娘。）

节之坤宫　六十四间。木匠石匠杂匠如前。

节之泰宫△　白鹤屋四百六间。小月王独赞芰(jì)荷小舍，增众匠价银，每人增五百两。今该木匠银七百万两，石匠银六百六十四两，杂匠银二百万八千两正。

△［武陵山人云：乾坤交而为泰否(pǐ)[1]，故其次如此。］

节之否宫　小月王卧室一万五千间空青屋。小月王要增一个镜楼，只为近日又增出几个世界：头风世界分出一个小世界，叫做时文世界；菁(jīng)莱世界中分出一个红妆世界；莲花世界中分出一个焚书世界。其余新分出的小世界又不可胜记。困之困万镜楼中▽，藏不下了，只得又在这里再造一所第二万镜楼台。明日各匠进去起造，皆要用心，不宜唐突，自取罪累。先还旧价：木匠五百万五千两，石匠四千万两，杂匠一百八十

▽（出万镜楼，绝妙。）

1. 乾坤交而为泰否：泰卦的内卦为乾，外卦为坤；否卦的内卦为坤，外卦为乾。

万两八钱五分一厘正。

行者看得眼倦，后边还有六十宫，只用一个“怀素看法”[1]，一览而尽了。

当时行者看罢，心中害怕，道：“我老孙天宫也见，蓬岛也见，这样六十四卦宫却不曾见！六十四卦犹以为少，每卦之中，又有六十四卦宫[2]；六十四个六十四卦犹以为少，每一卦之中，又有六十四卦。此等所在又不是一处，除了这里，还有十二个哩△！真是眼中难遇，梦里奇逢！”登时使个计较[3]，身上拔一把毫毛，放在口中，嚼得粉碎，叫“变！”，变做无数孙行者，团团立转。行者分付毫毛行者：“逢着好看处，但定脚看看，即时回报，不许停留。”一班毫毛行者，跳的跳，舞的舞，径往东西南北走了。

△［大闹天宫手段亦慌了。上文叙述只是模糊约略，此却从行者口中点清，文家虚实相生法。］

行者方才打发毫毛，自身闲步△。忽然步到一个峰顶，叫做愁峰顶。抬头见一小童，手中拿着一封书，一头走，一头嚷道：“啐！吾家作头

△［上回末去妄存真，归于一矣。一则诚，诚则神，神则可以变矣。以一化万，以应万境，而一仍不动，庶几不为境累乎?］

1. 怀素看法：意为草草看过。怀素，唐代僧人、书法家，以“狂草”名世，史称“草圣”。
2. “每卦之中”二句：六十四卦的每一卦都可以通过各爻的变化变为其他六十三卦，即变卦，称某卦之某卦。
3. 计较：策略。

好笑[1]，天家大里事，与你一人什么相干，多生疑惑！又拿什么书札到王四老官处去！别日的小可；今日下昼[2]，陈先生在我饮虹台上搬戏饮酒△，为你这样细事，要我戏文也不看得！”

△［此云饮酒，后文却是茶席，笔笔生动。］

行者听得师父在饮虹台上，便转身寻去；又想一想，道：“万一东走西走，走错路头△，不如上前问那童儿一声。”便叫：“小官人！”谁想那小童儿走走话话，他不曾抬头看见行者。忽然见了行者，七窍红流，惊仆不醒。行者笑道：“乖乖，你会做假人命哩！且看他手中是何书札。”急取出来，拆开看时，只见两张黄糙纸上写着：

△［渐有主意了。］

管十三宫总作头沈敬南奉字

王四老官台下知悉：不肖承台下暖目[3]，提拔做其作头，不曾晓得贼头贼脑，累台下抱闷。况且不肖名头也要修洁者也，故数年动作而静然乎。昨日俞作头忽然见不肖言之，他说六十四卦

1. 作头：旧称工匠头目。
2. 下昼：下午。
3. 暖目：青睐，看重。

宫、三百篇宫、十八章宫[1]，阙(quē)了物件[2]，共计百余。小月王殿下大怒，明日要差王四老官去逐宫查点。不肖想台下有片慈心者也。虽不嘱，也必然照顾耳。犹恐此心不白，蒙冤百年。若得台下善其始终，则感佩而终身者哉！△

△［此札与秀才廷对文并垂不朽。］

眷侍教门生十三宫总作头沈敬南百拜王四老官老阿爹老先生大人◇

◇（即案元。）［王四老官想是时文世界中人了。］

行者一心要寻师父，看罢之时，抖抖身子，唤转毫毛。一个毫毛行者在山坡下飞趋上山，叫："大圣，大圣△！跑在这里，要我寻了半日！"行者道："你见些甚么来？"毫毛行者道："我走到一个洞天，见只白鹿说话。"△登时又有两个毫毛行者，揪头发，扯耳朵，打上山来。对了行者，一齐跪下：这个毫毛行者又道那个毫毛行者吃多了一颗碧桃；那个毫毛行者又道这个毫毛行者攀多了一枝梅子△。行者大喝一声，三个

△［毫毛即大圣也，大圣之毫毛亦呼大圣为大圣，读者思之。］

△［不了，妙。］

△［天花乱坠，好看杀人。各宫光景，不能尽写，又不能不写，却借毫毛行者口中说，迷离惝(tǎng)怳(huǎng)[3]，化实为虚，亦是文家偷巧法。］

1. 六十四卦宫：指《易经》。三百篇宫：指《诗经》，《诗经》共311篇，取其整数。十八章宫：指《孝经》，《孝经》共18章。
2. 阙：同"缺"。
3. 怳：空青室本原作"悦"，据文义改。

毫毛行者一同跳上身来。

歇歇，又有一班毫毛行者从东北方来：也有说好看，也有说不好看，也有说见一壁上写着两行字，云：

意随流水行，却向青山住。
因见落花空，方悟春归去。△

△［诗意与首回唐僧牡丹偈相映。］

也有说一枝绣树，每片叶上立一仙人，手执渔板，高声独唱，唱道：

还我无物我，还我无我物。
虚空作主人，物我皆为客。△

△［暗伏虚空主人。］

一个毫毛行者说："一洞天中云色多是回纹锦。"一个毫毛行者说："一高台多是沉水香造成。"一个毫毛行者说："一个古莫洞天闭门不纳。"一个毫毛行者说："绿竹洞天黑洞洞，怕走进去。"◇行者无心去听，把身一扭，百千万个毫毛行者丁东响，一齐跳上身来。

◇（伏绿竹洞。）［伏下。］

行者拽脚便走，听得身上毫毛叫："大圣，

△［妙。］

△［又映罗刹女案。］

◇（着眼。）［句眼。］

△［以一化万，是万即一，一亦空也，故曰物我皆客。］

不要走！我们还有个朋友未来。”△行者方才立定，只见西南上一个毫毛行者，沉醉上山。行者问他到那里去来，毫毛行者道：“我走到一个楼边。楼中一个女子，年方二八，面似桃花，见我在他窗外，一把扯进窗里，并肩坐了△，灌得我烂醉如泥。”行者大恼，捏了拳头，望着毫毛行者乱打乱骂，道：“你这狗才！略略放你走动，便去缠住情妖么◇？”那毫毛行者哀哀啼哭，也只得跳上身来。当时行者收尽毫毛，走下愁峰△。

（收放心，一部大主意，却露在此处。）

第十二回　关雎殿唐僧堕泪　拨琵琶季女弹词

行者拽起脚，走到一座楼台，明明是个饮虹台，却不见个师父△，越发心中焦急。忽然回转头来，只见面前一带绿水，中间有一水殿，殿中坐着两个戴方巾的人。行者有些疑惑，慌忙跳在近楼的山上，伏在一个山凹里，仔细观看。见殿上有四个青花绣字：

△［入脉。］

关雎（jū）水殿

真是锦墙列缋（huì）[1]，绣地成文，桂栋兰枌（fén）[2]，梅梁蕙（huì）阁。殿围都是珊瑚错落阑干，日久年深，早有碧蓝水草结成虫篆[3]。殿中两个人儿：一个戴

1. 锦墙列缋：指墙上的丝织品绣有精美的图画。缋，指图画。
2. 桂栋兰枌：用桂树作房屋正梁，用木兰做阁楼的横梁。枌，通“棼”，阁楼的栋梁。
3. 虫篆：虫书。

▽（到此才见唐僧，又不是真师父。口穷矣，请人参。）

△［又作顿节。］

△［句中有眼。］

九花太华巾，一个戴时式洞庭巾。那戴九华巾的，面白唇红，清眉皓齿，宛是唐僧模样▽，只是多了一顶巾。行者又惊又喜，暗想："那九华巾的，分明是师父，为何戴了巾？"看看小月王，又不象个妖精。疑来疑去，心中如结。正要现原身拖着师父走罢△，又想师父万一心邪，走到西方，亦无用处。仍旧伏在山凹，定睛再看，一心只要辨出师父邪正△。

只见下面洞庭巾的，便对唐僧道："晚霞颇妙。陈先生，起来闲走呀！"那戴九华巾的唐僧道："小月王先请！"他两个携了手，走上一个欲滴阁上。阁上有几张单条[1]，都是名人书画。傍边又有一幅小笺，题着几个绿字：

青山抱颈，白涧穿心[2]。

玉人何处？空天白云[3]。

两个闲走片时，听得竹林里面，隐隐有声，

1. 单条：指立轴。
2. "青山"二句：青山象艮卦，一阳爻居二阴爻之上，故曰抱颈；白涧象坎卦，一阳爻居二阴爻之中，故曰穿心。外卦艮，内卦坎，为蒙卦，有启蒙意，暗指行者渐有主意。
3. "玉人"二句：玉人即丽人，象离卦；白云即天上水，象坎卦。外卦离，内卦坎，为未济卦，有未完成之意，暗指行者须再历迷梦。

戴巾的唐僧便倚斜阑而听。当时一阵松风，吹来字句，他唱道△：

△［十二、三、四回凄凉悲慨，跟十一回“愁峰”二字来。］

月子弯弯照几州，几家欢乐几家愁？

几人在玉坠金钩帐，几个潇湘夜雨舟？

姐儿半夜里打被头，为何郎去你吤(gè)匆留留[1]？

若是明夜三更郎匆见，剪碎鸳鸯浪锦裘(qiú)！◇

◇（自然堂本。）［一种凄凉婉娈之气形于楮墨[2]。总之，丈夫方破情根，便入“悲愁”两字去。］

唐僧听罢，点头堕泪△。小月王道：“陈先生，想是你离乡久了△，闻得这等声音，便生悲切。且去插青天楼上，听弹词去△！”

△［送冤文一段，因凄凉而染情根；勘破情根，复入凄凉境地；再一勘破，方能真个跳出。］

△［句中有眼。与末回“住在假天地久了”针锋相对。］

△［“听弹词”正与项羽说平话相对。］

两个又话一番，走下欲滴阁来，忽然不见。你道为何不见了？原来插青天楼与关雎水殿，还差一千间房子，一望看去，都是紬(chōu)芳绕霤(liù)[3]，接翠分衢(qú)，垂柳万根，高桐百尺。他两个曲曲折折儿在里边走，行者在对面山凹，那得看见？

歇了一个时辰，忽然见一座高楼上，依然九华巾唐僧、洞庭巾小月王，两把交椅相对坐着△。面前排一柄碧丝壶，盛一壶茶，两只汉式方茶

△［写得恍惚。］

1. 吤：助词，唱词中的衬字。
2. 楮：纸的代称。楮是一种落叶乔木，树皮可做造纸原料。
3. 紬芳：缀集花卉。绕霤：指环绕下注之水。

△［又为下回吃茶作影子。］

钟△。低磴（dèng）上又坐着三个无目女郎：一个叫做隔墙花，一个叫做摸檀郎，一个叫做背转娉（pīng）婷。虽然都是盲子，倒有十二分姿色。白玉酥胸，稳贴琵琶一面。小月王便叫："隔墙花，你会唱几部故事？"隔墙花道："王爷，往者苦多，来者苦少。故事极多，只凭陈相公要唱那一本。"小月王道："陈相公也极托熟[1]，你且说来。"隔墙花道："旧故事不消说，只说新的罢。有《玉堂暖话》《天刖（yuè）怨书》《西游谈》▽。"小月王道："《西游谈》新，便是他，便是他！"女郎答应，弹动琵琶，高声和词，诗曰：

▽（正是梦中说梦，行者还未醒。）

莫酌笙（shēng）歌掩画堂，暮年初信梦中长。
如今暗与心相约，静对高斋一炷（zhù）香。△

△［窅眇（yǎo miǎo）寂历[2]，能感心魄。］

隔墙花又弹二十七声凄楚琵琶调，悠扬远唱，唱道△：

△［弹词音节悲凉，一派凄风苦雨。］

1. 托熟：相熟。
2. 窅眇：深远。寂历：冷清。

天皇那日开星斗[1]，九辰五部立乾坤[2]。
弭日寻云前代迹[3]，鱼云珠雨百般形[4]。
无怀氏银竹多奇节[5]，葛天王瑞叶尽香凝[6]。
龙蛇心画传青板[7]，乌兔花书挂玉冰[8]。
山文石字俱休话，路叟嵩封且慢论[9]。
玉沉西海团华锦[10]，宝璐庭中赏正臣[11]。
许由天子逃龙衮[12]，奉送山河虞舜君[13]。
十有四年钟石变[14]，洞庭长者掌人民[15]。

1. 天皇：古代神话传说中人物，盘古开天辟地后的第一代君主。
2. 九辰：即北斗九座星辰，包括北斗七星和辅星、弼星。五部：金、木、水、火、土五行。
3. 弭日：指后羿射日神话。弭，射。寻云：古代对云天探寻的神话传说。《山海经·海内经》记载柏高循肇山而登天之事。
4. 鱼云珠雨：指大自然的云雨变化。鱼云，鱼鳞一样的云。
5. 无怀氏：传说中的上古帝王，在伏羲之前。其民安居甘食，怀土而重生。
6. 葛天王：传说中的上古圣皇之一。发明乐舞，用葛纤维纺绳织布，是编织衣服的始祖。
7. "龙蛇"句：指伏羲据河图，画八卦，传青史。传说伏羲蛇身人首，有龙瑞，以龙纪官，号曰龙师。
8. "乌兔"句：指仓颉以象形法创立文字。
9. 路叟：相传尧时有老人击壤而歌，词曰："日出而作，日入而息，凿井而饮，耕田而食，帝力于我何有哉！"表达的是帝尧之时天下太平、百姓无事的盛世局面。嵩封：据《史记·封禅书》记载，舜帝曾巡狩五岳，且独尊中岳嵩山，五年去一次。封，封禅。
10. "玉沉"句：据《拾遗记》记载，西海之西，有浮玉山，山下有巨穴，穴中有水，其色若火。当尧之世，其光烂起，化为赤云。
11. "宝璐"句：相传黄帝使百官受德教者，列珪玉于兰蒲席之上，燃沉榆之香，舂杂宝为屑，和之沉榆之胶，以涂地，来分别尊卑华戎之位。宝璐，美玉。正臣，德正之臣。
12. "许由"句：传说尧要把天下禅让给许由，许由不受，躲了起来。龙衮，天子的礼服。此指皇位。
13. "奉送"句：指尧把帝位禅让给有虞氏舜。
14. "十有"句：据记载，舜在位十四年后，有一天，正奏钟石笙管之乐，忽然雷雨大作，舜因此悟出"天下非一人之天下"，于是依尧故事，把天下禅让给禹。
15. "洞庭"句：相传三苗氏左边有洞庭湖，右边有彭蠡湖，但不讲求德义，于是大禹把它灭了。

桑林曾有成汤拜[1]，鹿台珠袖泪缤纷[2]。
雨旗风钺开清界，钧陈垒上武周存[3]。
春秋欲吊吴王石[4]，战国悲哀磨笄(jī)人[5]。
燕邦壮士衣冠白，太子雄心天上红。
点点筑声徵(zhǐ)羽换，易水飞云云万层[6]。
图秦不就六国死[7]，去泰称皇刻碣文[8]。
谁闻三世秦皇帝[9]，人鱼烛尽海东昏[10]？
佳人骏马歌诗惨，拔山才罢哭秋风[11]。
有心四皓空山坐[12]，无累张郎伴赤松[13]。

---

1. “桑林”句：是说商汤的仁德爱民。据《吕氏春秋·顺民》记载，汤时大旱，五年不收，于是汤祷于桑林，以自己身体为牺牲，祈福于上帝，最后民悦而雨至。
2. “鹿台”句：是说商纣王的残暴害民。据《史记》记载，商纣王建宫苑“鹿台”，华丽无比，七年才建成，耗费民脂民膏无数，且多收赋税，以充实鹿台里存放的钱财。
3. “雨旗”二句：是说武王伐纣，开创清平世界。钧陈垒，在河南，相传是武王伐纣会八百诸侯处。
4. 吴王石：指吴王试剑石。相传春秋时吴王阖闾得到干将所献的莫邪剑后，挥剑试石，将大石一劈为二。
5. 磨笄人：指战国时赵襄子的姐姐。她是代王夫人，因国亡夫死而磨笄自杀。磨笄，磨利束发的簪子。
6. “燕邦”四句：指燕太子丹在易水送别荆轲之事。时太子等人皆白衣冠，高渐离击筑，荆轲和而歌，为变徵之声，又复为羽声，最后荆轲上车而去，慷慨赴秦。
7. “图秦”句：指荆轲刺秦王失败，六国灭亡。
8. “去泰”句：指秦始皇称帝，刻石纪功。去泰，据《史记·秦始皇本纪》，秦灭六国后，手下臣子以“泰皇”最贵，上尊号于秦王，王曰：“去‘泰’著‘皇’，采上古‘帝’位号，号曰皇帝。”
9. 三世秦皇帝：秦传三世，一世嬴政，二世胡亥，三世子婴。
10. “人鱼”句：据《史记·秦始皇本纪》，秦始皇陵内，以人鱼膏制成蜡烛来照明，希望永久不灭。人鱼，出东海，有人认为是鲸鱼，有人认为是娃娃鱼。
11. “佳人”二句：是写项羽垓下败亡之事。据《史记·项羽本纪》，项羽有美人名虞，有骏马名骓。垓下被围时，项羽悲歌慷慨，自为诗曰：“力拔山兮气盖世，时不利兮骓不逝。骓不逝兮可奈何，虞兮虞兮奈若何！”
12. 四皓：秦朝末年隐居于商山的四位信奉黄老之学的博士，他们曾向刘邦讽谏不可废去太子刘盈，后出山辅佐刘盈，即汉惠帝。
13. 张郎：指张良。他功成名就后，不恋权位，从赤松子云游四方。

真人云气三千丈[1]，五岳齐呼一万春[2]。

草黄木落先天数[3]，董剑曹刀斩卯金[4]。

傅粉君王传六代[5]，彩霜玉露织冰文。

九六运穷天子碏(què)[6]，逼出明明唐太宗。

家庭事黑人难探[7]，莫学诗人讽蝍蛉(jí líng)[8]。

只为昔年烽警日，三月桃花照玉骢(cōng)。

马前满月临弓影，天上连星入剑虹[9]。

赤老无心悲玉石[10]，螭(chī)师不管痛湘魂[11]。

一夜沙风冤鬼葬，山谷年年献泪纹。△

△［以上正为古人世界作一总序，非泛设也。第二回云“前代做天子的也多”，已为此文伏案。］

---

1. “真人”句：据《史记·孝武本纪》，汉武帝敬鬼神之祀，信任齐方士少翁，作画云气车，在胜日驾车辟恶鬼。
2. “五岳”句：据《史记·孝武本纪》，汉武帝登中岳太室山，其随从近臣在山下好像听到有言“万岁”的。
3. 天数：天命，上天安排的命运。
4. “董剑”句：指刘汉王朝灭亡。董，指董卓。曹，指曹操。卯金，指刘，其繁体为“劉”。
5. 傅粉君王：指只会生活享受而没有大志的君主。《资治通鉴》卷一百八十一：“江东诸帝多傅脂粉，坐深宫，不与百姓相见。”六代：六朝，即吴、东晋、宋、齐、梁、陈，它们都建都于南京。
6. 九六：阳九百六之略语。古代道家称天厄为“阳九”，地亏为“百六”，因以“九六”指灾难或厄运。天子碏：空青室本作“天子死”。天子，指隋炀帝。
7. “家庭”句：指李世民发动玄武门政变，杀死其兄建成及其弟元吉，又逼迫其父李渊退位，最后自己登基即位，史称唐太宗。
8. “莫学”句：《诗经·小雅·常棣》劝勉兄弟之间应团结友爱、互相帮助，有“脊令在原，兄弟急难”“兄弟阋于墙，外御其务”之句。脊令，即鹡鸰，水鸟名。蝍蛉，与“鹡鸰”同音，可能是音同而讹。
9. “只为”四句：从骆宾王《送郑少府入辽共赋侠客远从戎》一诗化用而出。诗曰：“边烽警榆塞，侠客度桑干。柳叶开银镝，桃花照玉鞍。满月临弓影，连星入剑端。不学燕丹客，空歌易水寒。”
10. 赤老：古代对军人的鄙称。
11. 螭师：指护卫皇帝或皇宫的军队。螭，传说中没有角的龙。湘魂：湘妃娥皇和女英之魂。舜死后，两人因思忆舜，投水而死。

声声只怨唐天子，那管你梅花上苑新[1]！

话说唐天子坐朝方退，便饮酒赏花。忽然睡着，梦见一个龙王，叫声："天子！救我性命，救我性命！"[2]

又弄一种泣月琵琶调，续唱文词：

宫中天子慈河动，传出金牌告众臣：
急召斩龙天使者，白黑将军两用心[3]。
王言之绋(fú)今颠倒，蝴蝶飞腾杀老龙[4]。
龙王那肯无头过，明月银宫闹殿门[5]。
来朝懒驾龙驹出，宫中圣主拜医生[6]。
鬼来五日天王去，九地森森对古人[7]。

1. 上苑：皇家园林，又称上林苑。骆宾王《西行别东台详正学士》："上苑梅花早，御沟杨柳新。"杜审言《春日京中有怀》："上林苑里花徒发，细柳营前叶漫新。"
2. "忽然"数句：《西游记》第九回写泾河龙王犯了天条，将被人曹官魏徵砍头，术士袁守城让他去找唐太宗，唐太宗于是梦见龙王来求情。
3. "宫中"四句：《西游记》第九回写唐太宗答应了泾河龙王的请求，传旨命魏徵入朝，陪自己下棋，使他没工夫去斩龙王。白黑将军，指白黑棋子。
4. "王言"二句：是说唐太宗的承诺落空，魏徵在与太宗对弈时睡去，做梦斩了老龙。参见《西游记》第十回。绋，大绳索。此指皇帝的圣旨。典出《礼记·缁衣》："王言如纶，其出如绋。"蝴蝶飞腾，指做梦。典出《庄子·齐物论》庄周梦蝶故事。
5. "龙王"二句：唐太宗梦见龙王来宫门外嚷闹，向自己索命，参见《西游记》第十回。
6. "来朝"二句：《西游记》第十回写唐太宗梦醒后，身心不安，迟迟没有上朝，后来太后召医官入宫用药。
7. "鬼来"二句：写唐太宗不久后死亡，参见《西游记》第十回。

作弊阴官加日月，玉鸾重响太微明。

死生反覆唐皇帝，回望山川昔日同[1]。

天王也唱悲哉句，百年世上似浮虫！

井下幽人何日度？便请那玄奘和尚陈。

金钟玉磬(qìng)呼迷溺，墨袖缁旗咒往生[2]。

大士现身来说法，做造西方赶圣僧[3]。

中国界前僧走马，虎屋伤悲天铸人[4]。

双叉峨顶翻梵(fàn)典，五行山底纳门生[5]。▽

石涧黄龙吞紫鹿[6]，香林白壁变红燐(lín)[7]。

风吹火眸西路杳(yǎo)，灵吉飞来百难空[8]。

▽（半部《西游》和盘托出，是炼石补天手。）

1. “作弊”四句：写唐太宗在阴间遇见酆都判官崔珏，他是魏徵旧友，受魏徵所托，为太宗添寿二十年，太宗于是重回阳间。参见《西游记》第十回。
2. “井下”四句：唐太宗在还阳途中，崔判官曾叮嘱他回去要开水陆大会，超度六道轮回中那些无主孤魂。唐太宗回到阳间后，遂宣布大赦天下，并命令各处官员推举圣僧主持水陆大会超度亡灵，因陈玄奘是金蝉转世且佛法修行高，故最后推举了他。“金钟”二句即写超度的场面，参见《西游记》第十一回。
3. “大士”二句：《西游记》第十二回写观音现身，对唐僧说大乘佛法的妙处。唐僧听后愿去西天取经，唐太宗于是称他为“御弟圣僧”，赐号“三藏”，并亲自送其出关。做造，出谋制造。
4. “中国”二句：《西游记》第十三回写唐僧因起早赶路，在双叉岭连人带马跌落陷坑，被虎魔王部下生擒，两从者被生吃，昏昏沉沉中为太白金星所救。中国界，双叉岭属大唐地界。
5. “双叉”二句：《西游记》第十四回写唐僧在两界山山顶揭去如来佛的金字压贴，收孙悟空为徒。按：据小说，两界山原名五行山，压贴是在此山山顶，而非双叉岭顶。
6. “石涧”句：《西游记》第十五回写唐僧骑的马在鹰愁涧被西海龙王之子吞吃。紫鹿，骏马名。此处代指马。
7. “香林”句：《西游记》第十六回写观音禅院老僧为夺唐僧袈裟，放火焚烧唐僧住的禅堂，孙悟空用避火罩罩住禅堂，却助风烧了禅院。香林，禅林，寺院。红燐，指红色的火光。
8. “风吹”二句：《西游记》第二十一回写孙悟空与黄风怪打斗时，被劈脸喷了一口黄风，两只火眼金睛不能睁开，败下阵来，最后请来灵吉菩萨，才降服了此怪。

智猴占得睽爻五，负豕一涂拜老僧[1]。

流沙日暮嘶千里，杂识同归净悟中[2]。

豚鱼终是池中物，慢把情筝代晓钟[3]。

人参树拔哀猿叫[4]，白骨夫人立茂林[5]。

金公别去僧成虎[6]，恰好牛哀第二人[7]。

莲花玉洞悬长夜[8]，素鹿山前揖寿星[9]。

唐僧翻舞狂风里[10]，御弟沉沦黑水中[11]。

---

1. "智猴"二句：指《西游记》第十八回、十九回孙悟空在高老庄降服猪八戒。孙悟空先是变成高翠兰迷惑猪八戒，后现出原身与他打斗，当孙悟空说起唐僧时，猪八戒就丢了钉耙，要跟孙悟空去拜见唐僧。爻五，当作"爻上"，指《周易·睽卦》"上九"爻辞："上九，睽孤，见豕负涂，载鬼一车，先张之弧，后说之弧，匪寇，婚媾。往遇雨则吉。"大意是：孤身一人赶路，看到一头猪满身是泥，一辆车载满了鬼一样的人。起初拿起弓箭要射，后来放下了。他们不是抢劫，而是去迎亲。继续前行，虽遇到下雨，但平安吉利。
2. "流沙"二句：指《西游记》第二十二回流沙河收伏沙僧之事。杂识，杂念。此代指沙僧。沙僧皈依佛教后，法名悟净，故曰"杂识同归净悟中"。
3. "豚鱼"二句：指《西游记》第二十三回四圣试禅心故事。四圣化成母女四人，猪八戒见而心乱，欲娶真真、爱爱、怜怜不成，反被捆吊了一夜。猪八戒迷于情，四圣予以警醒，故曰"慢把情筝代晓钟"。豚鱼，指猪八戒。
4. "人参"句：《西游记》第二十四回至二十六回写孙悟空因偷吃人参果被镇元大仙童子辱骂，一气之下推倒人参果树，但几次设计逃走都被镇元大仙捉回，最后被逼无奈，只好四处找人医树，直至找到观音，才救活此树。
5. "白骨"句：《西游记》二十七回写僵尸三番戏弄唐僧，被孙悟空打死后，化成一堆骷髅，脊梁上有一行字，叫作"白骨夫人"。
6. 金公别去：指《西游记》第二十七回孙悟空因三打白骨精而被唐僧驱逐。师徒五人是五行的代表，孙悟空属金。金公即指孙悟空。僧成虎：指《西游记》第三十回黄袍怪将唐僧变为猛虎。
7. 牛哀：即公牛哀，春秋时人。传说他病了七日变虎，把去看他的哥哥吃了。典出《淮南子》卷二《俶真训》。
8. "莲花"句：指《西游记》第三十三回金角、银角大王将唐僧等擒入平顶山莲花洞中。
9. "素鹿"句：《西游记》第七十八回、七十九回写南极寿星的坐骑白鹿下界为妖，最后被收伏。然此事在三调芭蕉扇后，可能是作者记忆有误。素鹿，白鹿。
10. "唐僧"句：指《西游记》第四十回红孩儿纵风将唐僧摄入火云洞中。
11. "御弟"句：指《西游记》第四十三回唐僧被黑水河妖摄入水底之事。

道释不须频斗击，败血玄黄一样空[1]。

金金不尅(kè)心神阻[2]，水水相逢长老穷[3]。

两个心儿天地暗，一双猴圣骗观音[4]。

芭蕉杀尽山坡火，绿杨解马去行行[5]。

万镜楼中迟日夜，不知那一日见天尊？△

△［当头一棒，与首回唐僧云“不知何日得见如来”相应。］

隔墙花唱罢，眠倒琵琶，长叹一声，飘然自远△。

△［妙。］

却说行者在山凹边听得“万镜楼”三字，心中疑惑，暗想：“万镜楼中是我昨日的事，他却为何便晓得？”无明火发，怒气重重，一心只要打杀小月王，见个明白。不知毕竟如何，愿听下回分解。

（项羽讲平话，是平话中之平话；此又是平话中之弹词。）

---

1. “道释”二句：指《西游记》第四十四回至四十六回，唐僧师徒在车迟国与道士斗法之事。
2. “金金”句：指《西游记》第五十二回孙悟空与太上老君坐骑青牛打斗之事。所谓“金金不尅”，就是指孙悟空为青牛怪的金刚琢所败。
3. “水水”句：指《西游记》第五十三回唐僧和八戒误饮子母河水而怀胎。师徒五人中，八戒属水，故曰“水水相逢”。
4. “两个”二句：指《西游记》第五十八回真假孙悟空故事。
5. “芭蕉”二句：指《西游记》第六十一回孙悟空用芭蕉扇扇灭火焰山大火后，继续前往西天取经。《西游补》正是从此处插入。

第十三回　绿竹洞相逢古老　芦花畔细访秦皇

行者在山凹边听得“万镜楼”三字，心头火发，耳中拔出棒来，跳在楼上乱打，打着一个空。又打上去，仍旧打空。他当时便骂：“小月王，你是那国国王？敢骗我师父在这里！”那小月王也似不闻，言笑如故。行者又骂：“盲丫头！臭婆娘！你为何伴着有头发的和尚在此唱曲哩！”三个弹词女子都似不闻。又叫：“师父，走路！”唐僧也不听得。行者大怪，道：“老孙做梦呀！还是青青世界中人，都是无眼无耳无舌的呢？好笑好笑！等我再看师父邪正，便放出大闹天宫手段，如今不可造次。”依旧藏了金箍棒，跳在对面山上，睁眼而看。

只见唐僧一味是哭。小月王道：“陈先生，

不要只管凄楚。我且问你：凿天之事如何？若决意不去了，等我打发踏空儿，叫他回去罢△。”唐僧道：“昨日未决，今日已决，决意不去了。”小月王大喜，一面令人传旨，叫踏空儿不必凿天；一面叫女子弟妆束搬戏△。女子弟们一齐跪上，禀：“王爷，今日搬不得戏。”小月王道：“历上只有宜祭祀不宜祭祀，宜栽种不宜栽种，宜入学不宜入学，宜冠带不宜冠带，宜出行不宜出行，不曾见不宜做戏。”子弟又禀：“王爷，不是不宜，却是不可。陈先生万种愁思，千般悲结，做了传神戏，还要惹哭。”小月王道：“怎么处呢？搬今戏，不要搬古戏罢。”女子弟道：“这个不难。若搬古戏，还要去搬；若搬今戏，不搬便是。”△小月王道：“乱话！今日替陈先生贺喜，大开茶席△，岂有不搬戏之理！随你们的意思搬几出，倒有些妙处。”女子弟应声而退。傍边两个女侍儿又换茶来。

△［应结凿天，真是一丝不漏。］

△［了案、起案法。］

△［妙。］

△［跟上文。］

当时唐僧坐定，后房一阵锣鼓，一阵画角[1]，一阵呐喊△；只听得台上闹吵吵说：“今日做

△［如画。］

1. 画角：古代乐器，竹木或皮革制成，外加彩绘，常用于军中，吹奏清晨出操和黄昏休整的信号。

△［暗接高唐镜而来。］

△［妙，才审了秦丞相，又要做孙丞相。无心相映，妙。］

▽（入化处便有此等别辨。）

▽（行者不见戏，故妙。若竟搬一出，便无味了。）

《高唐烟雨梦》△一本传奇，先做《孙丞相》五出△，好看好看！”行者俯伏在山凹里，听得明白，想一想道：“有个《孙丞相》，又有个《高唐梦》，想是一个一个通要做完，才散席动身哩▽。等我往那里寻口茶吃，再来看我家老和尚便好▽。”

△［引出绿竹洞，妙。］

忽然耳朵背后有些足音，回头看看，只见一个道童，年可十三四，高叫：“小长老，小长老，我来陪你看戏。”行者笑道：“乖乖，晓得老子在此，就来相寻哩！”道童道：“你不要耍我，我家主人勿是好惹的。”行者道：“你的主人叫做什么名字？”道童道：“是好宾客喜游观绿竹洞主人△。”行者笑道：“妙，妙！茶解户一定要他当了[1]。小官人权替我在此坐一回：一来看戏，二来看他散席不散席。等我走到贵主人处，取些救火资粮。若是他们散了，烦劳小官人即刻进来话一声。”道童笑吟吟道：“这个不难。洞里又无阻隔，你自进去，等我住在这里。”

△［应前文。］

行者大喜，便看着乌洞洞那个所在△，乱跳

---

1. 茶解户：概指以制茶卖茶为业的人。解户，古代指解纳钱粮的差役。

乱走，跳到一光明石洞，当面撞着一个老翁。老翁道：“长老何来？里边请茶！”行者道：“若是无茶，我也不来。”老翁笑道：“茶也未必，长老自去。”行者道：“若是无茶，我也不去△。”两个竟像相知，一头笑，一头走。走过一张石梯，忽见临水洞天。行者道：“到了宅上哩？”老翁道：“还未。这里叫做倣(fǎng)古晚郊图[1]△。”行者定睛观看，果然好个去处。只见左边一带郊野，有几块随意石，有十来枝乱栌(lú)叶，拥着一间草屋[2]；门前一枝大紫柏，数枝缠烟枫，横横竖竖，织成风雨山林。林边露出一半竹篱，篱边斜种三两种草花。一个中年人拄着绿钱杖，在水滩闲步。忽然坐下，把手捧起清水，漱齿不止。漱了半个时辰，立起身来，望东南角上怡然独笑△。行者见他这等笑，也望东南看看，并不见高楼翠阁，并不见险壁奇峦，惟有如云如霭，如有如无，两点山色而已。

△［茶梦中又参茶禅，妙。］

△［图耶？梦耶？真境耶？读者猜来。与第二回画中人、图中景无心映合。此已离古人世界矣，然晚郊太昆，犹泥迹象，高唐梦之所以未醒也。］

△［此段一片清凉世界，是勘破情根、梦魂将醒之候。然不经前路之凄风苦雨，安能到此清凉地位？］

行者一心想着茶吃，那得有山水之情？同了老翁，望前竟走。忽然又到一个洞天，老翁道：

1. 倣：同“仿”。
2. 着：崇祯本原作“看”。

“这里也不是舍下，叫做拟古太昆池。”只见四面一百座翠围峰：有仰面如看天者，亦有俯如饮水者；有如奔者，亦有如眠者；有如啸作声者，亦有对面如儒者坐；有如飞者，有如鬼神鼓舞者，亦有如牛如马如羊。行者笑道：“石人石马都已凿完，还不立墓碑，想是没人做铭哩。”老翁道：“小长老不消弄口，你且看水看。”行者果然低着头，仔细观看，只见水中又有一百座倒插翠围峰，水面皱纹，尽是山林图画。

行者正得意时，忽有一根两根芦苇里，趱出几只渔船，船头上多坐着蓬头垢面老子，不知唱些甚么，又不是《渔家乐》，又不是《采莲歌》。他唱道：

是非不到钓鱼处，荣辱常随骑马人。客官要问朦瞳世界何处去△，推去略略扳（bān）[1]，扳来望南摇，摇又推，推又扳。

△［忽然现出朦瞳世界，奇妙不可测。］

行者听得“朦瞳世界”四个字，便问老翁

1. 扳：指推出后拉回来。

道："矇瞳世界在那里？"老翁道："你要寻那一个哩？"行者道："我有敝亲秦始皇，如今搬在矇瞳世界△，要会他一句说话。"老翁道："你要去，便渡过去△。这一带青山多是他后门哩。"行者道："若是这等大世界，我去没处寻他，不去了。"老翁道："我也是秦始皇的故人。你若怕去，有话竟说与我，我明日相见便讲。"行者道："我又有一个敝亲叫做唐天子，要借敝亲秦始皇的驱山铎一用。"老翁道："哎哟，哎哟！刚刚昨日借去。"行者道："借与那个？"老翁道："借与汉高祖了。"行者笑道："你这样老人还学少年谎哩！汉高祖替秦始皇铁死冤家[1]△，为何肯借与他？"老翁道："小长老，你还不知，那秦、汉当时的意气，如今消释了。"行者道："既是这等，但见秦始皇替我话话。再过两日，等汉高祖用完，我来借罢。"△老翁道："如此却妙。"

△［入脉。］

△［妙。］

△［与项王一段似相应，似不相应，正在有意无意间。］

△［了驱山铎一案。自第三回至此，皆缘"驱山铎"三字生出，到底却不曾入矇瞳世界，不曾见秦始皇，不曾借驱山铎，若一占实，便是拙笔。］

行者话了一阵，一发口干起来，乱嚷："茶吃，茶吃！"老翁笑道："小长老是始皇敝亲，我老人家是始皇故人，总是一家骨肉。要茶就茶，

1. 替：与。

要饭就饭，请进舍下去！”

两个又走过翠围峰，寻条别径，竟到绿竹洞天△，但见青苔遍地，管⿱竹列（liè）危天，当中有四间紫竹屋，慌忙走进里面。原来正梁是湘妃竹，栋柱是泥青竹，两扇板门是风人竹织成竹丝板，摆一只方竹床，帐子也是竹衣纸的。

△［才见绿竹洞天。］

老翁走到后堂，取出两碗兰花玉茗茶。行者接在手中，吃了几口，方才渴定。老翁便摆过一只油竹几、四把翠皮竹椅，两个对坐了。老翁就问行者的八字，行者笑道：“我替你不过偶相逢，又不结兄弟，又不合婚姻，要我八字怎的？”老翁道：“我筭（suàn）天池数命[1]，无有不准。小长老既是我敝故人秦始皇的令亲，我要替小长老筭筭命▽，看后边有些好处，也是吾故人一臂之力。”行者仰了面想想，便答道：“我八字绝妙。”老翁道：“筭还不曾筭，先晓得好哩！”行者道：“我平日专好求人筭命。前年有一青衣筭者，筭我的命，刚刚话得八字，那筭者失惊，立起对我唱个大喏，连声‘失敬，失敬’，叫我：‘小官人，你这八字替齐天大圣的八字一线不差的！’我想将

▽（筭命一段是结上半截，伏下半截，《西游补》一关目处。）

1. 筭：同“算”。

起来，齐天大圣曾在天宫发恼，显个大威灵，如今又成佛快了。我八字若替他一样，那得不好？”老翁便道：“齐天大圣是甲子正月初一日生的[1]。”行者道：“便是。我也是甲子正月初一日生的。”老翁笑道：“人言道：‘相好命好，命好相好。’果然说得不差。不要说你的八字，便是模样，也是猢狲脸。”行者道：“难道齐天大圣也是个猢狲脸哩？”老翁笑道：“你是个假齐天大圣△，是个猢狲脸；若是真齐天大圣，直到一个猢狲精。”行者低头笑笑，便叫老翁快些推命。

△［妙。］

原来孙行者石匣生来，不曾晓得自家八字，唯有上宫玉笈(jí)注他生日，流传于深山秘谷之中。当时用个骗法，一哄哄出▽。老翁那知是行者空中结构，便替他讲起命来，道：“小长老，你不要怪我！我不会当面奉承。”行者陪笑道：“不面奉更好。”老翁便道：“你是太簇立命[3]，林钟为仇，黄钟为恩，姑洗为宅，南吕为难△。今月

▽（老翁也未必被行者骗，还是行者被人骗。）

△［黄钟一均以太簇为商[2]，姑洗为角，林钟为徵，南吕为羽，以正月生，又甲禄在寅，故曰太簇立命；徵火克商金，故曰林钟为仇；宫土生之，故黄钟为恩；商金克角木，故曰姑洗为宅；羽水泄金，故曰南吕为难。］

1. 甲子：干支纪年的第一年。
2. 黄钟一均：指黄钟等十二律构成一八度，八度内排列宫商角徵羽五声，以宫音音高为黄钟，此五声合成一均。
3. 太簇：崇祯本作“大簇”，据文义改。太簇、姑洗、林钟、南吕均为古代十二乐律之一。

是个羽月[1]，正犯难星，该有横事闲气[2]，一干还有变宫星到命[3]。变宫是个月主[4]，经云：‘逢着变宫奇遇到，佳人才子两相逢。’论起小长老，既然出家，不该说起夫妻之事；论起命来，又该合婚△。”行者道：“合过些干婚[5]▽，当得数么？”老翁道：“总是婚姻，不论干湿，却是你命里又逢着姑洗角星，是个恩星；忽然又有南宫水星到命，又是难星。经云：‘恩难并逢名恶海，石人铁马也难当。’论起这个来，你又该有添人进口之庆，有亲人离别之悲。”行者便问：“添一个师父，别一个师父◇，当得数么？”老翁道：“出家人也替得过了。只是今日过去，后边还有奇处。明日便进商角星，却该杀人△。”行者暗想：“杀人小事，一发不怕。”老翁又道：“三日后进一变徵星。经云：‘变徵别号光明宿，困蒙老子也清灵。’却是难中有恩，恩中有难△。又有日月水土四大变星临命，又恐小长老要死一场才活哩▽。”行者笑道：“生死甚么正经！要死便死几

△［一是罗刹女，一是项王。］

▽（又提伯王、虞美人一案。）

◇（又提前案。伏后案。）［层层应结，却又埋伏下文，无一懈笔。］

△［商为金，角为木，金克木，故云杀人。金为西方萧杀之气，木为东方青青世界也。］

△［太簇辰属木，而商音为金，变徵为火，火克金，而木实生火，金又克木，故云难中有恩，恩中有难。］

▽（又提行者出魔一案。）

1. 羽月：八月。
2. 横事：指意外的事故或灾祸。
3. 一干：一起。
4. 月主：指主管婚姻的神祇。
5. 干婚：挂名的婚姻。

年，要活便活几年。”

两个讲得正酣，只见道童急急奔来，叫：“小长老，戏文将散了，高唐梦已醒了，快走，快走△！”行者慌别老翁，谢了道童，依着旧路而走。走到山凹里，一心看着楼上，只听得人说《高唐梦》还有一段曲子未完。行者听得，又睁眼看戏△。只见台上扮出一道人，五个诸仙模样，听他口中唱道：

△［当头一棒。］

△［行者不看戏，妙矣；到此偏要他看一看，更妙。］

度却颛愚这一人[1]，把人情世故都谈尽。则要你世上人，梦回时心自忖(cǔn)。△

△［武陵山人云：此本《邯郸梦》结尾，止改卢生为颛愚。］

行者看罢，又见台上人闹说：“《南柯梦》倒不济，只有《孙丞相》做得好。原来孙丞相就是孙悟空，你看他的夫人这等标致，五个儿子这等风华。当初也是个和尚出身，后来好结局，好结局◇！”

◇（奇结。）［不看戏人听看戏人说戏，妙；听人说看戏人即是戏中人，更妙。顾上罗刹女，已埋伏波罗蜜王一段，妙在有意无意间。小和尚竟有家有室了，暗与第二回相应。］

（秦始皇一案，到此才是结穴。文章呼吸奇幻至此！）

1. 这：崇祯本作“道”。

第十四回　唐相公应诏出兵　翠绳娘池边碎玉

行者在山凹里听得明白，道："老孙自石匣生来，是个独独光光、完完全全的身子[1]△，几曾有匹配夫人？几曾有五个儿子？决是小月王一心欢喜师父，留他不住，恐怕师父想我，只得冤枉老孙，编成戏本，说我做了高官，做了丈夫，做了老尊[2]，要师父回心转意，断绝西方之想。我也未可造次，再看他光景如何。"

△［菩提无树，明镜非台。］

忽见唐僧道："戏倒不要看了，请翠绳娘来。"登时有个侍儿，又摆着一把飞云玉茶壶，一只潇湘图茶盏△。顷刻之间，翠娘到来▽。果是媚绝千年，香飘十里，一个奇美人！

△［不脱"茶"字。］
▽（翠绳娘到此才见，一见便死，何也？翠绳不死，心猿不醒。）

---

1. 独独光光：指单身一人。完完全全：指没有失去童贞。
2. 老尊：父亲。

行者在山凹暗想："世间说标致，多比观音菩萨。老孙见观音菩萨虽不多，也有十念次了[1]，这等看起来，还要做他徒弟哩△！且看师父见他怎么样。"

△［危哉！大圣几又入魔。］

翠娘方才坐定，只见八戒、沙僧跟在后边△。唐僧怒道："猪悟能昨夜在小畜宫中窥探△，惊我爱姬！我已逐你去了，为何还在这里？"八戒道："古人云：'大气不隔夜。'陈相公，饶我这一次！"唐僧道："你若不走，等我写张离书，打发你去▽。"沙僧道："陈相公要赶我们去，我们便去。丈夫离妻子，要写离书；师父离徒弟，不消写得离书。"八戒道："这个不妨。如今做师徒夫妇的多哩△！但不知陈相公叫我两人往哪里去？"唐僧道："你往妻子处去；悟净自往流沙。"沙僧道："我不去流沙河住了，我到花果山做假行者去△。"

△［又添出八戒、沙僧，总写得迷离惝恍。］

△［顺带六十四卦宫。小畜者，以老阳遇长女，内健而外入也[2]。巽(xùn)属木，木色青，故曰翠；巽为绳直，故曰绳。］

▽（离八戒是伏案。）

△［游戏语，却骨节通灵。］

△［萦带前书。］

唐僧道："悟空做了丞相◇，如今在那一处？"沙僧道："如今又不做丞相了，另从一个师

◇（又提。）［萦带上文。］

1. 十念次：即十廿次，十到二十次左右。
2. "小畜者"三句：小畜卦内卦为乾，为老阳，德性为健；外卦为巽，象长女，德性为入。翠绳娘为巽，唐僧为乾，故合在小畜宫。

△［萦带上文，句中有眼。］

父，原到西方△。”唐僧道：“既如此，你两个路上决然撞着他；千万极力阻当，叫他不要到青青世界来缠扰△。”便讨笔砚过来，写起离书▽：

△［妙。］
▽（离八戒，何也？曰：情魔之动由于欲想，猪八戒正是欲根。）

悟能，吾贼也。贼而留之，吾窝也。吾不窝贼，贼无宅；贼不恋吾，吾自洁。吾贼合而相成[1]，吾贼离而各得。悟能，吾无爱于汝，汝速去！

八戒大恸，收了离书。唐僧又写：

写离书者，小月王之爱弟陈玄奘也。沙和尚妖精，容貌沉深[2]，杂识未断[3]，非吾徒也。今日逐也，不及黄泉不见也[4]！离书见证者，小月王也；又一人者，翠绳娘也。

沙僧大恸，接得离书。两个一同下楼，竟自去了。唐僧毫不介意，对小月王笑道：“小弟遣

1. 相成：相互成全。
2. 容貌沉深：指脸色深黑。
3. 杂识：即杂念。
4. 不及黄泉不见也：指今生不再见面。典出《左传·隐公元年》：“不及黄泉，无相见也。”是郑庄公对偏爱其弟的母亲姜氏说的一句誓言。

累也。”便问翠娘：“朝来何事？”翠娘道：“情思不快，做得一首《乌栖曲》[1]，愿为君歌之。”当时便敛袖攒眉，歌声宛转。歌曰：

月华二八星三五[2]，丁丁漏水鼕鼕鼓。
相思相忆阻河桥，可怜人度可怜宵！

歌罢，悲不自胜，叫：“相公，姻缘断矣△！”抱住唐僧大恸。唐僧愕然，只是好言解慰。翠娘哭道：“别在须臾，你还是这等！”把手一指，叫：“相公，你看南方，便知明白。”唐僧回转头来，只见一簇军马，拥着一面黄旗，飞马前来△。唐僧便觉慌忙。

△［奇妙。句眼。］

△［陡然接入，奇警之至。先逗起黄旗，为下回张本。］

不多时，楼上多是军马。有着紫衣的捧着诏书△，对唐僧作揖，道：“小官是新唐差官。”便叫军士替杀青大将军易了衣服，慌忙摆定香案。唐僧北面而跪，紫衣南面读诏。读罢，紫衣又取出五花节授与唐僧，道：“将军不得迟留，西虏

△［遥接。］

1.《乌栖曲》：六朝乐府《清商曲辞》西曲歌调名，内容多咏艳情。

2. 二八：阴历十六日。三五：阴历十五日。宋苏轼《木兰花令·次欧公西湖韵》：“草头秋露流珠滑，三五盈盈还二八。与余同是识翁人，惟有西湖波底月。”

势急[1]，即日起兵。”唐僧道：“你这官儿不晓事，也等我别别家小！”抽身便进后堂寻翠娘。翠娘见唐僧做了将军，匆匆行色，两手拥住，哭倒在地，便叫：“相公，教我怎么放得你去！你的病残弱体！做将军时，朝宿风山，暮眠水涧。那时节，没有半个亲人看你，增一件单衣，减一领白褡(dā)，都要自家爱惜，调和寒冷△。相公！你牢记着我别离时说话：‘军士不可苛刑，恐他毒害；降兵不可滥收，恐他劫幕。黑林不可乱投，日落马嘶不可走！春有汀(tīng)花不可踏，夏有夕凉不可纳！闷来时，不可想着今日；喜的时，不可忘了妾身！’呀！相公，叫我怎么放得你去！同你去时，恐犯你将军令；放你自去，相公，你岂不晓凄风夜夜长！倒不如我一线魂灵伴你在将军玉帐罢！”

△［妖妖娆娆，琐琐屑屑，凄凄惨惨，与假虞美人答项王语遥遥相对。］

唐僧、翠娘卷做一团，大哭。卷来卷去，卷到一个碎玉池边，只见翠娘飞身下水△。唐僧痛哭，连叫：“翠娘苏醒！”外面紫衣使者飞马走进，夺了唐僧△，军马一齐簇拥，竟奔西方去了。

△［“情”字到此始断绝根株。因见落花空，方悟春归去。］

△［飞花滚雪，节节奇警，笔尖几不着纸。］

（大奇，大奇！到此才见新唐，作者眼界极阔。）

1. 西虏：明代指围绕辽东的一股蒙古势力。

第十五回　三更月玄奘点将　五色旗大圣神摇

天已入暮，行者在山凹里见师父果然做了将军，取经一事，置之高阁，心中大乱▽。无可奈何，只得变做军士的模样，混入队中，乱滚滚过了一夜△。

▽（不乱，不定。）

△［活画乱军中光景。］

次早平明，唐僧登坐帐中，教军士把招军买马旗儿扯起。军士依命。到得午时，新投将士便有二百万名。又乱滚滚过了一日。唐僧便遣一个白旗小将，叫做亲身小将，当夜传令："造成金锁将台[1]，编成将士名册。明夜登台，逐名点将。"

次夜三更，明月如昼▽，唐僧登台，教分付

▽（妙在三更明月夜。）

1. 金锁：中国古代的一种战阵。

众将："我今夜点将，不比往常。听得一声钟响，军士造饭；两声钟响，披挂；三声钟响，定性发愤[1]；四声钟响，台下听点。"白旗小将得旨，教众将听令："将军分付：今夜点将，不比往常。听得一声钟响，造饭；两声钟响，披挂；三声钟响，定性发愤；四声钟响，听点。不得迟怠！"合营将士道："呀！将军有令，那敢不从！"唐僧又叫白旗分付："一应军士，不许叫我'将军'，要叫我'长老将军'▽！"白旗小将又逐营分付一遍。台上撞起钟声一响，军士听得，慌忙造饭。唐僧又叫白旗小将分付众将："当面点过，要把平生得力[2]，一齐献出。不许浑帐答应[3]，胡行乱走！"台上撞起两声钟响，军士慌忙披挂。唐僧叫白旗把点将旗扯起，分付营中："水道山堑(qiàn)[4]，俱要详密；一应异言异服说(shuì)客游生，放进营中者，取首级。"白旗依令分付了一遍。唐僧又叫白旗："你分付营中将士：临点不到者，取首级；往来辕门，取首级；推病托疾，取首级；

▽（返本还源。）

1. 定性发愤：安定心性，决心奋斗。
2. 得力：才干。
3. 浑帐：胡乱。
4. 山堑：山沟。

左顾右盻者[1]，取首级；自荐者，取首级；越次者，取首级；跳叫者，取首级；匿长者[2]，取首级；顶名替身者，取首级；交头互耳[3]，取首级；挟带女子，取首级；游思妄想者[4]，取首级；心志不猛者，取首级；争斗尚气者，取首级▽！”传罢，台上三声钟响，营中各各定性发愤△。唐僧也闭着两眼，嘿坐高台皓月之下[5]。半个时辰光景，台上钟声四响，合营将士到台前听点。但见：

▽（着眼。）

△［打起精神，勇猛精进，方能杀出重围。］

旌旗律律[6]，剑戟森森。旌旗律律，配着二十八星。斗羽左，牛羽右，宿宿分明。剑戟森森，合着六十四卦。乾斧奇，坤斧偶，爻爻布列。宝剑初吼，万山猛虎无声；犀甲如鳞，四海金龙减色[7]。一个个凶星恶曜，一声声霹雳雷霆。

1. 盻：同“盼”，看。
2. 匿长：隐瞒才干。
3. 交头互耳：即交头接耳。
4. 游思妄想：即胡思乱想。
5. 嘿坐：默然而坐。嘿，古同“默”。宋方一夔《次邵卓翁韵奉寄族祖竹岩令孙》：“我今老去不作文，闭精嘿坐学养神。”
6. 旌：用羽毛或牦牛尾装饰的一种旗帜。
7. 四：崇祯本作“五”，据空青室本改。

唐僧便依着册子，逐名点过，高叫："将士，我在军中发不得慈悲心了△。各人用心，自避斧钺！"登时飞旗下令，一连唱过六千六百五名将士，忽然叫着："大将猪悟能！"唐僧见了名姓，便已晓得是八戒，只是军中体肃，不便相认，便叫："那员将士，你形容丑恶，莫非是妖精哄我？"便叫白旗推出斩首。八戒一味磕头，连叫："长老将军息怒，容小人一言而死！"八戒道：

△［针对首回天性仁慈。］

本姓猪，排行八，跟了唐僧上西土，半途写得离书恶。忙投妻父庄中去，庄中妻子归枯壑。归枯壑，依旧回头走上西，不期撞着将军阁。伏望将军救小人，收在营中烧火罢！

唐僧面上微笑，叫白旗放了绑。八戒又一连磕了一百个头，拜谢唐僧▽。又叫："女将花夔(kuí)△！"一员女将，飞马挟刀，营中跳出。正是：

▽（着眼。）

△［插入花夔一笔，文字便不板样，然亦有映带，并非闲笔。不见悟净，妙。］

二八佳人体似酥，呼吸精华天地枯。

腰间插把飞蛟剑，单斩青青美丈夫。

叫："大将孙悟空！"唐僧变色，一眼看着台下。却说行者在乱军中过了三日，早已变做六耳猕猴模样的一个军士△，听得叫着"孙悟空"三字，飞身跳出，俯伏于地，道："小将孙悟空运粮不到△，是他兄弟孙悟幻情愿替身抵阵，敢犯长老将军之律令。"唐僧道："孙悟幻，你是什么出身？快供状来，饶你性命。"行者便跳跳舞舞，说出几句▽。他道：

△［句中有眼，不徒萦带前文。］

△［妙，运粮不到，暗跟首回化饭。］

▽（六耳猕猴假冒行者，至于二心搅乱乾坤。行者又变他，何也？请人参来。）

昔日是妖精，假冒行者名。自从大圣别唐僧，便结婚姻亲上亲。不须频问姓和名，六耳猕猴孙悟幻大将军△。

△［寻源返本，劈破旁门二心，化为一心，方证大道。提出六耳猕猴，又为末回收新徒弟作影子。］

唐僧道："六耳猕猴是悟空的仇敌，如今念新恩而忘旧怨，也是个好人。"叫白旗小将，把一领先锋铁甲赐与孙悟幻，教他做个破垒先锋将。将士点毕，唐僧速传号令，教军士摆个"美女寻夫阵"△，趁此明月，杀入西戎。

△［妙。］

兵入西戎境界，唐僧叫军士把一色小黄旗为号，毋得混淆。军士听令，摆定旗面，一往又走。转过山弯，劈头撞着一簇青旗人马▽。行者

▽（伏案。）

是个先锋将士，登时跳出。那一簇人马中间有一个紫金冠将军，举刀迎敌△。行者问："来者何人？"那将军道："我乃波罗蜜王便是△。你是何人，敢来挑战？"行者道："我乃大唐杀青挂印大将军部下先锋孙悟幻。"那将军道："我是大蜜王，正要夺你大糖王！"轮刀便斫(zhuó)。行者道："可怜你这样无名小将，也要污染老孙的铁棒！"举棒相迎。战了数合，不分胜负。那将军道："住了！我若不通出家谱，不表出名姓，便杀了你，你做鬼的时节，还要认我做无名小将！等我话个明白罢。我波罗蜜王不是别人，我是大闹天宫齐天大圣孙行者嫡嫡亲亲的儿子△！"行者听得，暗想道："奇怪！难道前日搬了真戏文哩？如今真赃现在，还有何处着假？但不知我还有四个儿子在那里？又不知我的夫人死也未曾△？倘或未死，如今不知做什么勾当？又不知此是最小儿子呢，还是最大儿子呢？我欲待问他详细，只是师父将令森严，不敢触犯。且探他一探看。"便喝道："孙行者是我义兄，他不曾说有儿子，为何

△［与项王自说战章邯一段，遥遥相对。］

△［看"波罗蜜王"四字是渐归正觉之征[1]。］

△［大书特书，认取本来面目，便成正果。］

△［笔笔奇幻，笔笔谨严。］

1. 四：空青室本原作"三"。

突然有起儿子来？”那将军道：“你还不晓其中之故。我蜜王与我家父行者，原是不相识的父子。家父行者初然在水帘洞里妖精出身，结义一个牛魔王家伯△。家伯有一个不同床之元配罗刹女住在芭蕉洞里者，此即家母也▽。只因东南有一唐僧，要到西天会会佛祖，请家父行者权为徒弟。西方路上，受尽千辛万苦。忽然一日，撞着了火焰危山▽，师徒几众，愁苦无边。家父当时有些见识，他道：‘一日为师，终身为父。暂灭弟兄之义，且报师父之恩。’径到芭蕉洞里，初时变作牛魔王家伯，骗我家母；后来又变作小虫儿，钻入家母腹中△，住了半日，无限搅炒。当时家母忍痛不过，只得将芭蕉扇递与家父行者。家父行者得了芭蕉扇，扇凉了火焰山，竟自去了。到明年五月[1]，家母忽然产下我蜜王△。我一日长大一日，智慧越高。想将起来，家伯与家母从来不合，惟家父行者曾走到家母腹中一番，便生了我，其为家父行者之嫡系正派，不言而可知也。”

△［针对上义兄。］

▽（家父、家伯、家母等，字字妙绝。）

▽（方是火焰山后《西游补》，看他照应详密处。）

△［小虫儿钻入腹中，火焰山迫之也，一笑。看他说来，句句令人欲笑。］

△［芭蕉扇来了，芭蕉洞出了，火焰山凉了，小虫儿去了，腹中却留下一个波罗蜜王，婆提娑(suō)婆诃[2]。］

1. 到明年五月：易学中以十二辟卦对应十二月份，五月为姤卦。《周易·彖》曰：“姤，遇也，柔遇刚也。”姤卦的外卦为乾，内卦为巽。乾为孙悟空，巽为罗刹女。
2. 婆提娑婆诃：梵文，读作bodhi svāhā，《般若波罗蜜多心经》最后一句咒语结尾，大致意为“速速成就觉悟”。

话得孙行者，哭不得，笑不得。正忙乱间，只见西北角上，小月王领一支兵△，紫衣为号，来助唐僧。西南角上，又有一支玄旗鬼兵，来助蜜王。蜜王军势猛烈，直头奔入唐僧阵里，杀了小月王，回身又斩了唐僧首级▽。一时纷乱，四军大杀。孙行者无主无张，也只得随班作揖。只见玄旗跌入紫旗队里，紫旗横在青旗上面。青旗一面飞入紫旗队，紫旗走入黄旗队。黄旗斜入玄旗队里，有一面大玄旗，半空中落在黄旗队，打杀黄旗人。黄旗人奔入青旗队，夺得几面青旗来，被紫旗人一并抢去。紫旗人自杀了紫旗人，几百余面紫旗跌入血中，染成荔枝红色，被黄旗人抢入队里。青旗人走入玄旗队，杀了玄旗人。小玄旗数面飞在空中，落在一枝松树之上，黄旗队一百万人落在陷坑。一百面黄小令旗飞入青小令旗中，杂成鸭头绿色。紫小令旗十六七面，跌入青旗队里，青旗队送起，又在半空中飞落玄旗队里，倏然不见△。行者大愤大怒，一时难忍。

△［奇妙。］

▽（一刀两段，大圣可以醒矣。）

△［与首回百家衣一段，相映成文。以色字起，以色字结，而唤醒迷团者，乃虚空主人，其义可想。笔力恣肆，如怒马脱鞍，不可控御。］

（五旗色乱，是心猿出魔根本，乃《西游补》一部大关目处。描写入神，真乃化工之笔。）

第十六回　虚空尊者呼猿梦　大圣归来日半山

行者一时难忍，现出大闹天宫三头六臂法身△，空中乱打。背后一人高叫："悟空不悟空，悟幻不悟幻了！"行者回头转来◇，便问："你是那一国的将士，敢来见我？"抬头只见一座莲台，坐着一个尊者，又叫："孙悟空，此时还不醒么？"行者方才住棒，便问尊者："你是何人？"尊者道："我是虚空主人▽，见你住在假天地久了，特来唤你。你的真师父如今饿坏哩△。"行者有些醒路，恍然往事皆迷，一心耐定，更不回头◇，只是拜恳主人，祈求指教。虚空主人道："你方才在鲭鱼气里，被他缠住◇。"行者便问："鲭鱼是何等妖精，能造乾坤世界？"虚空主人道："天地初开，清者归于上，浊者归于下；有

△［又提大闹天宫，此处直当以全力赴之。］

◇（回头是佛。）［曰背后高呼，曰回头转来，针锋相对，句中有眼。］

▽（着眼。）

△［遥接首回末化饭，文脉细极。］

◇（若回头，又是魔矣。）［不许再回头了。］

◇（才说出。）［点出。］

一种半清半浊归于中，是为人类；有一种大半清小半浊归于花果山，即生悟空；有一种大半浊小半清归于小月洞，即生鲭鱼。鲭鱼与悟空同年同月同日同时出世△，只是悟空属正，鲭鱼属邪，神通广大，却胜悟空十倍。他的身子又生得忒大，头枕昆仑山，脚踏幽迷国[1]。如今实部天地狭小，权住在幻部中，自号青青世界。”行者道：“何为幻部、实部？”主人道：“造化有三部：一无幻部，一幻部，一实部。”即说偈曰：

△［又一六耳猕猴矣，然与六耳猕猴是二非一。］

也无春男女，乃是鲭鱼根▽。

也无新天子，乃是鲭鱼能。

也无青竹帚，乃是鲭鱼名。

也无将军诏，乃是鲭鱼文。

也无凿天斧，乃是鲭鱼形。

也无小月王，乃是鲭鱼精。

也无万镜楼，乃是鲭鱼成。

也无镜中人，乃是鲭鱼身。

也无头风世，乃是鲭鱼兴。

▽（令人恍然有悟。）

1. 幽迷国：概指幽冥界。

也无绿珠楼，乃是鲭鱼心。

也无楚项羽，乃是鲭鱼魂。

也无虞美人，乃是鲭鱼昏。

也无阎罗王，乃是鲭鱼境。

也无古人世，乃是鲭鱼成。

也无未来世，乃是鲭鱼凝。

也无节卦帐，乃是鲭鱼宫。

也无唐相公，乃是鲭鱼弄。

也无歌舞态，乃是鲭鱼性。

也无翠娘啼，乃是鲭鱼尽。

也无点将台，乃是鲭鱼动。

也无蜜王战，乃是鲭鱼閧(hòng)[1]。

也无鲭鱼者，乃是行者情◇。

◇（末句更醒。）[扫尽上文，依然一片白地光明锦，十六回书都无一字。总结全书，又与弹词一段相映成文。]

说罢，狂风大作，把行者吹入旧时山路，忽然望见牡丹树上日色还未动哩。

却说真唐僧春睡醒来，看见眼前男女，早已散了△，心中欢喜，只是不见了悟空。叫醒悟能、悟净，问："悟空那里去了？"悟净道："不

△[完密。春梦醒来，情魔已散，正是作书正意。]

1. 閧：争斗。

知。”八戒道：“不知。”忽见东南上木叉领一个白面和尚[1]，驾朵祥云，翩然而下，叫：“唐长老，你收着新徒弟△，大圣就来也。”慌得唐僧滚地下拜。木叉道：“观音菩萨念你西方路上辛苦，又送一个小徒弟在此。只是他年纪不多，要求长老照顾照顾。菩萨已取他法名，叫做‘悟青’△。菩萨说：悟青虽是长老第四个徒弟，却要排在悟空之下，悟能之上，凑成‘空青能净’四字。”唐僧领了菩萨法旨，收了徒弟，送上木叉不题。原来鲭鱼精迷惑心猿，只为要吃唐僧之肉，故此一边缠住大圣，一边假做小和尚模样哄弄唐僧▽。那知大圣又被虚空尊者唤醒，正是：

△［又与行者拜新师父，遥相映合。］

△［十六回宗旨。］

▽（提清。）

妖邪用尽千般计，心正从来不怕魔。

却说行者在半空中走来△，见师父身边坐着一个小和尚，妖氛万丈。他便晓得是鲭鱼精变化，耳朵中取出棒来，没头没脑打将下去◇，一个小和尚忽然变作鲭鱼尸首，口中放出红光△。

△［空中去，空中来。］

◇（打杀，更快人。）［棒纳耳中，惹出许多情魔；取出棒来，情魔打死，首尾相应。］

△［仍以“红”字作结。］

1. 木叉：即木吒，李靖次子，哪吒二哥。

行者以目送之，但见红光里面又现出一座楼台，楼中立着一个楚伯王，高叫：“虞美人请了△！”一道红光径奔东南而去。唐僧便叫：“悟空，饿死我也！”行者听得，慌忙回转，向师父唱个大喏，将前事从头到尾，备说一遍。原来唐僧见悟空不来，心中焦急；来的时节，又打杀了新来徒弟△，勃然大怒。正要责他几句，忽见新徒弟是个鲭鱼尸首，早已晓得行者是个好意，新徒弟是个妖精△。当时又见行者说得如此利害，方才回嗔(chēn)作喜道：“徒弟辛苦也！”八戒道△：“悟空去耍子是辛苦，我们受辛苦，师父倒要说耍子哩！”唐僧喝住八戒，便问：“悟空，你在青青世界过了几日，吾这里如何只有一个时辰？”行者道：“心迷时不迷。”唐僧道：“不知心长还是时长？”行者道：“心短是佛，时短是魔。”沙僧道：“妖魔扫尽，世界清空。师兄！你如今仍往前村化饭△，等师父静心坐一回，好走西路▽。”行者道：“说得是。”向前便走。走了百余步，突然撞着山神土地△。行者喝道：“好慢人呀！我前日要寻你问一件事情，念了咒子，你们只是不来。天下有这样大土地？快快伸孤拐来，打了一百再

△［归结情根，所谓前生孽障，今世魔头，故释氏以情为轮回种子。］

△［打杀鲭鱼精，与打杀春男女遥对。］

△［长篇散叙，不可无此提挈。］

△［不肯抛荒一笔。］

△［又接前文。］

▽（结案。）

△［完密。］

讲！”土地道：“方才大圣爷爷被情魔摄入天外△，小神力量有限，那能走到天外来磕头？愿大圣将功折罪！”行者道：“你有什么功呢？”土地道：“猪八戒老爷耳朵里花团◇，是小神亲手取出来的。”行者便喝退土地，一心化饭。急忙跳在空中，看见那边有个桃花畔△，一条烟线从树林中隐隐透起。登时按落云头，近前观看，果然是一好人家△。行者跑入里面，正要寻人化饭，忽然走到一个静舍，静舍中间坐着一个师长，聚几个学徒，在那里讲书。你道讲那一句书？正讲着一句“范围天地而不过”[1]▽。

△［暗应天大妖魔句。］

◇（照应。）［完密。］

△［又映牡丹。］

△［与第二回“更不见一人家”相应。］

▽（结句是一部大旨。）

（一部《西游补》总是鲭鱼世界，结处才见是大作手。）

1. 范围天地而不过：语出《周易·系辞上》：“范围天地之化而不过，曲成万物而不遗。”指《易经》广大备悉，天地万物化育之理，全部包括，无所逾越。

奇人奇书：董说和《西游补》

一、出身豪门

董说出生于湖州南浔豪门望族。湖州董氏始祖为宋政和间金紫光禄大夫董贞元，他因忤执政蔡京而去官，归隐湖州乌程县梅林，即今湖州市织里镇轧村。元明之际，其八世孙董仁寿入赘南浔，遂为南浔支始祖。南浔董氏自明中叶董份以进士起家后，科举与经济势头大盛，号称“一门四进士，豪富冠东南”。董份擅长写青词，深得好道的嘉靖皇帝欢心，一路飞黄腾达，最后官至礼部尚书兼翰林学士。董份的超常升迁，董份、董道醇、董嗣成祖、父、孙三代进士同在，子董嗣成先其父董道醇成进士，董份与岳父吴鹏同居尚书大位，这些都是当时皇明盛事之一。加上董份曾数次任主试官，并号称得人，故门生满朝，申时行、王锡爵等明代首辅均出其门下。因此，董氏家族的显赫与富贵在当时简直无与伦比，“宾客车马驰逐如骛”[1]，“双凤堂中日日笙歌缭绕”，“金银之堆积如山”[2]，可谓鲜花着锦、烈火烹油之盛。

全盛时的董氏拥有良田数万亩，奴仆上千人，日日笙歌戏酒，诗文高会。其豪富故事在明清两代笔记小说中多有记载。董份曾以二千金酬谢一媒人。姑苏张濂水用半夏配百部，治好了董份的失眠症，仅此两味药，董份就酬之百金。董氏还耗费巨资，从苏州购买奇石瑞云峰，役使千人搬运，陆路运输时，为减少摩擦力，使用葱蒜万金，致使当时葱蒜价格大涨。董份最满意的厨师得了重病，为了晚年的美好生活，董份请求自己最好的私人医生给厨师治疗。董家由于奴婢仆从众多，董份曾建百间楼以供居住。此楼至今仍存，白墙青瓦，为现在江南最有特色的民居建筑之一。

然而由于土地的高度集中、奴仆的纵横生事等，万历二十二年（1594），数千民众围攻和状告董氏，引发了波及整个东南且震惊朝廷的民变。董氏自此身槁产落，家财“不数月存者十仅二三”[3]。次年便成了董氏家族最悲惨的一年，董份、董嗣昭、董嗣成三进士相继卒，且董份与董嗣成之卒主要就是受了民变的刺激，而董道醇万历十六年（1588）就已离世。故至万历二十三年（1595），董家一门四进士已成历史，基本结束了烈火烹油般的豪富生活，从天上掉到了地上。盛而速衰，沧桑变化，正如《桃花扇》“余韵”曲子所云：“眼看他起朱楼，眼看他宴宾客，眼看他楼塌了。”

在接下来的血雨腥风、海飞山立的明清鼎革之际，董氏族支中，有的出头降清，竭力维持地方稳定；有的隐逸终身，拒不仕清；有的遭刁民陷害，牵连进通海案中。因此，各支经济发展情况和社会政治地位极不均衡，但直至清中叶，董氏家族依然以子孙众多、文采出众著称。据乾隆十年（1745）董熜《董氏诗萃》等统计，从明初董仁寿至乾隆初董丰垣，湖州董氏历十二世，共有文学家54人、别集152种，其中最著名的就是以写《西游补》著称的董说。

二、复社名士

公元1620年董说出生时，其父董斯张已经三十五岁了，因此非常感叹地说："三十五年才作父，消人胆气白盈髭。"[4]大概七岁的时候，董说开始从师读书。每天喜欢早起，"星灿灿，且栉且沐"[5]。虽经其师赵长文多次苦劝，但仍未能改。董说十四岁成秀才，不久又成为由国家供应膳食的廪生，即秀才中的佼佼者。二十岁时，乡试落榜，心中愤懑不平。他批判此次考试，"贵人车马满天下"，而有才之士不被录用，"竟使明天子甲乙之科，为驱除吾党之策"[6]。董说由此看清了科举考试的真面目，认为不过是迷惑读书人去做"纱帽文章"。

当时大江南北竞开文社，以切磋八股制艺。董说不仅参加过浙西的语水社，而且在社中颇有话语权。当时复社首脑张溥也极称赏董说。两人首次见面是在江苏昆山，时间是崇祯庚辰（1640）。次年正月，董说前往太仓，作了张溥入室弟子。在太仓的日子，两人情感日益密切。然而到了五月，张溥暴病身亡。董说痛哭不已，写下了感人肺腑的《祭张夫子文》，并代复社作《祭西铭先生文》《谒于忠肃庙为西铭先生祈嗣疏》，以激昂慷慨的笔墨盛赞了张溥一生的功绩。

张溥葬于次年十月二十七日，董说作为张溥的弟子参加了盛大的会吊会葬活动。会吊会葬中，海内名流毕集，董说出尽风头。大家一见董说，皆问："君非乌程董若雨乎？"相顾倾倒，遂有南州孺子之目[7]。在会吊会葬中，董说结交了侯几道、包惊几等不少复社人物。复社的宗旨是"期与四方多士共兴复古学，将使异日者务为有用"，从其经世致用的主张与务实作风来看，明亡前的董说是积极入世、期望为国出力的。

周庆云《南浔志》卷五十一引沈炳巽《权斋老人笔记》曰："明末，张庶常溥狎主复社，以附东林，延先生（董思）及若雨（董说）为之领袖，当世名流俱以不识两先生为耻。"关于董说在复社中地位的这段记载，有学者觉得不可靠，理由主要是"复社是一个政治团体，董说在政治上没有地位"，"董说当时年纪尚轻，名气也不大"[8]。实际上，董说明亡前后虽仅二十余岁，但名气却很大，是名副其实的复社名士。首先，与董说交游的复社成员共有29人，他们当中不仅有复社领袖张溥，而且有复社重要活动家孙淳、复社眉目吴羽三等，而且这三人与董说的交情均较深厚。其次，在张溥丧葬活动中，董说代复社作《祭西铭先生文》等文，不仅体现了董说在张门中的身份与地位，更为其在复社中赢得了广泛的知名度。最后，明亡前复社同仁就常请董说给自己书稿作序，如《黄观只稿序》《吴羽三稿序》等，这也可看出董说在当时的名气与影响。

三、反清遗民

1644年3月19日，李自成农民军进入北京，明王朝宣布灭亡。董说慨然说："吾家累叶受国恩，今遘数阳九，纵不能死，忍腼颜声利之场乎？"[9]遂弃诸生，焚十年来应制之文，屏迹丰草庵，亲友难睹其面。隐居丰草庵期间，读书著述成了董说主要的生活内容和方式。他感叹汉唐诸儒注释遗经多所未尽，于是殚精研思，废寝忘食，"以究先圣之微言"[10]。特别深入钻研《周易》，法扶桑咸池之出入，而表出震；观江海潮汐之周流，而阐卦律。复社诸君多以文章经济自负，对韵语不甚关心，董说亦是如此。但明亡后，董说开始大量写作诗歌，以抒发其浓厚的故国旧君之思。

董说一方面以读书著述寄托遗民之思，另一方面也积极从事抗清斗争。顺治辛卯（1651），鲁王在舟山抗清失败，浙东义士受牵连致死者无数。后来成了董说师父的故国派和尚领袖弘储，亦被浙按院入疏奏弹，凛然赴杭州投案，其住持的灵岩合寺星散。在这种风刀霜剑的险恶环境下，董说毅然杖策登山，以表申援。

尽管董说其他的反清复明活动没有文献可征，但仅从灵岩“辛卯事件”就可看出他是一名积极而坚强的抗清者。当时著名遗民徐枋即把此事等同于南宋张浚的著名抗金事迹[11]。

董说三十四岁皈依弘储为白衣弟子，三十八岁正式在灵岩受戒。引发董说走上灵岩的，除了因生存环境险恶而愈显强烈的为僧意识外，更主要的还是灵岩弘储“以忠孝作佛事”的爱国精神召唤着他。徐枋《退翁老人南岳和尚哀辞》曰：“惟吾师一以忠孝作佛事，使天下后世洞然明白，不特知佛道之无碍于忠孝，且以知忠孝实自佛性中来。”灵岩在当时是抗清的一个地下联络站，接纳了许多爱国志士。董说落发为僧也是抗清爱国思想的表现，正如其友人金镜《闻董若雨祝发于灵岩感赋》诗所言：“念本由忠激，身随亦奋飞。曾闻无数佛，血性一男儿。”

据谢正光《明遗民传记资料索引》中所收入的遗民范围来统计，见于董说诗文集的遗民有42位之多。这些遗民大部分活动于环太湖流域，有不少在遗民界盛享名气。如当时被称为海内三遗民之一的巢鸣盛就与董说往来密切，感情深厚。康熙五年（1666），董说游楚时，因误闻巢氏死讯而恸哭。归吴后，从嘉兴黄复仲处得知巢氏安然无恙又兴奋不已，“斜日半塘收别泪，春风石佛待重行”，“茗碗共持头共白，遮回判与尽三更”（《寄巢端明》）。后来董说还曾在嘉兴路上遇到这位“三十年来旧游”，“西风白日，执手长叹”[12]，畅谈一宿而别。徐枋亦是海内三遗民之一，明亡后隐居，号称不与人接，但他与董说的关系其实很密切，董说入吴，一般都会去拜访他。徐枋在《怀人诗》自序中也说：“（董说）与余最善，向年冒雨访余于万峰。”[13]这些遗民中还有不少为当时著名书画家，如王时敏、石溪、郭都贤、陶仲调、金孝章、王双白等。特别是王时敏和石溪，前者开创了山水画的“娄东派”，居清初画家“四王”之首，后者与清初著名画家石涛并称“二石”。这些交游与唱和显示了董说在清初环太湖流域遗民界的地位与声望。

四、清初高僧

董说三十八岁时正式落发灵岩。其师弘储取光芒四射、积灵涵蓄之意，命字月涵。月涵和尚深得弘储大师赏识，次年即被任命为书状，并很快成为灵岩首座。弘储大师是临济宗著名高僧，曾前后住持过台州天台国清寺、苏州灵岩崇报寺、嘉兴金粟广慧寺、湖南南岳福严寺等十个著名道场。作为一个极有民族气节的高僧，顺治三年（1646）后，他不仅在灵岩为东南沿海人士的抗清斗争出谋划策，而且网罗纳结遭受迫害的流亡者。弘储座下弟子号称千余人，其中有不少就是抗清失败无路可退的志士，另外还有一批是未直接参加抗清的遗民出家者。也就是说，弘储的千余弟子，非同太平年代的一般出家者，而是夹杂着一大批杰出之士。而董说不久就在弘储的众多弟子中脱颖而出，成了与熊开元、沈麟生并称的最出名的三人之一。

1661年5月，董说以灵岩首座身份住持苏州尧峰寺，敲石锄云，日拈提古人所未到，“五湖俊逸衲子，多裹粮从之”[14]。康熙丙午（1666）春二月，董说从其师游湘。这次游湘，董说结交了不少人物。舟过无锡宝安，弘储著名弟子去息和尚前来拜见。至武昌，郭都贤来相见，别于黄鹤楼下。郭氏是著名遗民，史可法、魏禧皆出其门。适三湘，上衡岳，遇有“楚陶三绝”之称的陶仲调于长沙，倾盖言欢。陶氏曰：“吾久疑文周彖象淆于传注家言，今读子《易发》，涣然冰释矣。”董说曰：“十年注《易》，千里浮湘，得仲调一人知己，何待后世子云哉！”[15]在长沙，还会晤了著名遗民诗人黄周星。董说曰“此古之伤心人也”[16]，展《桑海遗民录》，黯然而别。

由于深受弘储赏识，董说名声日高。他不但与众多同门有诗文往还，而且身边也聚集了不少弟子。据初步统计，与董说交游的衲子有五六十人，著名者如碓庵晓青、卑牧式谦、熊开元、张有誉等。晓青与式谦均曾继席灵岩，尤其是晓青，不仅在遗民僧界有威望，亦能周旋于新朝。康熙南巡，曾特旨召见，并赐御制宸章。张有誉是天启二年（1622）进士，曾历官至户部尚书；而熊开元是天启五年（1625）进士，唐王时官至左佥都御史、随征东阁大学士。他们并为弘储重要弟子。董说与这些名僧的交往，显示了其在清初东南佛教界的影响。

弘储大师卒于康熙壬子（1672）九月。自其卒后，董说栖遁苕溪、洞庭之间，常孤身一人，浮舟水上，一般衲子难睹其面。唯碓庵晓青、卑牧式谦间携竹炉茗饵，相从于村涧溪桥边，系船作一日夕谈。1686年，董说示寂吴门夕香庵。

五、奇行怪癖

董说有各种奇行怪癖。他嗜做梦，嗜卧游，可以说是我国文学史上最奇异的梦癖者。因癖好梦，董说给自己取了不少与梦有关的号，如幻影宗师、梦史、梦乡太史、梦道人等，并刻成印章使用。入梦一般是无意识的，而董说却是经常有意识地让自己做梦。他贪恋名山胜水，为能在梦中游赏，就在房间四壁挂满山水画卷。在雨打芭蕉声中，面对四壁山水，悄然入梦。他还通过阅读名山志来导引入梦，《梦乡词》其二曰："枕中一帙名山志，拣得仙岩次第游。"董说还曾利用家中多余的木头屋上架屋，借从高处遥望青山白云，来达到更好的卧游、梦游目的。董说简直日日在做梦。三十六岁时，他说自己"去日一万余，梦游三十六"（《前题自和》）。他几乎一天也离不开梦，其《梦乡散》曰："人生百年无梦游，三万六千日，日日如羁囚。"

董说不仅日日刻意做梦，也非常有意识地记梦、藏梦。他深知说梦无征，故随笔而录。他声称自己是梦国的治理者，其治国措施之一是设立司梦使，谁要是做了梦，就口述以授司使。董说还建议设立专门的藏梦兰台，其台“高一尺而矩”（《梦乡志》）。董说记梦的成果就是有了梦书、梦文、梦诗。《昭阳梦史》收其梦31则，其首梦《天雨字》曰：“天雨字，如雪花，渐如掌，而色黑。余心语曰：‘天地开凿，此妖孽未有。’将蓍问羲皇，有男子高冠白衣，大奔走，呼曰：‘大奇观，大奇观！今日天雨字，乃一篇《归去来兮辞》也。’”这个奇特的梦得到了友人黄周星的赞赏。《病游记》《续病游记》则是他的两篇记梦散文，其中有一梦曰：“骑松枝，入市为牛，遇所憎，回牛，牛复为松，骤起千尺，而身在云中。”显然是揭示了不愿与世俗为伍的潜在意识。还有一梦曰：“梦客来访，自名苔冠，其首青青。”客人头上长满了绿色植物，是影射清代官员来求见吗？不得而知。董说的记梦之诗，更是多不胜数，“梦”字是董说《丰草庵诗集》中出现频率极高的字眼。

董说认为梦虽然假，但古来若无梦，天地之内将平凡无奇。明崇祯十六年（1643），他大张旗鼓地张罗成立梦社，要求社友在梦之次日，必须如实地将梦记录于尺纸，且“干支必详”，寄于“浔水之梦史”，也就是董说自己。他打算在数年后，对这些梦予以分类，析为百卷，编为《梦鉴》。在这一年的冬天，他还写作、刊刻了《征梦篇》，并寄发给社友。他对社友如何做梦居然也有具体指导，如出世梦的梦法是“骑日月而与天语，万云下流，蛟龙如鱼”；远游梦的梦法是“悬车束马，一刻万里，五岳周观”（《梦社约》）。董说征梦也有标准，不是一概并征，他只收梦之幽遐者。所谓“幽遐”，即“名山方外，瀑花林彩，足以涤人”。由于标准太高，也由于世上像董说这样的嗜梦者实在并无第二个，所以董说的征梦活动在他晚年时宣告流产。

梦是人在睡眠中的一种精神心理活动，是白天失去的快乐与美感的补偿，是作家心态的外化。董说个性中游的潜意识非常浓重，但现实中却因贫病而无法实现，而梦这种非现实的旅游无须雄厚经济作为后盾，也不需强壮体力作为支撑，且不费时日。因此董说在《梦乡词》中快乐地宣称：“合眼何曾是病夫，穿云屐子不教扶。春来五岳都游遍，笑杀宗家壁上图。”自在而逍遥的梦也是董说躲避明末黑暗现实及鼎革之际血雨腥风的最好去处。其《梦乡志》曰：“自中国愁苦，达士皆归梦乡。”梦是董说陶写忧愁、消解生命困苦的一种方法。

董说还有取名癖。据统计，董说的姓名字号有48个之多，可以说是世界上名号最多的文人之一。董说在佛门将近30年，因此不少名号与其佛门经历有关。如“林道人”是董说上灵岩前的自称；“月涵”为董说落发时其师所赐之字；“宝云”“尧峰”是董说曾住苏州尧峰山宝云寺，因以自称；“漏霜”为董说削发灵岩后之别号，寓瓦破霜飞之意。

董说有些名号是为了表明自己奇崛不羁的个性与超离世俗的癖好。像“梦史”“梦道人”“卧游道人”等名号就是为了标榜他对做梦与卧游的酷嗜。董说嗜雨，故又自称“雨道人”。“月函船师”则是董说晚年印章名，寓癖好舟居之意。董说有这么多名号，却还刻了个印章叫“余无名”，其实也是为了显示自己叛逆不羁的个性。

董说还有些名号是与其所居之地或室名有关，以表达彰显祖德、纪念先人等意。如董说家有高晖堂，此堂是其父董斯张所留，董说以“高晖生”自号，以表明不忘先父之意。《楝花矶随笔》记载了这样一个故事：有人送百金给董说，想求他办事，然而董说却破口大骂：“吾学道未暇也。”此人出门后，遍告他人说：“高晖生直是退财白虎。”因与退财事件相连，“高晖生”这个名号在当时无疑是很响亮的。

作为一个遗民，董说的民族观念非常强烈，有时面对一碗菜汤、一潭池水，也会兴起浓重的故国之思、兴亡之恨。这种强烈的遗民思想也在他的一些名号中得以流露与宣泄。如董说自称“丰贞处士”“澄华大夫”，寓坚守气节、不仕新朝之义；自称“补樵”，表达了愿与青山樵者为伍的高洁志向。还有，董说剪发不剃头，取名“林胡子”，实际上是蓄须明志，以示与清廷剃发令对抗之意。至于“林蹇”“槁木林”，则寓偃蹇不起、心如槁木死灰、不愿与新朝合作之意。

董说不仅给自己取了众多名号，而且给他六个儿子定了一名二字一号，并专门写了首诗歌《字释》，其序曰：

> 今定尔六人名字：阿来名樵，字裘夏，一字竹坡，号烟疾生；阿辰名牧，字放云，一字祝琴，号铁笛生；大奇名耒，字江屏，一字千岩，号退谷子；小奇名舫，字浪仙，一字散客，号野渡生；阿子名渔，字蓑江，一字随隐，号江湖长；小梅名村，字古雪，一字逋翁，号寒峰野人。青松白石，实闻我言。其明日，复作《字释》诗，以俟家乘。

董说给六个儿子取名字的时候，其幼子董村刚降临世间，但他却为这个只有几天的孩子取字曰古雪、逋翁，取号曰寒峰野人。因此这些字号的取定与幼小的孩子并没有多大关系，不过是体现了董说自己追求闲情野趣、不愿其子与当朝仕禄有任何牵连的心态。

董说经常迁居，每到一地，很重要的一件事情就是给新居及周围山岭泉流等命名。如1675年末，董说移居太湖西山东湾，因名其地曰东石涧，名其屋曰樵止，名其处涧水曰菖蒲石流，又定其庵名曰白潭庵。有时甚至刚打算迁居，就迫不及待地给新居命名。其《蓑衣盖杂诗》自注曰："将营茅别岭，名其屋曰又移。"

董说平时也动不动就给各种事物命名。他名猫曰桃叶，并作《桃叶引》；名茶曰石缝，作《宝云石缝茶》。又如名树藤曰忍冬，给庭院中的松树谥号曰贞，给鹿取名并刻牌，给屋宇建筑命名曰青霞斋、诗憨亭、隔凡庵、云荒轩、无门室、丰草庵。这一切都表明了董说不谐世俗的个性。

董说酷嗜香烟。他在《欸乃曲》中就扬言："老翁平生有香癖，柏子拈炙树根炉。"为了满足这一嗜好，董说甚至卖掉田地。他时时在发明各种奇香，《采杉曲》自注曰："余出新意，采杉肤，杂松叶焚之，拂拂有清气。"又《春日》曰："香拈百合煮梅花。"据自注，这是董说在制作山家百合香，与梅花花瓣同煮，还自豪地说："殊有清致。"《喜持讷至》一诗则详细写了岁寒香的制作过程，赞美它"殊有远韵"。《岁寒香》诗则指出制作发明者是董说自己——"孰始制作余无名"，"余无名"就是董说的别号。他还让仆人来参与他的这种采香制香活动。其《付樵僮》诗曰："今日一端还赖汝，刺杉采作野人香。"友人敬夫居然在自己精心制作的香烟中睡去，他因而叹息别调野香无人共赏，"闲杀一炉杉树烟"（《焚野人香敬夫坐睡》）。

董说有专门论述香烟的专著《非烟香法》。作为一种科技医药类著作，该书已一版再版。最常见的是《昭代丛书》本。书中对古代焚香之法、焚香之器、香气的品性、香烟的功能、香料的制作等均有独特的研究与发明。在炉内焚烧香料是我国古代长期流行的熏香方法，而董说自出新意，以水蒸香，故曰非烟之香。他自创蒸香之鬲，如果遇到奇香，又于鬲上覆以铜丝织就的格、篁，以约束热性，使汤不沸扬，而香杳杳。用这种方法，董说特制有奇妙的振灵香，能振草木之灵，化而为香。他为此香取了众多别名：空青香、千和香、客香、无位香、翠寒香、未曾有香、易香，各有其义。又自名其居曰众香宇，名圃曰香林。董说之蒸香不仅显示了其独特的个性与行为，而且也是对长期以来流行的熏香之法的超越。其诗《非烟颂》就称颂了自己的这种煮香之法："柽花细细松针柔，杉子青磊落之萍洲。香之来轻风流，是耶非耶，研山寂寞不敢收。渺然坐我秋江舟，白石青枫尽意游。"董说在香雾缭绕中寻求到了一方自由的天地。

与一般文人之嗜香不同，董说还把蒸香的人文内涵推向了极致。他在《博山炉变》一文中申明了香的品德体用："香以静默为德，以简远为品，以飘扬为用，以沉著为体。"其《众香评》还品评了蒸甘蔗、荔枝、菊叶、玫瑰等27种香的感受，如"蒸松鬣，如清风时来拂人，又如坐瀑声中，可以销夏"，"蒸柏子，如昆仑玄圃，飞天仙人境界也"，"蒸梅花，如读郦道元《水经注》，笔墨去人都远"，等等。对香如此细腻的品评与感受，在我国文化史上当是首次。

董说还有听雨癖，其诗文集中到处充斥着有关听雨的文字。他"少而嗜雨"，故自称"雨道人"，常对人言"历人间之乐，未有如风雨者也"。为了表明自己的雨癖之深，他尝欲仿刘伶《酒德颂》，作《雨德颂》；又欲作《雨诗》百篇，"谓处士梅花道人，秋雨千载连珠”。他还想在临死之日，请人给自己画一幅《风雨读书图》，画中“云烟弥漫，书堂寥廓，山雨欲来，木叶乱鸣”，而董说“执卷怡然”（《雨道人家语》）。尽管董说的《雨德颂》《雨诗》《风雨读书图》是想象中的事，很可能并未实现，但他仿白居易《何处难忘酒》而作的赏雨诗《何处难忘雨》以及众多的听雨诗，却保留在他的诗集中，使我们真切地感受到了董说之嗜雨确非一般。其《何处难忘雨》诗曰：“何处难忘雨，凉秋细瀑垂。小窗佳客在，白豆试花时。渔笛声全合，水村烟正宜。溪山苕上好，雨癖少人知。”在《听雨词》五首中，董说认为自己爱听雨声的癖好，简直如同书法家米芾之爱石、《茶经》作者陆羽之爱茶。他深情地寄语窗前之雨，“一瓣清香专为君”，祈求老天不要放晴。他甚至想请高明的画手来给自己画一幅《西窗听雨图》。

董说听雨还有自己独特的方式，那就是舟居听雨。他并不是像古代文人那样只是偶尔的“春水碧于天，画船听雨眠”，而是经常性地去船居。董说刻有一个印章曰“月函船师”，即寓其癖好舟居之意。他名其舟曰石湖泛宅，舟中装满书画秘籍，窗边挂着小佛像，常常泊于柳塘湖水深处，待上一段时间后，又游往他处。董说如此喜欢舟居，主要目的就是为了配合听雨，其弟子纪官因请著名画家吕时敏作《舟居听雨图》驰送之。图作于五月前，送达时，董说恰好在苏州石湖舟居听雨。其实并不是纪官能未卜先知，料定其师必会在五月后的石湖听雨，而是董说的听雨癖实在太深了，让弟子一猜即中。董说认为舟居听雨，才是真正的静听。雨在董说眼中也有了不同的颜色，有了雅俗之分。只有舟居听雨，雨色才会不俗。那是一种绿色，“绿则凉，凉则远”。从听雨中，董说得到了清凉的感觉，得到了远离尘世的感觉。

董说不仅嗜好舟居听雨，而且嗜好寻寺听钟，这在历代文人中比较少见。他在《复严既方书》中自称：“少有奇癖，爱闻钟声，所居与寺为邻，不乏此响。数年已来，资其清供。”鼎革后，晚明盛世繁华一去不再，寺庙亦荒落不堪，僧事懈怠，钟声不鸣。于是董说干脆自置一小钟，“色黯黯有古光，其音清凝以长”，每当半夜寂寥的时候，卧而击之，以自寻快乐。他的诗歌中，频频出现听钟、寻钟、打钟的诗句。如《漫兴》其一“一事如僧夜打钟”，《樵耒诗示二儿》“钟寻烟外寺”，等等。由于喜听钟声，董说经常外出寻寺，甚至梦里几度寻寺游寺，其《无端语》诗曰：“梦里几回寻寺去，乱山无路草茫茫。”

董说曾说自己有书癖。作为知识分子，喜欢读书原是很平常的事，但董说对书的嗜好却绝非寻常。书不能片刻离其左右，即使在出游途中，也必须有大量的书伴随。钮琇《觚剩续编》卷二曰：“（董说）每一出游，则有书五十担随之，虽僻谷之深，洪涛之险，不暂离也。”五十担书随之出游，实在不可想象。董说《难经纂注序》中曾回忆自己移居鹿山时，“图书十簏压樵船”，人见之皆大笑。《南潜日记》也记录了董说移居太湖西山东石涧后，其侍者多次往旧地挑书的情况。无论是外出，还是生病在家中，书都是他最亲密的伙伴。其《无端语》曰："竹杖芒鞋野外装，蠹书一束压藜床。"又《寄友人》："一床书傍药炉边。"

读书是董说一生中最主要的生活内容与方式。他自小在书堂读书时就立下大志："人生得三十年读书，三十年游览，差不至短气。"[17]由于身体状况等原因，董说三十年外出游历的目标可能并没有实现，但其切切实实读书却远不止三十年。他在《楝花矶随笔》中说："我除了六年，五十年读书。"特别是鼎革后，他抛弃举业，读书丝毫不是为了功名利禄，而完全是一种癖好，在于自受用。

董说不仅一辈子癖好读书，而且几乎一辈子著述不断。他曾不止一次掷笔，发誓不再著述，但每次又禁不住破戒。董说一次又一次地戒著述，实际上反映了著述之癖对他的困扰；戒著述而总未成功，更是说明了其癖好之深。其著作目前可以统计到的有121种，这在古代知识分子间并不多见。他常常是一边读书，一边编书，其《风雅编年》《天象编年》等就是这种产物。他常常想到什么就写什么，著作的篇幅并不大，有的书甚至只是一个图表。

更为奇特的是，作为文人，董说还喜欢焚弃自己的书稿。其《漆镜堂杂兴》诗曰："文稿不须还作家，燃成纸烛看飞灰。"又《楝花矶随笔》曰："癸未，余读书尚矜奇，拟作《洪范说》，幸已焚弃"。《丰草庵诗集自序》记载了他三次大规模的焚书："一焚于癸未（1643）之冬，焚庚辰（1640）以前之文无遗也；再焚于丙戌（1646）之秋，焚《辛壬杂著》及十余年应制之文无遗也。又《甲申乙酉诗歌》一编，误以为应制之文，俱焚焉。丙申（1656）焚书，则余之三焚书也。乙酉文、丙戌诗之误焚，则余之再误焚也。”

董说三番五次焚毁自己的著作，最主要的原因是自愧意识。也就是说，随着阅历的增加，学问的提高，觉得以前的著作不成熟，愧于行世，或简直就是无用。《丰草庵诗集自序》曰：“我少未尝为诗，为古文辞。为古文辞不一年、二年，辄自愧且悔，悔辄欲自焚。”又《楝花矶随笔》说：“余年十六七，辄喜手评古人之书。评后辄悔，悔辄更评，更评复悔，悔辄欲自焚，乃不果焚也。”但一个人的著述毕竟是呕心沥血的产物，所以董说心里想焚，而又往往舍不得，内心痛苦不堪。董说《招书魂魄》一梦实际上就表达了这一情结：

有山，色如丹沙，其下有古穴，穴中奇鸟千，玄文翠冠，其鸣有章。见书数百卷，在穴东隅，惊奇之。入穴，抱书而去。道遇禅客，问书根本，余以情对。禅客曰：“即君手录，何乃自收。”余闻言开卷，荡然无一文字。客曰：“此书已焚灰，安得有字。穴中鸟，书魂魄也。君试恸哭，书魂可招来。”余法言，恸哭，奇鸟各飞，鸣凄怆，止穴不来。余遂弃无字书也。

当然，董说的焚书也与不著文字的禅门宗旨以及清初的文化钳制有关。佛教禅宗主张顿悟，不立文字，著述被认为是绮语自障，与学道修行背道而驰。董说上灵岩出家前的焚书，主要就是这个原因。而董说焚却《甲申乙酉诗歌》《乙酉杂文》《丙戌悲愤诗》等清初敏感年代的诗作，无疑是为了避祸。

六、奇补《西游》

使董说扬名中外的是他的小说《西游补》。作为《西游记》的续书，它紧接《西游记》第六十一回，写唐僧师徒离开火焰山后，孙悟空化斋，为鲭鱼精（情妖）所迷，渐入梦境，在青青世界万镜楼中闯了一通，见到了古今之事，当了半日阎罗天子，最后在虚空主人的呼唤下，才醒悟过来。小说不仅内容别开生面，而且艺术技巧高超，被认为是中国续书史上最好的续书。

我国古代小说名著多有续书，有的甚至多达几十部。这些续书大致有两种情况：一是真正的续书，它们大体上延续了原书的主题与内容，如《水浒后传》《续金瓶梅》等；二是新说型续书，它们与原书的主题并无多大关系，而只是借用了原作之名或某个话头，如《金瓶梅》《新石头记》等。笔者以为《西游补》实际上是处在真正续书与新说型续书之间，而更靠近新说型续书。这种续书在我国小说史上可以说是仅此一例。它的意义在于适当地处理了续书与原著的关系，既不脱离原书又能自具面目。

《西游补》常常关照到《西游记》的一些情节，时时刻刻在唤醒读者对《西游记》的某种记忆。像第一回孙悟空“我前日打杀得个把妖精，师父就要念咒；杀得几个强盗，师父登时赶逐”的内心独白，就唤醒了读者对《西游记》中唐僧念紧箍咒以及孙悟空多次被唐僧气回花果山的生动记忆，而孙悟空“悟能这等好困，也上不得西天。你致意他一声，教他去配了真真、爱爱、怜怜”的片言戏谑，则唤醒了读者对原书中八戒好色、爱睡懒觉等情节的回忆。而且这种唤醒非常巧妙，是在顺带无意之间，如盐溶水，不见痕迹。《西游补》对原书的这种有意萦带与《金瓶梅》《新石头记》等只是借原书一个名头的新说型续书可以说全然不同。

与《西游记》一样，《西游补》有众多心性论的东西。作者在《〈西游补〉答问》中自问自答说：“问：《西游》旧本，妖魔百万，不过欲剖唐僧而俎其肉；子补《西游》，而鲭鱼独迷大圣，何也？曰：孟子曰：‘学问之道无他，求其放心而已矣。’”既然孙悟空被情妖鲭鱼精所迷是“放心”，那么孙悟空最后打死鲭鱼精的象征意义，就如同《西游记》中孙悟空取得真经一般，标志着修心悟道的完成。而且这个鲭鱼精与《西游记》中的假猴王一样，都是因一念之差而产生的妄相。《西游补》第十六回行者曰：“心短是佛，时短是魔。”沙僧曰：“妖魔扫尽，世界清空。”这与《西游记》第十三回唐僧所说“心生种种魔生，心灭种种魔灭”一样，都是渗透了心性观的哲理。

与《西游记》一样，《西游补》也在谈禅悟道的框架体系中包含了深刻的讽世精神。如小说第二回所写的大唐风流天子行乐图：

> 一个醉天子，面上血红，头儿摇摇，脚儿斜斜，舌儿嗒嗒，不管三七念一，二七十四，一横横在徐夫人的身上。倾国夫人又慌忙坐定，做了一个雪花肉榻，枕了天子的脚跟。又有徐夫人身边一个绣女，忒有情兴，登时摘一朵海木香，嘻嘻而笑，走到徐夫人背后，轻轻插在天子头上，做个醉花天子模样。

明代中叶后的皇帝，无一不是昏君。武宗的荒淫、世宗的昏聩、神宗的怠政、熹宗的宠信太监，简直没有一个有皇帝的样子。《西游补》中风流腐朽的唐太宗无疑是晚明数位皇帝的一个缩影。又如小说第六回，项羽见假虞美人风魔，便请了黄衣道士来。道士口喷法水，念动真言，最后两句居然是：“省得道士无功，又要和尚来临。”更搞笑的是，一阵捣鬼后，道士连“太上老君急急如律令，敕”的“敕”字也未念响。这段描写实际上是对明代中后叶之后，皇帝一会儿崇道、一会儿佞佛的尖刻讽刺。另外，小说中描写行者审判秦桧谋害岳飞一事时，只见阶下出现了一百个秦桧，行者因此叫道："秦桧，你一个身子也够了，宋家那得一百个天下！"行者的戏谑之语包含了作者对明末奸臣误国的深刻讽刺。鲁迅先生说《西游补》"讥弹明季世风之意多"，信然。

作为明亡前辽东战事如火如荼之际的特定产物，《西游补》的主题思想既有继承原作悟道讽世的成分，更有对原作的超越。小说流露了浓厚的民族意识，这集中体现在对卖国贼秦桧的贬斥和对岳飞的敬仰上。小说也在行者身上暗示了作者的心路历程，这可从众多学者对《西游补》自述生平说的论断上看出。如张文虎给《西游补》作序曰："是书虽借径《西游》，实自述平生阅历了悟之迹，不与原书同趣。"黄人在其《小说小话》中也认为《西游补》是董说"借孙悟空以自写其生平之历史"。当然，笔者认为《西游补》创作于明亡前，这里的心路历程主要是董说明亡前的心路历程。而小说重点写的是行者的梦境，通过这个梦境所提供的一系列变形、不一致、不连续、不相关的荒谬情景，小说实际上也探讨了行者和作者内心世界的压抑与焦虑问题。夏济安先生说，中国小说从未像《西游补》这样探讨过梦的本质，行者的梦显示了对人心的正确了解，这对人类有深长的意义[18]。

《西游补》是一种插续，小说从《西游记》孙悟空三调芭蕉扇后插入，写行者堕入鲭鱼精设置的梦境，最后破梦而出，又回到《西游记》情节中。它在情节构思上与《西游记》有诸多类似之处。如《西游记》中有九九八十一难，这些灾难的情节大致相同，那就是妖魔们为了吃唐僧肉，想尽办法掠走唐僧，但在孙悟空的救护下，它们的愿望最终落了空。《西游补》的外在情节与此完全一致，也设计了一个妖魔鲭鱼精，他也想骗走唐僧吃他的肉，而行者为保护唐僧，也经历了种种磨难，最终把妖魔打死，在取经道路上继续前进。

同样是行者除妖保护唐僧的故事，但两书给人的感觉大相径庭，这是因为《西游补》作者对《西游记》中的灾难故事类型进行了高明的改造。在《西游补》中受难的不是唐僧，而成了行者。鲭鱼精一面假充和尚改名悟青，投于唐僧门下，一面用调虎离山计引走孙悟空，迷住他的本性，使他毫无作为。鲭鱼精的高明之处在于，他认识到要得到唐僧这块诱人的肥肉，必须首先搬除孙悟空这个障碍。因此，他花大力气在孙悟空身上，孙悟空因此成了受难的主角，而且孙悟空所受的这种灾难与《西游记》中的也全然不同。《西游记》中的妖魔牛首虎头，样子比较野蛮，但他们都各有来历，居有定所，行为、饮食与打仗的样子都像凡人。而《西游补》中的鲭鱼精来去无踪，孙悟空感觉不到他的存在。在鲭鱼精的魔力下，行者毫无法力智慧可言，只有焦躁困惑的份。正如作者在《〈西游补〉答问》中所指出的："问：古本《西游》，凡诸妖魔，或牛首虎头，或豺声狼视；今《西游补》十六回，所记鲭鱼模样，婉娈近人，何也？曰：此四字正是万古以来第一妖魔行状。”鲭鱼精婉娈近人，确非一般妖魔；它无处不在，是“情”的一种象征。因此，尽管情节同是孙悟空除魔，但《西游补》由于妖魔设置的独特性，进而导致受难者由唐僧到行者的改变，从而给了读者别开生面的感觉。

《西游记》构想了真假猴王的情节来作为孙悟空历经的一难，主要在于说明：外在的妖魔可以通过神通打斗来消灭，但自身意志的障碍，即心魔却是最不易战胜的。而《西游补》作者也认为人内在的七情六欲是最难战胜的，“四万八千年，俱是情根团结”，要悟道必先破情根，而要破情根必先走入情内，所以他要给《西游记》中没有历经情难的孙悟空补上“情”这一课。与《西游记》中的心魔假猴王一样，《西游补》中的情妖鲭鱼精也是行者一念之差、意识萌动而产生的妖魔。情天每从色界入，而色莫艳于红，故《西游补》开头先用“红牡丹”来引动行者情根，然后出现了以色彩斑斓光怪陆离的百家衣相引诱的春男女，这更使行者焦躁不堪。愤激之下，行者打杀春男女，却又仁慈心动，流下了眼泪。行者动摇不定，已失去真见识、真把握。此后又因害怕师父惩罚而转生欺骗师父的念头，于是七情缠扰，如蚕作茧，不能脱也。正如三一道人所评：“一念入道即为大圣，一念入魔即为妖精。西方本无佛，一大圣而已；西方路本无妖精，一猴而已。”行者与妖精实是一人，小说最后借虚空尊者之口点明了这一点：“天地初开，清者归于上，浊者归于下；有一种半清半浊归于中，是为人类；有一种大半清小半浊归于花果山，即生悟空；有一种大半浊小半清归于小月洞，即生鲭鱼。鲭鱼与悟空同年同月同日同时出世。只是悟空属正，鲭鱼属邪。”鲭鱼精的这一形象，显然来自《西游记》中六耳猕猴的构思。只是六耳猕猴与孙悟空外表模样完全一致，本领也差不多。而《西游补》中的鲭鱼精神通广大，胜悟空十倍，他没有明确的外貌特征，小说言他身子很大，“头枕昆仑山，脚踏幽迷国。如今实部天地狭小，权住在幻部中”。

《西游补》在细节的设置上也与原书有诸多相似之处。如受《西游记》中孙悟空三借芭蕉扇这一情节构思的影响，《西游补》幻想出了能驱除山岭妖魔的驱山铎。为了寻找驱山铎，孙悟空经历了三次周折。第一次是在新唐，他打算问扫地宫人关于驱山铎之事，却忽见宫中大吹大擂，只得作罢；第二次是他想办法进入了古人世界，却只见了项羽，没有打听到驱山铎；最后在绿竹洞，他又向古老询问，却说已借给汉高祖了。芭蕉扇次次借到，但驱山铎却每次落空，这种细节的设置，使《西游补》既有原书的影子，又特色独具。

又如《西游记》写玉面被孙悟空吆喝后，逃回洞中，倒在牛魔王怀里诉苦；而《西游补》写假虞美人向项羽诉说孙悟空调戏她。除了哭闹撒娇外，两人均向男子使了英雄不能庇护美人的类似的激将法。如玉面跳天索地，骂牛魔王道：“我因父母无依，招你护身养命。江湖中说你是条好汉，你原来是个惧内的庸夫。”假虞美人也指着项羽骂道："顽贼！你为赫赫将军，不能庇一女子，有何颜面坐此高台！"而项羽与牛魔王的反应也是出奇地相像，都是一口一个美人，温存劝慰，赔礼不迭。《西游记》写孙悟空为了借芭蕉扇，变成假牛魔王，与罗刹公主亲热，而《西游补》写孙悟空为了从项羽口中套出驱山铎的去向，变成假虞美人，与项羽亲热。另外，《西游补》还构思了一个与虞美人争风吃醋的女子楚骚（苹香），这与《西游记》中塑造的迷倒牛魔王的玉面类似。因此，三一道人评点说："项王是牛魔王影子，虞美人是罗刹影子，楚骚（苹香）是玉面影子。"而这种相似并不是来自生硬的模仿，而是一种受原书影响的极其高明的创造。

《西游补》中也有行者拔一把毫毛变作无数孙行者的描写："（行者）登时使个计较，身上拔一把毫毛，放在口中，嚼得粉碎，叫'变！'，变做无数孙行者，团团立转。"但与《西游记》不同的是，《西游补》中的这班毫毛行者不是用来打斗的，而是被孙悟空用来分头刺探情报的。这些毫毛行者跳的跳，舞的舞，径自散去。回来报告时，有"大圣，大圣"一路寻呼行者的；有揪头发，扯耳朵，一路打上山来，见了行者互相告状的……简直天花乱坠，迷离惝恍。行者收取毫毛则是"把身一扭，百千万个毫毛行者丁东响，一齐跳上身来"。更奇妙的是，行者正待走时，却听得身上毫毛叫："大圣，不要走！我们还有个朋友未来。"行者这才看到西南角上一个毫毛行者沉醉上山，问他到哪里去来，这个毫毛行者道："我走到一个楼边，楼中一个女子，年方二八，面似桃花，见我在他窗外，一把扯进窗里，并肩坐了，灌得我烂醉如泥。"行者于是大恼，捏了拳头，望着毫毛行者乱打乱骂："你这狗才！略略放你走动，便去缠住情妖么？"最后那毫毛行者哀哀啼哭，也只得跳上身来。这样的描写简直妙趣横生。

在人物形象塑造上，《西游记》强调的是神、兽、人三位一体，而《西游补》作者更突出的是孙悟空人的成分，而弱化其神的本领，隐去其兽的丑陋外形与滑稽动作。《西游补》写出了孙悟空七情缠身的痛苦。他害怕因杀人而罪孽深重，害怕师父念紧箍咒，害怕失去体面。他担心西天走过了头，担心师父娶妻还俗，担心大唐改旗易帜。他时时焦虑，处处生疑，是一个急躁不安、心神不定的有着七情六欲的人的形象。在拥有神的本领方面，《西游补》中的行者与《西游记》中的简直判若两人。在《西游补》中，行者辨不出新唐是真是假，分不清小月王是人是妖，对小月王身边的师父的邪正也疑惑不明。上天宫求见玉帝，天门紧闭，反受天门里面的人嘲弄。听踏空儿群骂，却只有"金睛暧昧，铜骨酥麻"生气的份，而毫无任何对付的办法。急着找女娲补天，却又吃了闭门羹。拘山神，拘土地，却一个也拘不来，急得只好干跳。拿金箍棒打小月王与盲女郎，却棒棒打空，只好破口大骂，但对方却并不闻见。《西游补》还隐去了孙悟空兽的外形特征。原著《西游记》非常强调孙悟空猴的外形特征，"毛公脸""雷公嘴"

等词频频出现。常人见到行者，无不被他吓得脚软身麻，以为白日里见了鬼。而《西游补》中不仅没有出现过猴的丑陋面貌描写，而且非常强调孙悟空慈悲柔弱的一面，使其向正常人的形象靠拢。如行者读《送冤文》，装出的是一个秀才模样；他变成虞美人，是一个千娇百媚的女子；他在审判秦桧之前，怕秦桧见了他“慈悲和尚的模样”不肯招供，才特意装扮出阎王的威严派头。这种对猴的外形的忽略，使读者更易接近行者的内心世界，感觉到他喜怒哀乐的变化。

《西游补》有怪诞小说的特征。小说中不仅有类似于《西游记》的神通变化，如行者变蜜蜂、变美人，而且有普通人物的反常变形。如奸臣秦桧的一系列变形：他一会儿被碓成桃花红粉水，“水流地上，便成蚂蚁微虫，东趱西走”；一会儿又被拆开两胁，做成四翼，变作蜻蜓模样；一会儿又变作花蛟马，被数百恶鬼，骑的骑，打的打。而每次变化为物后，又被吹转人形，重新接受行者审判。特别是小说第十回行者设法逃出万镜楼的那一幕，变形情况非常怪异：

行者周围一看，又不知打从那一面镜中跳出，恐怕延搁工夫，误了师父，转身便要下楼；寻了半日，再不见个楼梯。心中焦躁，推开两扇玻璃窗，玻璃窗外都是绝妙朱红冰纹阑干。幸喜得纹儿做得阔大，行者把头一束，趱将出去。谁知命蹇时乖，阑干也会缚人，明明是个冰纹阑干，忽然变作几百条红线，把行者团团绕住，半些儿也动不得。行者慌了，变作一颗珠子，红线便是珠网；行者滚不出时，又登时变作一把青锋剑，红线便是剑匣。行者无奈，仍现原身……

朱红冰纹阑干一会儿变成几百条红线，一会儿又变成珠网、剑匣；而行者一会儿变珠子，一会儿变青锋剑，最后又只得变回原身。而正当行者无奈之际，眼前一亮，空中出现了一个老人。他帮行者一根根扯断红线后，又突然一道金光飞入行者眼中。原来他就是行者真神。这些反常的变形无疑给了读者一种怪诞的感觉。

怪诞艺术的世界是一种异于常规的陌生世界。《西游补》所描写的梦境中出现了众多奇异而陌生的世界。如小说写踏空儿凿天："四五百人，持斧操斤，抡刀振臂，都在那里凿天。"这种事件与场面简直闻所未闻，见所未见。又如小说描写五色旗混战的场面，战争中却不见兵士，只见黑的、紫的、黄的、青的旗子飞来飞去，互相碰撞在一起，旗子上溅满了血迹。再如万镜楼中的世界，四壁都是宝镜砌成，团团有一百万面。镜子的大小形状各不相同，每面镜子里都别有天地日月山林。行者本以为能照出百千万亿自己的模样，走近前去照照，结果却无自家影子。更奇异的是，出石匣时见到的猎人刘伯钦，手执钢叉出现在一兽钮方镜中，与行者对话。当行者问起为何同在这里时，刘氏却道："如何说个

'同'字？你在别人世界里，我在你的世界里，不同不同！"当然最怪诞的是《西游补》所描写的阴司世界，有全身上下青色、金黄色、红色、白色、黑色的小鬼各五百名，按着五行，立在五方，排做五班，每班都有领头判官；还有草头花脸、虫喉风眼、铁手铜头的解送鬼六百名，虎头虎口、牛角牛脚、鱼衣蛟色的送书传帖鬼一百名；还有一批雪白包巾、露筋出骨、沉香面孔、铜铃眼子的管东帘的巡风使者，一批血点包巾、露筋出骨、粉色面皮、峨象鼻子的管西帘的巡风使者，等等。这个地府世界，人物众多，形象怪异，颜色纷呈，充满怪诞色彩。

怪诞一方面创造了畸形与恐怖，另一方面却是喜剧化与滑稽的[19]。《西游补》中的许多情节实际上亦糅合了这种可笑与可怖的因素。小说第六回项羽杀真虞美人的场面非常恐怖，他"左手提刀，右手把戟，大喊一声：'杀他！'跳下阁来，一径奔到花阴榻上，斩了虞美人之头，血淋淋抛在荷花池内"，又命令众侍女不许啼哭！但这种恐怖的气氛随之就被假虞美人的撒娇调情戏弄项羽以及堂堂西楚霸王的下跪落泪所导致的喜剧气氛消解了。小说第九回行者对奸臣秦桧的处罚也极其残酷：用六百万只绣花针，把秦桧遍身刺到；抬出小刀山，把秦桧血淋淋拖将上去；一万名拟雷公鬼使，各执铁鞭一个，拷打秦桧；用五丈长一百丈阔一张碓子，把秦桧碓成细粉；在油海里炸秦桧，并拆开其两胁；用锯子把秦桧解成万片；用铁泰山把秦桧压成肉泥；又让无数青面獠牙鬼，剐秦桧之肉，一片一片投入火灶。但这种恐怖的刑讯场面，却为行者审判的幽默语气及刑罚的艺术性操作所稀释。其中最经典的就是碓秦桧：

> 行者道："既如此，你眼中看那宋天子殿上，象个甚么来？"秦桧道："当日犯鬼眼中，见殿上百官都是蚂蚁儿。"行者叫："白面鬼，把秦桧碓成细粉，变成百万蚂蚁，以报那日廷臣之恨！"白面精灵鬼一百名得令，顷刻排上五丈长一百丈阔一张碓子，把秦桧碓成桃花红粉水。水流地上，便成蚂蚁微虫，东趱西走。行者又叫吹嘘王掌簿，吹转秦桧真形，便问："秦桧，如今还是百官是蚂蚁，还是丞相是蚂蚁？"秦桧面皮如土，一味哀号。

因秦桧自视甚高，说殿上百官都是蚂蚁，所以行者让白面鬼把他碓成细粉，变成千万只蚂蚁，最后反问秦桧到底谁是蚂蚁，以报仇泄恨。行者的这种处罚已带有了喜剧色彩，再加上对肉泥血水的"桃花红粉水"的美丽描绘，以及百万只蚂蚁在殿上东趱西走的场面，给人的滑稽感觉就更加强烈了。

意识流是西方十九世纪末兴起的一个重要的现代派文学流派，但实际上在董说《西游补》这部我国十七世纪的小说中，就已经具备了意识流小说的诸多特征。首先是奇幻的梦境。梦境的运用在意识流小说中非常突出，而《西游补》就是在描写行者的一场荒谬怪诞的梦。在梦中，行者忽回新唐，忽进古人世界，忽到未来世界；或化为虞美人，与绿珠、西施等行酒令，听项羽说平话；或扮阎王，审问奸臣秦桧；或变军士，做了大唐破垒先锋将，与西戎波罗蜜王作战。作者正是通过这个怪诞变形的梦，来实现行者意识的流动，从而揭示了行者心灵的奥秘和心路历程。

其次是内心独白。探求人类内心的真实是意识流小说的一个最重要的目标。《西游补》中有众多行者内心独白的文字，这些文字真实地袒露出行者内心世界的轨迹。如孙悟空打杀春男女后的两段独白：

> 天天！悟空自皈佛法，收情束气，不曾妄杀一人；今日忽然忿激，反害了不妖精、不强盗的男女长幼五十余人，忘却罪孽深重哩！
>
> 老孙只想后边地狱，蚤忘记了现前地狱。……今日师父见了这一干尸首，心中恼怒，把那话儿咒子，万一念了一百遍，堂堂孙大圣，就弄做个剥皮猢狲了！你道象什么体面？

佛教慈悲戒杀与行者愤激好斗个性的冲突、紧箍咒导致的师徒关系的紧张，在这两段独白文字中得到了真实的体现。

三是心理时间与空间。意识流的哲学理论之一是法国哲学家亨利·柏格森提出的“心理时间”论。他认为通常所说的时间，只是各个时刻依次延伸，表示宽度的数量概念；而心理时间则是各个时刻互相渗透，表示强度的质的概念。按照这一理论，似乎还可有“心理空间”之说。《西游补》的实际时间或者说客观时间只有一个时辰，但它的心理时间却从西施到岳飞，前后历时一千六百多年。《西游补》的客观空间是行者化饭的途中，但它的心理空间却是从新唐到万镜楼；在万镜楼蛀穿镜子，跌入项羽、绿珠等所在的古人世界；又从古人世界跌到未来世界，最后回到小月王的青青世界。各个世界相互环绕渗透，而不是有明确的边界与距离。

四是自由联想。自由联想也是意识流小说的心理表现手段之一。这种联想打破时空顺序、逻辑联系，如天马行空，纵横驰骋。如小说中行者看到踏空儿凿天引发的联想：从天的新旧，到天的真假，到天血的红白，到天皮的层次，到天心的有无，到天的老嫩，到天的雄雌；从搔天，到刮天，到修天，到雕天，到凿天；等等。看似荒唐，毫无联系，实际上隐含了丰富的社会内容，那就是“对崇祯皇帝如何支撑和振作明王朝的质疑和担忧”[20]。

五是情绪弥漫。情节被情绪包裹和浸透是意识流小说的常态。《西游补》所写的梦境既包裹着行者对世间情缘的迷茫惶惑情绪，也浸透着作者对现实世界的迷茫惶惑情绪。如行者打杀团团围绕的“男女城”后的重重困惑、对师父邪正的无法把握、对戏文中演出自己娶妻生子的迷惑不解、对上天的一系列发问、对大唐真假的系列肯定与否定，等等。苏兴认为《西游补》中孙行者处于现在世界便迷茫惶惑，投身过去世界便愉快欢笑，到未来世界便豪迈果断[21]。这多少也指出了《西游补》情绪弥漫这一意识流小说特征。

当然，《西游补》作为我国最早的意识流小说，其意识流动始终与社会问题联系在一起，并没有像西方那样真正进入潜意识领域。在小说叙述过程中，作者始终没有摆脱对整部作品的控制，骚动而有节制。如行者梦中所见风流天子图、科举放榜图等，其主题意思都较为明显。《西游补》的情节虽然怪诞，但行者的活动踪迹基本上还是有线索可寻的，两条较明显的线索就是寻找师父和寻找驱山铎，小说显然受到了作者较多的理性控制。《西游补》中行者内心流动的主要也不是一种潜意识，而是一种可以清晰描述的意识活动。梦中行者的意识流动过程主要是通过“想”等表示思考动作的词汇来标明体现的。如第二回写行者蓦然见“大唐”两字后意识的迅速流动过程：“思量起来”“决是假的”——“又转一念”认为“或者是真的”——“实时转一念”认为“还是假的”——“当时又转一念”认为“还是真的”——“顷刻间”又认为“决不是真的”——又认为“决是假的”——“又想一想”认为“或者是真的”。通过连缀表示思考动作与结果的这些词汇，我们能清晰地看到行者意识流动的全过程。

《西游补》不仅通过梦中行者的思考猜想来推进行者心理意识的流动，也据梦中行者的狂想探讨了人的压抑与焦虑问题，颇有精神分析的味道。就整个梦而言，它表现的是行者被鲭鱼精（情）所迷，而这正是行者日常被压抑的情欲在梦中象征式、变形式地展示。小说写行者变做千娇百媚的虞美人，与项羽做夫妻。又写到戏文《孙丞相》演行者娶妻生子："原来孙丞相就是孙悟空，你看他的夫人这等标致，五个儿子这等风华。当初也是个和尚出身，后来好结局，好结局。"而他变成小虫进入铁扇公主肚子的结果是得了个儿子波罗蜜王。行者一开始对自己失贞有所辩解，但当波罗蜜王口口声声称自己不是别人而是"大闹天宫齐天大圣孙行者嫡嫡亲亲的儿子"时，行者就将信将疑："奇怪！难道前日搬了真戏文哩？如今真赃现在，还有何处着假？但不知我还有四个儿子在那里？又不知我的夫人死也未曾？倘或未死，如今不知做什么勾当？又不知此是最小儿子呢，还是最大儿子呢？"另外，春男女、红牡丹、《高唐烟雨梦》、《南柯梦》、握香台、翠绳娘等也都隐约是一种性欲的联想。作者的写作目的很明确，那就是要给行者补上"情"这一课。

行者梦中的两条线索是寻找师父与驱山铎，而寻找师父与驱山铎正是他日常焦虑在潜意识中的反映。西行路上，山岭重重，妖魔众多，他们个个巴望着吃那能令人长生不老的唐僧肉，而唐僧手无寸铁，又耳朵根软，极易受骗，极易失踪。保护唐僧成了行者最头疼且焦虑的问题，这种焦虑与压抑出现在梦中就是到处寻找师父。而梦中渴望得到驱山铎，来驱除一切阻挡前进道路的山岭与妖魔，正是担任救护唐僧职责的行者平日意识中的最大愿望。当行者听说“驱山铎”后，第一反应就是“我若有这个铎子，逢着有妖精的高山，预先驱了他去，也落得省些气力”。

行者必须依赖唐僧取得真经才能修成正果，因此在取经过程中他对师父取经动机是否坚定与纯正非常焦虑。《西游补》对这种怀疑与焦虑多有探讨。如小说第十二回，写行者在关雎水殿找到师父，正要现原身掩师父走，却又想：“师父万一心邪，走到西方，亦无用处。”因此，“仍旧伏在山凹，定睛再看，一心只要辨出师父邪正”。又如第十三回，写行者见师父与小月王称兄道弟，急得发火乱骂，欲待打斗，又想：“等我再看师父邪正，便放出大闹天宫手段，如今不可造次。”另外，小说中唐僧娶翠绳娘为妻，情意缠绵，并为此休弃八戒和沙僧，也是行者这种压抑与焦虑在梦中的曲折表现。

西天路上，历尽千山万水，但最后到底能否修得正果还是未知数。行者梦见重新回到大唐就是这种压抑与焦虑的体现。首先是担心是否迷失了方向，“我们走上西方，为何走下东方来”；其次是担心是否已走过头，“莫非我们把西天走尽，如今又转到东来”；最后是取经期间大唐天下会不会改旗易帜，“师父出大唐境界，到今日也不上二十年，他那里难道就过了几百年”，“若是一月一个皇帝，不消四年，三十八个都换到了”。三个焦虑概而言之，就是取经中跋山涉水历经千辛万苦，到头来会不会竟是一场空？这种焦虑与担心在行者的日常生活里受到压抑，因而才会以狂想的方式出现在他的梦里。

取经路上的唐僧一味慈悲，常常不辨黑白，一见行者打死人，就念紧箍咒，这就造成了行者打杀人后的一种紧张焦虑感。小说第一回写行者在打杀春男女后害怕起来，道：“老孙只想后边地狱，蚤忘记了现前地狱。我前日打杀得个把妖精，师父就要念咒；杀得几个强盗，师父登时赶逐。今日师父见了这一干尸首，心中恼怒，把那话儿咒子，万一念了一百遍，堂堂孙大圣，就弄做个剥皮猢狲了！你道象什么体面?”行者打杀春男女后的这种焦虑与不安，正是来自于平时与唐僧关系的紧张。

《西游补》虽然产生于晚明，而且只十六回五万多字，但《红楼梦》里的好些特征在这部小说里早有端倪。已故红学家周策纵先生在二十世纪八十年代初就曾指出，比起《西厢记》《西游记》《水浒传》《金瓶梅》等，《红楼梦》更可能受过明崇祯十三年（1640）董说作的《西游补》的一些影响[22]。无论是董氏，还是曹氏，作者的家族都经历了盛极骤衰的过程。两部小说的内容都带有一定的自叙性质，是作者心路历程的反映。其总体框架与寓意也极其相似，都是写主人公因受到“情”的召唤，而从某处堕入红尘梦境，最后悟道，重新回到原处[23]。其寓意大致是佛教的色空观，即《西游补》第一回所谓“总见世界情缘，多是浮云梦幻”，和《红楼梦》甲戌本第一回所谓“究竟是到头一梦，万境归空”。就意象来说，补天石、镜子、颜色不仅都是两部小说中的重要意象，而且都与小说题旨的阐发有关。补天石意象所揭示的天的倾覆和未遂的补天之恨、镜子意象所揭示的色即是空的佛教哲理、颜色意象中红与绿两种基本色调所代表的红尘和情欲，是这三个意象在两部小说中所共有的象征意义[24]。

更耐人寻味的是，《红楼梦》这个书名及其《石头记》《情僧录》《风月宝鉴》《金陵十二钗》四个别名，也都可在《西游补》中找到一些影子。《红楼梦》是贾宝玉前身神瑛侍者的一个情梦之旅，《西游补》是行者的情梦之旅。当行者打死情妖鲭鱼精时，鲭鱼尸首口中放出红光，红光里面又现出一座楼台，楼中立着一个楚霸王，高叫“虞美人请了”，这可谓是名副其实的“红楼”。小说中行者化身为虞美人与项羽谈情说爱只是行者在红楼中的一个情梦。

《红楼梦》中贾宝玉最后悟空，出家当和尚去了，但他不是一个无情之僧，而是一个有情之僧。贾宝玉这个情僧的故事是由空空道人从石头上抄录回来的，空空道人后来易名为情僧，《红楼梦》因名《情僧录》。而《西游补》写的是行者的一个情梦，行者在梦中是一个情僧，最后跳出情，才真正悟空。因此《西游补》实际上记录的也是一个情僧的情梦，而记录者则是自称为林道人、最后出家当和尚的董说。

《红楼梦》第一回说到女娲炼石补天，遗落了一块石头，被弃在青埂峰下。此石因“无材补天”，而“幻形入世”，在红尘之中经历了一些离合悲欢。因此，所谓《石头记》就是石头自己记录的红尘故事。石头在红尘中成了贾宝玉出生时含在嘴里的通灵宝玉，它的故事与贾宝玉的故事是合二而一的，是作者曹雪芹的一个自叙。《西游补》中，天被踏空儿凿开，玉帝灵霄殿骨碌碌滚落下来，行者去请女娲补天，没想到女娲却外出闲话去了。行者这个未遂的补天之愿，与《西游补》插图中那几块女娲炼石补天遗落的还带着熊熊烈火的“补天石”一道，有力地说明了《西游补》亦是怀才不遇、自命为补天顽石的作者董说的一个自叙。

《红楼梦》别名《风月宝鉴》，是戒妄动风月之情。跛足道人赠贾瑞风月宝鉴，再三叮嘱他只能照反面，不能照正面。正面的王熙凤是红尘美女的典型代表，是情欲的象征；而反面的骷髅指向的是世界空无的本质。风月宝鉴揭示出红粉即骷髅的佛教哲理意蕴，意在警醒世人，世间一切美好的事物，包括大观园、红粉佳人等，都是不可持久的、瞬间生灭的假相。《西游补》中也多处写到镜子，有唐明皇在绿玉殿所照高唐镜，镜中照出唐明皇这个绝世郎君和他极其标致的倾国夫人、徐夫人。然而刹那之间，“皇帝去了，美人去了，宫殿去了”。在《西游补》中，镜子里的世界也是红尘世俗、风花雪月的象征，意在告诫世人参破情根，出情悟道，这与《风月宝鉴》戒妄动风月之情的题旨基本一致。

《红楼梦》第五回写贾宝玉梦游太虚幻境，看到金陵十二钗图册和判词，听到《红楼梦》曲子十二支，小说因名《金陵十二钗》。然小说中的青春女子原不止十二人，仅正册、副册、又副册中，就有三十六人，“不过择其紧要者录之”。而《西游补》中有一个色艳情浓的握香台，它的主人绿珠，镇日请宾宴客，饮酒赋诗，引得各路美女来归，有西施、丝丝等。当行者化身虞美人来赴宴时，那些丫头们都嘻嘻的笑将起来，道：“我这握香台真是个握香台，这样标致女子，不住在屋里，也趱来！”可见，握香台一如《红楼梦》中的大观园，是个美女云集之地，绿珠、西施、丝丝与钗、黛一样，不过是美女中的代表。

综上所述，在我国古典小说史上，《西游补》是一部非常奇怪的书。它对《西游记》既有继承，也有超越，是中国续书的最佳例子。它不仅是一部怪诞讽刺小说，而且可以说是世界上第一部意识流小说，在探讨无名的压抑及焦虑问题上也先于西方文学作品。小说所呈现的迷离恍惚的梦境之美，在世界文学作品中十分罕见。《红楼梦》是中国文学对世界文学的杰出贡献，而《红楼梦》里的好些特征在这部小说中早有端倪。

赵红娟

注释:

1. 茅国缙:《董伯念传》。
2. 沈炳巽:《权斋老人笔记》。
3. 同1。
4. 董斯张:《庚申岁梢举一雄，孝若舅、杨若木称诗相贺，各酬一章》。
5. 董说:《赵长文先生〈乍醒草〉序》。
6. 董说:《〈间书〉序》。
7. 范锴:《浔溪纪事诗》引温棐忱《篷窝杂稿・董若雨先生传》。
8. 徐江:《董说〈西游补〉考述》,《中国社会科学院研究生院学报》1993年第2期，第54页。
9. 范锴:《浔溪纪事诗》卷上。
10. 同9。
11. "当时"句：金兵焚采石，长江无一舟敢行北岸，独张浚以一小舟径进，一军见之，以为从天而降，遂以退敌。徐枋说："今以合众下山之时，而吾道兄奋然独往，何以异此?"徐枋语见《居易堂集》卷二《与尧峰月涵和尚书》。
12. 董说:《楝花矶随笔》卷下。
13. 徐枋:《居易堂集》卷十七。
14. 纪荫:《宗统编年》卷三十二。
15. 同9。
16. 周庆云:《南浔志》卷十八。
17. 董说:《楝花矶随笔》卷上。
18. 夏济安著、郭继生译:《〈西游补〉: 一本探讨梦境的小说》,《幼狮月刊》第14卷第3期，第6—8页。
19. 参见刘燕萍:《怪诞与讽刺——明清通俗小说诠释》，学林出版社2003年版，第2页。
20. 丁国强:《董说"问天"与屈原"天问"》,《安徽大学学报》2002年第2期，第88页。
21. 苏兴著、苏铁戈整理:《〈西游补〉中破情根与立道根剖析》,《北方论丛》1998年第6期，第45—50页。
22. 周策纵:《〈红楼梦〉与〈西游补〉》，见《红楼梦研究集刊》第五辑，上海古籍出版社1980年版，第135页。
23. 赵红娟:《也谈〈红楼梦〉与〈西游补〉》,《明清小说研究》2012年第2期，第122—133页。
24. 赵红娟:《补天石・镜子・颜色——试论〈红楼梦〉与〈西游补〉的象征意象》,《浙江学刊》2013年第2期，第91—98页。

续西游补

第一回 猪八戒狂吞渴果 孙行者错怪黄牛

话说孙行者被虚空尊者唤醒，杀死了迷他的鱼精，化饭给他饿将垂毙的师父吃饱了，师徒四众再起程向西方取经去。

走尽青青春野，不觉来到一个大沙漠里。四面黄沙，茫无涯际，没有一根绿草，也没有一滴清泉。走了半天，唐僧觉得异常口渴，叫行者取水。行者道：

“在沙漠里那里有水？我们快赶路罢！变节泉就在沙漠的尽头处，我们再走九十里，便可得到饮水。”

话才说完，忽然看见路旁有一个梅林，一颗颗黄梅子吊满树上。八戒喜欢欲狂，抢着摘来吃。

“八戒，这是渴果，不是黄梅，吃不得也！”行者忙禁止他说，“吃了我包你要渴死呢。”

“泼猴你又来了！这明明是解渴的黄梅。”八戒流着口水说。

“蠢猪你想，现在才二月尾，那里有这样成熟的大黄梅子，他不是渴果是什么?”

唐僧虽然也怀疑那些是渴果，但是仍然盼望是黄梅。他于是下马，亲手摘一个来看。八戒以为唐僧摘吃，不管三七二十一，连皮带核狂吞一顿。他才吃得半饱，嗓子和舌头都焦硬起来，烦渴到了不得。起初他还睁大眼，张开口，双手抱着头咽气忍受，后来挨不过，倒下来，在沙上乱滚，不断嚷着“老猪渴死了！大圣救命”！行者恨他不听话，掉头不理他。唐僧道：

“悟空，看我的面上，救救他罢！你只消到观音菩萨那里求一滴甘露，便可以救他一命。”

沙和尚乘势找一个水瓶塞在行者手里，央求道：“好猴王，慈悲些罢！救人一命，胜过七级浮屠。”

行者没奈何，拿起水瓶乘云去了。他在天空中默想到：“因为这样的小小事情去求观音菩萨，未免小题大做。管他死活，我还是随便找一点水来塞责罢。”行者回头望下去，看见东路有一个黄牛，大喜道：“反正沙漠里不容易找水，不如载一瓶黄牛血回去。我可以骗师父，说观音菩萨自从变了女身，便爱漂亮，常常涂脂抹粉，因此瓶里的甘露水也给胭脂染红了。”

行者按落云头，走近黄牛身旁，放下水瓶，从耳朵取出金箍棒，正想打下去。那大黄牛晓得行者要打杀他，大发牛气，把行者闷倒了。行者觉得一股热气把他笼罩住，记着刚才受鲭鱼迷的经验，以为自己给黄牛精吞下，现在是在它的肚子里。行者大怒，用尽平生之力在黄牛精肚子里打个大筋斗，不想他用力太大，一个筋斗，竟然打上东天去。行者抖抖全身毫毛，拿紧金箍棒跳起来一望；只见山明水秀，别有洞天。他贪看风景，慢慢地一步一步的向景色美丽的地方走去。不意天色忽然阴晦起来，跟着角声大作，旋风四起，地震山裂，远近都是哀哭的声音，景象非常悲惨。大圣有些疑惑，忙念动真言，唤本方土地来问。土地道：

"大圣！你有所不知，今天是世界末日，东天大帝快来审判世人。东天的世界末日审判和西天的不同；西天依据世人的行为来定赏罚，东天则全靠信德。你生平信东天大帝，现在可上天国享永福；不信现在要落地狱受永罪。你听——四围的哭声，不就是不信者的叹息么?"

行者觉得所遇大离奇，以为是黄牛精作祟，因为他记得碧衣使者给他的《昆仑别纪》一书，只提及西方有一个冒名之国，从未说及东方有一个冒名的天。但事实明明摆在他的面前，令他不得不信。他想也许《昆仑别纪》一书所记太略，也许东天之事，非行者可得而知。于是他很虚心的问土地道：

"请你告诉我谁是东天大帝，我想去拜见他。"

"哈哈！大圣，你疯了！"土地忍不住笑起来，"你不知道东天大帝是谁吗？笑话！他就是你的师父唐玄奘长老。"

土地说完便想辞行，行者听见说出他师父的名字，更加疑惑，扯着土地问道：

“好土地爷爷，告诉我！为什么我的师父西天还上不到中途，忽然会来到东天做东天大帝呢？”

“大圣！一言难尽，你去请教你的师父吧。现在求你让我走，我委实忙，因为东天和东地都定了今天开放，大帝限我们土地即刻在人间筑两条路：一条阔路，下落地狱；一条窄路，上达天堂。”

行者本想缠他多谈几句，可是土地怕耽误了工作，说完便拂袖遁地去了。

行者正想找路上东天，忽然阴霾(mái)四布，伸手不见掌，进退维谷，不知怎样才好。在大黑暗和恐怖中，地上变了无声无臭，一切都像死寂了。一会儿，听见天上一片悠扬乐声，有一个白色的大宝座在天空中出现了；他的师父很严肃的穿起皇者的衣冠坐在宝座上，双脚踏在一个跪伏着的黄牛身上；死了的人，无论大小都站在他的宝座前；猪八戒全身披挂，执着天堂和地狱的钥匙，站在座右；沙和尚也穿起朝服，拿着一卷展开的生命册，站在座左。

静默了几分钟，沙和尚很威风的宣言道：“到审的人听！东天大帝有旨，在世听过东天福音者站在左便，未听过者站在右便。”

行者恨师父忘记他的功劳，只知道抬举八戒和沙和尚，现在弄得他不知道应该站在那里，他又急又忿，大嚷道：“师父！你的第一功臣大徒弟孙悟空在此候驾！怎么……”话尚未说完，天阊忽然关闭了。行者摸着头顶上的铁壁，擂击了半天，没有一个人理他，他手痛心酸，忍不住泪如雨下，细想“黄钟毁弃，瓦釜雷鸣”，天上人间都是一样！他抹干眼泪，百无聊赖，侧耳偷听空中的审判消息：

“我在世间未曾做过一件恶事，我确是无罪的羔羊，请你在生命册补上我的名，让我享东天的永福罢!”

“谁叫你不信从我，我的生命册不许载一个叛逆我的人的名字。无论你的行为怎样好，总之不信我者永沉沦。”

那时天闸开了半门，掉下一件沉重的东西到地狱里去，掉了再把门关上。

“主啊！我的名明明写在生命册里，为什么你要我落在地狱呢?”第二个罪鬼的声音。

“刚才黄牛不是已经把他涂去了吗?”

“涂去的名不可以再写上么？他这样无理取闹你怎么不惩罚他，倒惩罚我呢?”

“我只知按册选人，不问是非曲直。照例除去之名是不能再写上的，为保全法律的尊严和天皇的脸子，所以你要落地狱。”

跟着一个一个一群一群的审判下去，结果千千万万的罪鬼落了地狱。最后听见沙和尚说：

“好，罪人都下了地狱，现在你们都是在生命册有名的，请进东方乐土!”

凌乱的脚步声开始了，夹着一片失望者的惊奇和咒骂：

“唷(yō)哟！奸诈的黄牛也上天堂吗？我不愿和他在一块。”

“伪善的小白面也有名在生命册吗？我宁可涂去我的名。”

“卑鄙的青衣走卒居然享永福吗？我愿受永罪。”

“你瞧！你瞧！这里没一个智慧的诗人，没一个聪明的思想家，没有一个率直的善人，没一个勇敢的义士。”一大群人齐口同声地说，“到地狱去！到地狱去！到地狱找真正的善人和智者去。”

闹了半天，仍没着落，结果他们带着哭声给天兵天警押着迫上天国去。

一会儿，东天之门开了，直通天庭的窄路刚好在行者的脚下。但是这对于行者有什么用处呢？这样黑暗的天堂，已经弄到他毫无去意。

第二回　东天倒挂五色旗 猴子谬宣三乱政

行者本来不愿意上这样黑暗的东天，但为着拯救那班无辜被押上天堂的人，有心施其五百年前大闹天宫的绝技，打倒这个地狱式的天堂。

“我不入地狱，谁入地狱。”他一面走，一面说，拿着缸口粗的金箍棒晃了又晃，“我要杀一条飞红血路把他们拯救出来。”

窄路走尽头，到了天门口，天门大开，看守的人像石像一般站着，动也不动，面上没半点表情。在天门口的石屏当中，现出“东天乐土解放，欢迎来宾！”十个大金字。行者绝无阻碍，一直走到灵霄殿里。他是一个上惯天堂的人，天堂的富丽，全不放在眼内。什么钻石窗、珍珠帘、金阶玉壁，他简直当粪土看。他这回往西天取经，并不是贪西方极乐之福，是被如来佛祖迫他出来的。等到做了唐僧的徒弟，唐僧不但非倚赖他不能取经，而且非他不能避妖保命。义气深重的行者，因此不忍丢弃他。

行者上到天宫，看见唐僧、八戒、沙和尚、黄牛，坐着、站音、伏着，像刚才在天空中看见一样。可是这回唐僧的态度变了，他见着行者，欢喜到了不得，忙从宝座走下来，嚷道："悟空，快来！快来！我想念得你很苦啊。"黄牛一听着悟空的名字，马上化一缕黄烟飞去了。行者看见黄牛走了，非常生气，对唐僧说明黄牛精是他的大仇敌，骂他不应该弃忠用奸，忘义宠诈。

唐僧从容地责备行者道；"悟空，枉你跟从我这么多日子，一点道理都不懂！人事自然的趋势，天神亦无能为力。我不是在实践山讲道时，对你解释过'天视自我民视，天听自我民听'么？你为什么这样快忘记？他又指着墙上倒挂着的红黄蓝白黑五色旗说道："你看，按照天命，世运是应该先红，跟着才到黄蓝白黑；可是因为民心不如此，结果天上要倒挂五色旗；变了世运要经过黑白蓝黄，才可以达到红的境地。现在黄色世界虽然到了最后的没落时期，但当回光返照的一瞬中，我仍然没权马上诛灭黄牛，因为他是黄色世界的主人翁。"

行者虽然觉得他师父的说话未尝无理，但他是一个痛快人，什么都主张直接、爽快和彻底，他那里愿意听他的随俗浮沉的机会主义呢。行者晓得，"道不同，不相为谋"，他结果一言不发，回头便走。出了凌霄殿，他不忿黄牛精所为，决心去找他来打杀。走到天门口，看见桃园结义的张飞独自站在柳树下，负戟长叹。行者非常奇怪胸无城府的张飞也有幽怨，走上前问他道：

"张大哥，你有什么不如意事，在这里长吁短叹？我是五百年前的天宫反寇孙悟空，也许我能够为你解忧。"

张飞看见行者，不由得转忧为怒，紧握画戟，睁大眼睛说："哦！你就是太上老君所骂的弼马温狗奴才的孙行者。你师父做得好事——纵容黄牛精扰乱天国，祸害人间。我是西天派来的大使，因为得罪了黄牛精，你师父听他的话，竟敢不以客卿之礼待我，委我为执戟郎中。你看，我堂堂皇弟的张翼德，"他挺起腰拍着胸说，"那里肯替臭和尚执戟。"他喘过气再说："我本来打算回西天去，但黄牛之仇未报，消极退让不是大丈夫所当为。"他越说越生气，现出预备打架的样子，指着行者骂道："你想帮助他们作恶吗？狗奴才，来！我和你战三百回合。"他说完把手中戟向行者心窝里刺去。行者忙倒退几步，大声说道：

"燥急鬼！你不要错怪好人。我早知道师父昏庸，黄牛奸诈，我这回到东天来，是为诛奸扶善的。你何必生气，只消告诉我黄牛精在什么地方，我马上便可以拿他的头来见你，替你报仇。"

张飞知道自己太过鲁莽，错怪好人，忙把画戟掷下，走前拉着行者道："大圣，原来你是一个好人，为什么不早些告诉我？——黄牛精现在黄色世界作祟，他魔力很利害，非大圣不能制服。大圣既然有志诛奸，小将愿在这里等候大圣的胜利消息。"

张飞说完，把到黄色世界出的路径告诉行者。行者非常高兴，听从他的指示，走进一条黑暗的长隧道，曲曲折折，一步一步的摸索了半天，才达目的地。第一件触目的东西，是用荧光缀着“黄色世界”的门额和两旁挂着“树奸百岁”“植恶千年”的大对联。行者在黄色世界，一切所遇，都是他有生以来所未尝闻见过的，他觉得很有趣，随时随地都很留心察看，他怕黄牛精躲避他，念了隐身咒语，混入民众当中，凡是妖气比较盛的地方，行者都跑去找黄牛精，可是他比行者更善于隐身，表面看来，甚么地方，都未有黄牛精的踪迹，其实他是无所不在的，弄得行者找寻了好些日子，也得不到什么结果来。

有一天，行者看见一间学舍妖气很盛，以为黄牛精也许会在那里，走去一看，原来是有人讲学。一个很大的长方讲堂，上首站着一位身体瘦小的讲师，短发左衽，窄袖反领。他的装束，行者看来，是介于夷狄与中国之间。下首大约有一千个座位，听众最多不过三四十人，男女也有，俱是穿半夷狄半中国的服装。他们大约是不甘静坐，多数是在弄把戏装鬼脸的，其余也有在痛哭的，也有在狂笑的，也有在漫骂的，也有在沉思的，种种色色，无奇不有，总之没有一个人留心听讲。但是那个讲书人装成正正经经，好像一点儿戏的态度都没有，他煞有介事地站在讲坐上说。

“我现在要和各位讨论的是乱政学。乱政完全是王道的理论。武王不是靠十个乱臣王有天下吗？这就是乱政是王道的证明。最可笑有些经义家，学而不术，不懂‘乱’的真义，胡乱把它解作‘治’字。实则乱者乱也，治之相反也。现在各位已经明白它的定义，让我把它的内容写出来，给各位细细研究。”他转身拿一枝粉笔在黑版上写道：

第一章　绪论

乱政有三，其所以害民则一也：曰劝，曰迫，曰逐。劝者，劝民为乱也，劝而不听则迫之。迫者，使民迫于饥寒，不得不挺而走险也。迫而不改则逐之。逐者，逐之他适也，入古人界，入未来界，乘势利便，任其所之：总之黄色世界不容有此异类也。或曰：盍不易逐为杀？曰：杀伐乃军阀之事，非政客可得而闻也。夫政客奸诈阴险，智则有余，诛戮斩伐，力恐不足。此政客所以终为军阀之走狗，往往为渊驱鱼，为林驱兽也。然亦何伤，所害无非在民，政客固无往而不利也。……

他随写随念，得意到忘形，不觉露出几寸摇摇摆摆的尾巴。听众看见，又惊奇又生气，鼓噪起来，有些甚至高呼“打倒猴子乱政学者”。他狼狈到极，忙从讲座爬下来，抱头鼠窜去了。

讲师去了，听众仍然坐着不动，行者很奇怪，走前一看，原来他们每一个都被一根大绳缚在椅上的。

行者一心要找黄牛精，不愿多理闲事，他们被缚的原因，他也没心追究了。

行者离开那里在路上走的时候，想着刚才猴子讲学的丢脸事，有些难受。他自己叹息道：

“都是我不是，千错万错是我大闹地狱的时候在阎王簿上抹去所有姓孙的名字，使他们功过两消，弄得后来的小猢狲，善无人赏，恶无人罚，甚么都放任起来，不求进步，所以到今日竟然产生这样不善藏拙的没胆匪类。你看，从前我的同宗楚项羽多么能干，他也曾灭秦制汉，为天下霸王。虽然‘沐猴而冠’已经成为当时的公开秘密，但是谁也不敢当面骂他是猴子。他以后在垓下失败，实在是天亡他，并不是他的罪过。若果他不是宠虞姬，作《垓(gāi)下歌》得罪了古典派的诗神，受玉帝惩罚，我恐怕他现在也是我们的天子。假如现在还是我本家的天下，老早已经派我往西天取经，那里会轮到大唐三藏法师呢？说来说去，都是姓孙的倒霉。”

第三回　美学士亲历世途　老贞姑苦吟佳什

行者一壁走，一壁自言自语，不觉到了一条很拥挤的大路上，车水马龙，行人非常的多。行者用了隐身法，谁也看不见他来让路给他。他又走不惯这样的人间路，不知道怎样避让，好像四面八方都是他的敌人，踉踉跄跄走到什么方向都撞钉子：不是给行人推倒，便是给车辗马踏。虽然行者有的是不坏金身，可是不断遇着这样的恶作剧，总会觉得不胜其扰的；因此他忙念掩眼咒——也学人把金箍棒化作一枝金笔插在襟头的口袋上——摇身一变，变一个穿半中国半夷狄最时髦服装的学士。可惜他变得太漂亮，小百姓以为他是皇后和宫主的嬖倖（bì xìng）[1]，看见他不免悻悻然厌而远之。行者只求大路容易通过，有空让他胡思乱想，什么都不以为意。他脑子里有天堂，有地狱，有各种色相刺激他的神经。他现在自己迷惑自己，爱恋着自己的空想，迷而忘返。他忽然走到一个大官府的衙门口，看见许多人在那里看告示，他也想走上前去看看，可是人太多，挤了半天挤不进去。刚好那时有一个站在前行看告示的漂亮装束男子，看完了走出来，行者很不客气扯着

1. 嬖倖：指被宠爱的侍臣。

他问消息。他毫无表情的说道!

“还不是这一套,官老爷若果打算大规模的勒搾(zhà)人民[1],必先出一张告示对人民宣誓廉洁。麻醉了他们,让他们好俯首帖耳地任他宰割!”

“要宰割便宰割,何必多此一举?”行者问。

那人注目相一相行者,很惊异的问道:“你一定不是黄色世界的人民,不然,你为什么不懂黄色世界的哲学呢?”

“我本来是黄色世界的人民,”行者卖弄着乖觉说,“我从小跟我的姑母在青色世界生长,现在回来不久,因此不甚懂得黄色世界的哲学,乞老兄赐教!”

“那末,不能怪得你。十闻不如一见,空口讲白话,一辈子不会令你明白的。跟我来,我给你开开眼界!”

行者很喜欢的跟着他走,远远看见“禁烟街”三字。行者心想:“难道黄色世界的人都是不火食的神仙吗?怎么烟也可以禁呢?”不料走进禁烟街,看见满街充塞黄烟黑气,谁都是在做吞云吐雾的工作。值日功曹穿起黄色制服,在街上巡来巡去,帮助财神收烟税,和责罚不努力烧烟的人。行者现在才知道黄色世界的哲学是以“反”为“正”的,禁者勉也。他正想把禁烟街细察一周,不意遇着一大群回阳的烟鬼。大呼“还我血来!还我血来!”,

1. 勒搾:用威胁手段逼取他人财物。搾,同“榨”。

他的同伴胆小，不敢在这里耽搁，牵着行者跑到纪功坊去。两人喘了一回气，休息了半天才恢复原状。

纪功坊的居民，论功争赏，非常忙碌。他们争论的方式甚多，大概是弱者据理，强者使力。那人告诉行者道："因为曹操工于心计，今年被东天大帝选为纪功坊司令。可是这个老头子舒服惯了，不耐烦管理这些琐事，辞职又怕得罪了东天大帝，于是找他的第三爱子曹植做代理。曹植是一个浪漫诗人，懂得什么法政？好在当他年轻的时候，想做皇帝，学过些刑名法律之学，所以今日有得来应付。他要私淑汉高祖，主张政简刑清。他讨厌前任司令纪功法大繁，他一下车便与民约法六章。他的六章约法是：（1）善盗心者王，（2）善假力者霸，（3）善窃国者侯，（4）善骗财者富，（5）善抄诗书者博学，（6）善诱人妻者风流。他虽然把他的约法颁布出来，并且声明不关这六项的决不受理，但是仍然有许多不知时务的人，常常来搔扰。前天屈原走来诉冤，说他为什么忠而不赏；昨天晁错走来指责，问他为什么功反受诛。他们不知道天理在洪水初起时已经漂散了；到了大禹治水，急功求赏，不去寻求天理，天理从此消灭了。听说想世上再有天理，除非第二次洪水再来。那些傻子想求天理，不去用彻底的方法开江决海，却天天在这里枉费唇舌，真是其愚不可及呢！……"

他才说到这里，忽然有一个小孩被纪功司令衙署内的宪兵，用大棍追打出来。那小孩头破额裂，在路上哭哭啼啼的跑着。行者截着问他是什么一回事？

他哭诉道：“我刚才和隔壁王儿辩论，他说冰是热的，火是冷的；我说他弄错了，冰永远是冷的，火永远是热的。他不服，和我打架起来。我觉得我有懂得东西的聪明，如果纪功司令晓得，一定会赏我的。我于是和他相打，打到纪功司令面前。不想纪功司令反厚赏王儿，嘉奖他性够顽，脸够厚；骂我明知故驳，枉用聪明，叫左右用大棍把我打出来，你说冤枉不冤枉呢？”

行者正想设法安慰那个小孩，他的同伴拖着他走道：“你也得学一点涵养，这些小事，也值得动心吗？”行者不由自主地给人拖走着，走到贞女里口，尚可隐约听见那含冤小孩的哭声。行者以为他的同伴是带他来游贞女里的，抢着走进去。那人忙扯住行者道：“你好粗心！贞女里完全是女人住的地方，我们男子是去不得的。”

“她们都是比丘尼吗？”行者不等他的同伴答他，继续说道，“好，我有方法。按佛门规律，比丘有事可找亲里比丘尼的。我们何不冒认是她们的亲里比丘，找她们谈谈情话？”

那人笑道；“她们都是待字闺中的处子，那里是比丘尼？”

“男子既然不能进来求爱，难道她们都效红拂吗？”行者问。

“不！不！你太外行了！婚姻本来是月下老人的事，男女自己那里有权过问？虽然世界上不少信异端邪说，专讲自由恋爱的男女，结果他们不能逃月下老人的责罚，为爱受种种痛苦。‘贫贱夫妻百事哀!’，这句诗大约是为叛逆的男女们受罚时写的。直女坊的女子是月下老人的娇子，他待她们无微不至。他晓得‘男女’是人生的大欲，他为她们把听话的男孩子收留在贞男巷里，训练他们做好丈夫。贞女坊有的是脂粉，爱的是金钱；贞男巷里有的是金钱，爱的是脂粉。很明白他们要一男一女结合在一块才幸福的，因此月老用浅丝粉线把他们一对对缚着，使他们成为正式夫妇。他们非月老主婚和金钱脂粉做聘礼是不结合的，所以他们叫做贞男贞女。”

行者不忿月下老人这样作威作福，但他不敢出声，怕他的同伴又骂他不能涵养。行者以为那人会带他到贞男巷玩，不意走到半途，那人像别有心事，托辞便走了。等到他走了之后，行者才悔恨他疏忽，忘记问那人的住址名子。行者毕竟是一个不肯难为自己的人，不一会，他安慰自已道：

“管他，滚他的罢！他又不是漂亮的少女，干么我要追求他?”说到女子他眉开眼笑起来，“女子倒好耍子，我要到贞女坊找最漂亮的一个。这回刚是‘干婚’我是不依的。他说男子不能到贞女坊，放屁！让老孙干给他看。”他回转头来望着贞女坊走过去。不想他远远看见坊里“粥粥群雌”，便面红耳热起来，不好意思进去。正在没办法的当儿，忽然听见云里有人告诉他道：

“痴猴，莫不是你忘记化身术吗?”行者认得是沙和尚的声音，可是抬头向上看时，什么也看不见了。

行者心想，在沙和尚面前出丑不要紧，若果遇着八戒，可就糟了。他听沙和尚的提醒，变一个二八女郎，走进贞女坊，慢慢上了高楼，斜倚回栏，跟人哼着“Are you lonesome tonight…”的恋歌[1]。那时已经是晚春的时候，绣帘扑满飞絮，曲径踏残落花。一群天真烂漫的少女，未曾念过标梅之诗，一些伤春的滋味都不知道，很安分的等着月老的支配。独有一个给月老忘记了的半老佳人，穿起薄薄的罗衣，靠着园里一株新竹落泪。她掩袖长叹了一回，口中念念有词，好像吟诗的样子。行者好奇，和一个小姑娘悄悄地溜下来，站在离她不远的桃花坞中偷听。她很费力不断反反复复的念着：“上帝！母亲！母亲！上帝！”

那位小姑娘向行者的耳边说道：“对啦，她是在吟诗呢。”

行者心想：“她又来骗老孙了。老孙在青青世界已经领教过，知道什么是诗。诗是有声韵有格律的，那里刚是‘上帝’‘母亲’便可以成诗呢？”他摇头否认，说她念的不是诗。那位小姑娘不服道：

“你是女子还不明白女子的技能吗？你想女子做诗，除了上帝和母亲外，他再能想得什么出来呢？至于‘陶醉在爱人的怀抱里’，‘偶然坐在丈夫的膝上’，是新婚的少妇一时情不自禁的骄人语。怪羞人的，女子怎能写得出来呢？因此我们写诗，抒情的也

1. Are you lonesome tonight：意为“今晚你寂寞吗”。《Are you lonesome tonight》是美国“猫王”埃尔维斯·普雷斯利的经典作，为爵士风格的乡村音乐作品。

好，叙事的也好，都是千篇一律的写上帝母亲。让宗教家看见，说我们有神心；道德家看见，说我们有孝心。最保险的还是，我们永远不会犯着什么‘文字狱’，不说真话，谁也不会得罪的。我们只求雅，不要真，女儿的心事是不肯轻易泄露的。谁想到我们女儿国来访真消息，活该！我包他白找没趣。”

行者不是热心要知女子心理的人，对于小姑娘的话不感觉趣味。他趁势打断她的话柄说：“这样苦吟是会坏人的，我们劝她不要吟诗，和我们一块游春罢。”

行者立即走到那女诗人身跟，低声说道：“苦吟最容易伤害身子，姐姐……”她听见说出‘姐姐’两字，马上扭过面来，不理行者，自己走开去了。小姑娘跟着骂行者道：

“实在是你不该，不怪她生气呢。人家正在伤感青春已去，你偏偏要这样不识趣叫人做姐姐。她晓得你是笑她不及你年轻啦。”

行者叫她做姐姐，是有意尊称她，想不到这样便唐突西子。他觉得女人实在不好惹的，大叫三声，化一只鹤高飞去了。那时女诗人尚在梨花径里徘徊，小姑娘吓得魂飞天外，跑来抱着她要命。

第四回 沙和尚妙语指迷 唐三藏高声惊梦

什么“干婚”“湿婚”都完了，行者在空中飞舞着，不想别的，只想怎样去找黄牛精。行者正在苦心焦思，忽然听见背后有人唱“逢着变宫奇遇到，佳人才子两相逢”。行者昏头昏脑，以为在青青世界和他算命的老翁来找他要算命钱，他头也不敢回过来，加倍速度飞去了。谁知道他飞的那条路是圆的，飞了半天，结果飞回原处。这里除沙和尚坐着云头呆笑外，并没有第二个人。行者觉得沙和尚有意和他开玩笑，生气到了不得，马上变回原形，打算打死沙和尚来消一口气。他忙伸手在耳朵上拿金箍棒，不想摸来摸去都找不着。他这一惊非同小可，吓出全身冷汗，把什么怒火都淋熄了。沙和尚素来是好脾气不计较的，他忙告诉行者道：

“悟空，你不要着急，待我告诉你金箍棒的去处。”

“好师弟，告诉我吧！”行者央求着说。

“这个人真是胡涂，”沙和尚说，“你为什么认敌为友？黄色世界那里有一个好人！刚才和你一块走那位男子，以为你插在衣袋里的金箍棒真是一枝金笔，他等你不觉的时候，悄悄地把它偷去了。这是我刚到来的时候，亲眼看见的。他现在贞男坊，你去找他要回你的宝物罢。”

行者马上起行，沙和尚忽然想着他有事要对行者说，忙禁止他道：“悟空，别忙！反正他是逃去不了的，时候尚早，我有事要和你谈呢。”

“要说快说吧，我老孙不像你这么清闲，我要找金箍棒也要找黄牛精呢。——这厮真狡黠，老孙在这里找了他好些日子尚找不着。”

“好猴狲！我就是要对你说关于找黄牛精的话。如果你不听我的话去找他，这回我包你也不会成功的。”

“你说啊！你说啊！”行者催着。

沙和尚不迫不忙，叫行者坐着他身跟一朵白云上，然后慢慢地对他说：“昨天师父五更登殿，看见站着他两旁只有悟能和我，不觉流下眼泪道：‘不瞒你们说，徒弟中我最爱的是悟空。我的天位，将来要传给他的。我因为想他成才，所以磨折他，你们以为我真的不爱他吗？没有这回事。他在外漂流已经很久，我现在很想念他，谁肯替我去找他呢？’他说完有所希冀地左右望。我刚想上前应命，不意八戒先我拜倒在师父的座前。他跪奏道：‘师父陛下！请千万不要召悟空回来，他是惯闹天宫的，此人不去，吾曹死无日矣！’说罢哀哀痛哭起来。师父发怒道：‘胡说，你怎好错怪好人？悟空虽然好闹乱子，但是他没一次不是激于义愤的。若果世界没有悟空，世人都变了奴隶；天宫没有悟空，天神都变了汉奸：他是天上人间所不能少的宝物。’师父不理八戒，转对我说：‘悟净，你来！在生命册第一页第一行第一格，用朱笔大大写上“孙悟空”三字。’我忙去找生命册，找了半天找不着，急得我要死！后来请鬼谷子圆光，才晓得是黄牛精偷了去。师父听见大怒，决定治他死罪。但师父是一个万分谨慎的人，怕他命不该绝，把他处死会遭天谴的。于是使人到太上老君处拿天数簿来，查查黄牛精的运数究竟怎样。当着打开簿子时，师父看到‘黄牛生在黄花山，大小如心亦自闲，天地范围他不过，可怜难过悟空关’，非常欢喜道：‘悟净，好，一举两得！你去找悟空，叫他结果了黄牛精的命来见我，有重重赏赐。’我因为太高兴，忘记问师父该到那里找你。幸亏出了天门，撞着青青世界一个遗老。他说他认识你，在青青世界也曾替你算过命。他现在国破家亡，要找你投奔去。他算你的命，说你现在黄色世界，今天交运，合该上午有奇遇，下午建大功，晚上受上赏。他现在天门口等你凯旋。恰好今天执戟郎张飞染了‘望穿眼’症，回西天找华陀医治，一时无人替代他，我顺便叫那老翁暂做执戟郎。明知他不济事，但是纸老虎有一个也胜于无。刚才我唱的两句诗，也是他教我念的——不会得罪你吧？”

“说正经话，不要又和我开玩笑！”行者闷闷地皱着眉头说，似乎他关怀着张飞的“望穿眼”症，晓得他是因久候他不回而生的。

“你未入贞女坊之前，”沙和尚笑了一笑继续说下去，“我已经看见你，不过怕阻你的奇遇，所以不敢和你打招呼。我不是也曾提醒你用化身术吗？那时我自己化了一朵白云，你一时心急，所以看不出我来。”

多日的失败，弄得行者也消极了，他很不高兴的说道：“事情容易说不容易干，黄牛精实在不好找！若是我能够找着他，管他天数不天数，他老早已经给老子打杀了，无奈没法子找他。”

沙和尚笑道：“师兄，你不要灰心！天下没有一件事容易得过去找黄牛精。整个黄色世界就是整个黄牛精，你在黄色世界一切所见所闻，无一不是黄牛精。你下去把整个黄色世界打翻，不让一草一石存在，那末，黄牛精是给你打杀了。回头你也得记大功受上赏呢。”

行者听见，非常欢喜，忙跳到黄色世界去。先去贞男坊取回他的金箍棒，把每一个真男都打成肉饼；他然后变成一个像大鹏鸟一样大的大火鸟，口里出火，屁股出烟，把整个黄色世界烧成焦土。

当到行者完成他的伟大工作，欢喜过度，忽然又胡涂起来，心想蓝色世界完了，尚有一个短期的青色世界，难道黄色世界完了，也要一过浅黄色世界做过渡吗？他想除恶务尽，要把深黄浅黄世界一概消灭，正在想方法，忽然被唐三藏大叫“悟空！悟空！”的声音惊醒，原来是一场怪梦。一切都如故：黄牛很觳觫(hú sù)站在他的身旁喘气，八戒在黄沙上辗转叫渴，三藏坐在马上责骂，沙和尚放下担子叹息。行者定神一看，大悟道：“我以为一切都是黄牛精作怪，原来是‘自家人惑自家人’！”

沙和尚再把水瓶拾起塞在行者手里道：“悟空！我们找了你半天，好容易找着你睡熟在这里，悟能快渴死了，你快来‘自家人救自家人’吧！”

行者在三藏面前，不敢取黄牛血，这回他真的非取水不可。当着行者取水回来，再经过那个静舍，听见静舍的师长讲书才讲至“……故君子之道鲜矣”。

刚子上月问郑振铎先生借了一本静啸斋主人著的《西游补》，念了三遍尚不舍得奉还。它是一本寓意很深的讽刺小说，不像《续西游记》和《后西游记》专模仿《西游记》，它是以新奇想象和清雅文字来表现作者高尚的情绪和深刻的悲哀的。有至情至性的人，不可不读。

刚子续《西游补》，仅表示与作者同情，非敢“狗尾续貂”，顺及。

刚子于燕大女生宿舍。

二一，一一，三〇。

《续西游补》发现始末

在《西游记》续书中，《西游补》是文学评价最高的一部，曾受到许多知名学者的喜欢，尤其在美国汉学界影响很大。据2019年出版的《夏志清夏济安书信集（卷三：1955—1959）》中记载，1955年，夏济安在书信中谈到《西游记》："读了一遍《西游记》，不大满意，八十一难很多是重复的，作者的想象力还不够丰富。"但在另一篇文章里，夏济安认为"董说的成就可以说是清除了中国小说里适当地处理梦境的障碍。中国小说里的梦很少是奇异的或是荒谬的，而且容易流于平板。……可以很公平地说：中国小说从未如此地探讨过梦的本质"（《西游补：一本探讨梦境的小说》）。所以，夏济安认为，《西游记》这部续书的文学价值甚至超过了原著。这在续书研究领域是很少见的事。

《西游补》是董说在他21岁那年所写的白话小说，从百回本《西游记》第六十一回"孙行者三调芭蕉扇"补入，开宗明义是要为原著中"没有经历情难的孙悟空补上'情'这一课"（《明遗民董说研究》），使他"走入情内，见情根之虚；走出情外，见道根之实”。这也是“西游故事”自《大唐西域记》开始，《取经诗话》中引入“猴行者”形象以来，孙行者首次替代唐僧成为了唯一的小说主角。

《西游补》与原著《西游记》的结构关系，很像是《金瓶梅词话》与《水浒传》的关系，从原著来，旁生出截然不同的世界，之后又能回到原著中去，像一个离魂的故事。这与在原著结束开始续写的方式完全不同。续书写作者并非对原著的结尾不满意（如胡适修改《西游记》第九十九回），而是基于原著脉络，歧出新的意义，这个新的意义，是原著的叙事逻辑中无法安置的，只能通过再造一个故事得以释放西游人物的精神能量。套用何谷理教授的话来说，“《西游补》是一部复杂的小说，能轻易容纳从种种层次得来的解说”。《〈西游补〉答问》中说：“《西游补》，情梦也。”插入《西游记》第六十一回“三调芭蕉扇”情节，是仔细考量的结果，清人张书绅曾评注“铁扇公主因情而动火，孙悟空因火而求情”，可见《西游记》中孙悟空并非没有情难，而是他的情难表现为“求情之难”。火焰山之火，是他大闹天宫时期亲手造成，是为少年时的心魔，必然在西行路上有所回应。以“情梦”作为文学创作的主题，晚明时代并不少见，如汤显祖所撰写的《牡丹亭》，然而《西游补》“情梦”又与之大不同。《西游补》“情梦”的构造，与《聊斋志异》“画壁”篇中“越界”的写法相似，是佛教的表达方式，暗示着诱惑与训诫，及侥幸逃脱的醒悟。换句话说，董说的“梦”癖、“梦”喻背后的基础是佛教，他的梦观，来自于佛教思想。《西游补》在佛学理论的深度，甚至比《西游记》复杂幽深得多。

一次偶然的机会，我在1932年出版的《燕京月刊》第9卷第2期，找到了一部《续西游补》，作者署名为“刚子”，引发了兴趣。续古代小说续书倒也不是稀奇的事，《金瓶梅》就有续书《续金瓶梅》《隔帘花影》《金屋梦》，《红楼梦》的情况就更为复杂。只是，续书研究本来不是显学，在非常冷清的研究环境中，四大奇书的改编研究成果，尤以“明末清初”（《西游补》《后西游记》《续西游记》）、“晚清”（陈景韩《新西游记》、包天笑《新西游记》）及当代现代传播续衍文化阐释为主。民国初年以后的续书成果、特征及其受到“现代性”影响的文章不多见。尤其是“现代”这一词汇，经由1900年《清议报》之文章自日文引进之后，四大奇书续书的表现如何，有没有受到影响，并不清楚。而“现代视域”作为一种审美装置，却可能给我们带来新的契机，即超越“时间”——这一单一的、涵括有进化论强制的意涵的背景来解读经典续书。

这部《续西游补》共四回，几乎没有研究历史。

文末写了一段话：

刚子上月问郑振铎先生借了一本静啸斋主人著的《西游

补》，念了三遍尚不舍得奉还，它是一本寓意很深的讽刺小说，不像《续西游记》和《后西游记》专模仿《西游记》，它是以新奇想象和清雅文字来表现作者高尚的情绪和深刻的悲哀的。有至情至性的人，不可不读。

刚子续《西游补》，仅表示与作者同情，非敢"狗尾续貂"，顺及。

刚子于燕大女生宿舍

二一，一一，三〇。

这位作者"刚子"，在燕大女生宿舍写作，认识郑振铎，问他借书前，已经读过《西游记》和明末清初另两部《西游记》续书，对《西游补》的评价也很高，实在是令人好奇她的身份。经过粗略的查阅，同时期署名为"刚子"的报刊信息很少。仅于1937年3月25号《申报》"第五张"，"通俗讲座"第五十三期，写过一篇《淳于缇萦：一个身在重男轻女的社会，舍身救父的女儿》。上海《申报》副刊的定期专栏"通俗讲座"是1936年起定期发刊的栏目，带有浓重的学院性格。内容包括论文、传记、书评和通信等。主编挂名为顾颉刚，实际负责人是燕京大学国学研究所毕业，时任北平研究员、史学研究所的编辑的吴世昌，以及当时在燕大、辅仁国学研究所、经济系和英文系就读的学生郑侃嬨、连士升等（《顾颉刚年谱》）。《燕大月刊》曾于第八卷改名为《燕京月刊》。这篇故事是个白话小说，改写历史典故，通过对话等现代小说的方式表现了连连得女的父亲的失望，和后来态度的转变，写得非常生动，和《续西游补》文风也很谐恰，作者还是一位性别观念先锋的女性，真是令人惊叹。

小说内容直接接续在《西游补》故事之后，孙行者被虚空尊者唤醒，杀死了迷他的鲭鱼精，克服了情难，回归了队伍。一行人来到大沙漠，“四面黄沙，茫无涯际，没有一根绿草，也没有一滴清泉”。这是个有来历的场景，《大慈恩寺三藏法师传》卷一曰：“从此已去，即莫贺延碛，长八百余里，古曰沙河，上无飞鸟，下无走兽，复无水草。是时顾影唯一，心但念观音菩萨及《般若心经》。”又曰：“是时四夜五日无一滴沾喉，口腹干焦，几将殒绝，不能复进，遂卧沙中默念观音，虽困不舍。”渴难，是西游故事中较为隐微呈现的一种“水难”。唐僧和猪八戒叫渴，沿路又出现了长得像黄梅的“渴果”，极像陷阱，猪八戒不听孙悟空劝告，结果越吃越渴。唐僧求悟空找观音，寻一滴甘露解难。悟空偷懒，看路上有一头黄牛，就想着打杀它，以黄牛血骗师父是观音手中被胭脂染红的甘露水。没想到再遇一难，行者觉得自己被一股热气包围，其实已进入黄牛精设下的妖境。询问土地之后，孙悟空听得远近都是哀哭的声音，得知今天是世界末日，东天大帝要来审判世人。行者觉得所遇之事太过离奇，以为是黄牛精作祟，结果土地说了更惊人的话，说“东天大帝就是唐玄奘”。没等孙行者反应过来，他就看到天上一片悠扬乐声，师父踩着黄牛正做判决，黄牛精原为黄色世界主人翁。与《西游记》中“生死簿”相似的是，小说里出现了可以修改的“生命册”，终极审判并不公正，好多人无辜被押上天堂，令孙悟空想要重蹈“大闹”覆辙，对象则不再是天宫而是天堂（“黑暗的天堂，已经弄到他毫无去意”，但“我要杀一条飞红血路把他们拯救出来”），这可能是小说要义。第二回孙悟空走到凌霄殿，居然遇到了幽怨的张飞，张飞患着“望穿眼”症，为孙行者指路黄色世界。黄色世界里有所妖气弥漫的学舍，谈论着陈腐的治国之道，直至台上瘦弱的讲师露出了猴子的尾巴。原来，那位讲师是个猴子。行者还想找寻黄牛精，一路又走到了禁烟街、纪功坊，曹操因工于心计，成了纪功坊司令，曹植也参与刑名法律的制定。屈原曾来诉冤，晁错又来指责，到了大禹治水，急功求赏，是非多得不得了。孙行者大开眼界，又到贞女坊、贞男巷，男女都爱钱，月老作威作福，孙悟空化身贞女，想起《西游补》中曾经游历的青青世界，跟人哼起英文情歌。不知不觉，他发现金箍棒遗失了……最后，孙行者被唐三藏大叫“悟空、悟空”的声音惊醒，原来又是一场怪梦。大家依然很渴，黄牛也在一边喘气，孙悟空只得重新出发去取水。

《续西游补》基本仿拟《西游补》的险难设置，妖怪不是一个具体的对象，而是一个新的空间。它桥接在《西游补》第二回“西方路幻出新唐　绿玉殿风华天子”中“碧衣使者”赠孙行者

《昆仑别纪》这个不起眼的情节。孙行者见到“大唐”字样，先是怀疑西天路走尽怎么又转到东来，后来想到这部《昆仑别纪》，上有一段云：“有中国者，本非中国而慕中国之名，故冒其名也。这个所在，决是西方冒名之国！”《续西游补》作者萦带情节至此，说碧衣使者“只提及西方有一个冒名之国，从未说及东方有一个冒名的天。”而“东天大帝唐三藏”又回应了《西游补》第二回中孙行者对于空间的迷惑，“为什么我的师父西天还上不到中途，忽然会来到东天做东天大帝呢”？如果说《西游补》是佛教思想“颠倒梦想”的小说化，那么在《续西游补》中颠倒的就是这东方冒名的天，小说较为辛辣地讽刺世相，黄色世界里天堂比地狱黑暗，说“冰是热的，火是冷的”能获得纪功司令奖赏，月老是男女大欲与物质交换的媒介。且显而易见的是，这个新空间带有西方神学色彩，可能与作者在燕京大学求学的经历有关，有些表述显然是具有神学特征的，如“我确是无罪的羔羊”。但黄牛的意象、东天大帝（东华大帝君，名“金蝉氏”）与金蝉子唐僧的关系、大量的黄色世界渲染又难免让人联想到中国古代神话和道教。尤其是关于地狱的设置，《续西游补》包含了较为复杂的多元文化糅杂的表述，如“我不入地狱，谁入地狱”是佛教的，“直通天庭的窄路”是基督教的，“黄色世界”是道教的，“道不同，不相为谋”是《论语》里的话……是尤其值得研究者注意的文化交杂符号。和《西游补》一样，孙悟空在《续西游补》中也遇到了一些历史人物，甚至小说人物，他还能想起《西游补》中自己经历过的幻梦世界，萦带许多《西游补》布置的细节（如“干婚”“湿婚”“青青世界”），产生了复杂的互文效应。

“西游故事”元素曾出现在晚清天主教汉文护教文献中，晚清以降，基督教和佛教的相遇是中西方文化交流的史实。如19世纪末，李提摩太英译的《出使天国：一部伟大的中国史诗和寓言》（*A Mission To Heaven: A Great Chinese Epic and Allegory*）是第一本较为系统的《西游记》英译本。但是，由一个中国女学生改写《西游记》续书《西游补》过程中，纳入到了文化交流、历史对话、现代法律，甚至前沿的性别议题、对婚姻的看法等问题，是非常值得关注的事情。《续西游补》作者才华横溢，文笔也很清新，对历史、宗教、时世都有创造性的看法，她的作品是《西游记》续书研究长期忽略的史料。

“刚子”到底是谁呢？2018年第4期《随笔》杂志有一篇文章《斯人郑侃嬨》（朱洪涛文）。文中提及1930年代顾颉刚以燕京大学为基础办刊物从事抗日活动的一些信息，其中提到了顾颉刚非常欣赏的郑侃嬨。“顾见其在《燕大月刊》（当月刊物更名为《燕京月刊》）所作《西游记补》（此处可能为误植，应为《续西游补》），赏识她‘文笔极清利，且有民众气而无学生气，最适合民众教育’。”我查阅了多卷《顾颉刚日记》，1932年，顾颉刚记录他看了《啼笑因缘》《雪鸿泪史》《平山冷燕》等通俗故事，但没有提到《西游补》。不过，笔名为“刚子”的学生最可能的推测就是郑侃嬨。《燕京月刊》第八卷第一期另有一篇署名为“侃嬨”的新诗《寄给我挚爱的嫂嫂》。文末注有一段话：

> 侃不幸少孤，先君仅以清白传家，食贫累嫂，嫂事上能敬，待下能慈，谦谦终日，为衣食计，未尝为衣食忧也，数载以来，饱经忧患，幸嫂治家有法，反危为安，使侃远离老亲，久别乡土，万里负笈，无内顾忧，嫂之力也！嫂之惠也！客居无聊，追忆既往，辄因念嫂感嫂而至于零涕，昨宵，晤嫂于梦中，痛饮花前，草诗十章，以为嫂寿，惜醒来已忘其过半矣！兹特录其约略可记者，献诸吾嫂，聊识思余，鄙陋在所不计也。
>
> 除夕，于上海沪江大学

从文中可见，郑侃嬨是个情感充沛、文采卓然、个人经历也较为坎坷的女作家。可惜的是，1938年郑侃嬨病逝于香港，时年32岁。这位名叫“刚子”的女学生与燕京大学教育史、燕京大学数量众多的出版物之间的关系，还有待日后继续研究。

张怡微

附录

《西游补》序

曰："出三界[1]，则情根尽；离声闻缘觉[2]，则妄想空。"又曰："出三界，不越三界；离声闻缘觉，不越声闻缘觉。"一念着处，即是虚妄。妄生偏，偏生魔，魔生种类十倍[3]。正觉流浪幻化[4]，弥因弥极[5]，浸淫而别具情想[6]，别转人身，别换区寓[7]，一弹指间事。是以学道未圆，古今同慨！

曰："借光于鉴，借鉴于光，庶几炤(zhào)体尝悬[8]，勘验有自[9]。"乃

1. 三界：佛教术语，指众生轮回的欲界、色界和无色界。三界皆属迷界，只有跳出三界，才能脱离苦海。
2. 声闻：听见佛说法而悟道。缘觉：通过解释轮回的因缘而悟道。
3. 魔生种类十倍：佛经中关于魔的分类，有二魔、三魔、四魔、八魔、十魔等说。魔分十种，见《大方广佛华严经卷第五十八·离世间品第三十八之六》："佛子！菩萨摩诃萨有十种魔。何等为十？所谓：蕴魔，生诸取故；烦恼魔，恒杂染故；业魔，能障碍故；心魔，起高慢故；死魔，舍生处故；天魔，自骄纵故；善根魔，恒执取故；三昧魔，久耽味故；善知识魔，起著心故；菩提法智魔，不愿舍离故。是为十。菩萨摩诃萨应作方便，速求远离。"
4. 正觉：佛教修为的境界，指真正的觉悟。
5. 弥因弥极：越是依凭，越是达至。弥，益。因，就。极，至。宋玉《对楚王问》："是其曲弥高，其和弥寡。"《论语·子罕第九》："颜渊喟然叹曰：仰之弥高，钻之弥坚，瞻之在前，忽焉在后。"《诗经·鄘风·载驰》："控于大邦，谁因谁极？"
6. 浸淫：浸染，濡染。
7. 区寓：区域，范围。
8. 炤：同"照"。
9. 勘验：查验。验，上海古籍出版社等排印本作"念"，概讹自崇祯本"验"之异体字"验"。

若光影俱无，归根何似？又可慨已！

补《西游》，意言何寄？作者偶以三调芭蕉扇后，火焰清凉，寓言重言[1]，以见情魔团结，形现无端，随其梦境迷离，一枕子幻出大千世界[2]。

如孙行者牡丹花下，扑杀一干男女，从春驹野火中，忽入新唐，听见《骊山图》，便想借用着驱山铎，亦似芭蕉扇影子未散，是为“思梦”。

一堕青青世界，必至万镜皆迷。踏空凿天，皆繇(yóu)陈玄奘做杀青大将军一念惊悸而生[3]，是为“噩梦”。

欲见秦始皇，瞥面撞着西楚[4]；甫入古人镜相寻，又是未来。勘问宋丞相秦桧一案，斧钺精严[5]，销数百年来青史内不平怨气，是近“正梦”。

困葛藟宫，散愁峰顶，演戏弹词[6]，凡所阅历，至险至阻，所云洪波白浪，正好着力，无处着力，是为“惧梦”。

千古情根，最难打破一“色”字。虞美人、西施、丝丝、绿

---

1. 寓言、重言：出自《庄子》，寓言指比喻论证，重言指引用他人的话论证。
2. 大千世界：佛道用语。世界的千倍叫小千世界，小千世界的千倍叫中千世界，中千世界的千倍叫大千世界。后指广大无边的人世。
3. 繇：古同“由”。玄奘：崇祯本原作“玄装”，据文义改。惊悸：因惊慌而心跳得厉害。
4. 瞥面：迎面。西楚：指西楚霸王项羽。
5. 钺：崇祯本原作“越”，据文义改。
6. 弹词：传统曲艺的一种，以琵琶、三弦为主要伴奏乐器，流行于中国南方，如苏州弹词、扬州弹词。弹词属于讲唱文学艺术，区别于角色表演的戏剧艺术，所以文中将演戏与弹词并举。

珠、翠绳娘、苹香，空闺谐谑[1]，婉娈近人[2]，艳语飞飏，自招本色，似与“喜梦”相邻。

到得蜜王认行者为父，星稀月朗，大梦将残矣。五旗色乱，便欲出魔，可是“寤梦”。

约言六梦[3]，以尽三世[4]。为佛，为魔，为仙，为凡，为异类种种，所造诸缘，皆从无始以来认定不受轮回、不受劫运者[5]。已是轮回，已是劫运，若自作，若他人作，有何差别？

夫心外心，镜中镜，奚啻石火电光[6]，转眼已尽。今观十六回中，客尘为据[7]，主帅无皈，一叶泛泛[8]，谁为津岸？夫情觉索情、梦觉索梦者，了不可得尔[9]。阅是《补》者，暂为火焰中一散清凉，冷然善也。

辛巳中秋嶷如居士书于虎丘千顷云[10]。

嶷如居士

1. 谐谑：语言诙谐，略带戏弄。
2. 婉娈：柔媚。《诗经·齐风·甫田》：“婉兮娈兮，总角丱兮。”
3. 六梦：古代把梦分为六类，根据日月星辰以占其吉凶。《周礼·春官·占梦》：“占梦掌其岁时，观天地之会，辨阴阳之气，以日月星辰占六梦之吉凶。一曰正梦，二曰噩梦，三曰思梦，四曰寤梦，五曰喜梦，六曰惧梦。”
4. 三世：过去、现在、未来三世。
5. 无始：指太古。劫运：灾难，厄运。
6. 奚啻：何止，岂只。
7. 客尘：佛教用语。指尘世的种种烦恼。
8. 一叶：比喻小船。
9. “夫情”二句：陈继儒《晚香堂小品》卷二十二《牡丹亭题词》：“梦觉索梦，梦不可得，则至人与愚人同矣；情觉索情，情不可得，则太上与吾辈同矣。化梦还觉，化情归性，虽善谈名理者，其孰能与于斯？”
10. 千顷云：阁名，在今苏州虎丘塔东。

《西游补》答问

问："《西游》不阙，何以补也？"曰："《西游》之补，盖在火焰芭蕉之后[1]，洗心扫塔之先也[2]。大圣计调芭蕉，清凉火焰，力遏(è)之而已矣。四万八千年[3]，俱是情根团结。悟通大道，必先空破情根；空破情根，必先走入情内；走入情内，见得世界情根之虚，然后走出情外，认得道根之实。《西游》补者，情妖也；情妖者，鲭鱼精也。"

问："《西游》旧本，妖魔百万，不过欲剖唐僧而俎(zǔ)其肉[4]；子补《西游》，而鲭鱼独迷大圣，何也？"曰："孟子曰：'学问之道无他，求其放心而已矣[5]。'"

问："古本《西游》，必先说出某妖某怪；此叙情妖，不先晓其为情妖，何也？"曰："此正是补《西游》大关键处。情之魔人，

1. 火焰芭蕉之后：指《西游记》第六十一回《猪八戒助力败魔王　孙行者三调芭蕉扇》之后。
2. 洗心扫塔：指《西游记》第六十二回《涤垢洗心惟扫塔　缚魔归正乃修身》。
3. 四万八千年：《西游记》所述故事在唐贞观年间，为公元7世纪。唐开元年间，即公元8世纪，李白《蜀道难》有"尔来四万八千岁"句。
4. 俎：这里指切肉。
5. "学问之道"二句：出自《孟子·告子上》。放心，丢失的本心。

无形无声，不识不知；或从悲惨而入，或从逸乐而入[1]，或一念疑摇而入[2]，或从所见闻而入。其所入境，若不可已，若不可改，若不可忽，若一入而决不可出。知情是魔，便是出头地步。故大圣在鲭鱼肚中，不知鲭鱼；跳出鲭鱼之外，而知鲭鱼也。且跳出鲭鱼不知、顷刻而杀鲭鱼者，仍是大圣。迷人悟人，非有两人也。”

问：“古人世界，是过去之说矣；未来世界，是未来之说矣。虽然，初唐之日，又安得宋丞相秦桧之魂魄而治之？”曰：“《西游补》，情梦也。譬如正月初三日梦见三月初三与人争斗，手足格伤[3]，及至三月初三果有争斗，目之所见，与梦无异。夫正月初三非三月初三也，而梦之见之者，心无所不至也。心无所不至，故不可放。”

问：“大圣在古人世界为虞美人，何媚也？在未来世界便为阎罗天子，何威也？”曰：“心入未来，至险至阻，若非振作精神，必将一败涂地。灭六贼，去邪也；刑秦桧，决趋向也；拜武穆，归正也。此大圣脱出情妖之根本。”

问：“大圣在青青世界见唐僧是将军，何也？”曰：“不须着论[4]，只看‘杀青大将军、长老将军’此九字。”

问：“十二回‘关雎殿唐僧堕泪，拨琵琶季女弹词’，大有凄

1. 逸乐：闲适安乐。
2. 疑摇：犹疑动摇。
3. 格伤：因格斗而受伤。
4. 着论：发表议论。

风苦雨之致。”曰：“天下情根不外一‘悲’字。”

问：“大圣忽有夫人、男女，何也？”曰：“梦想颠倒。”

问：“大圣出情魔时，五色旌旗之乱，何也？”曰：“《清净经》云：‘乱穷返本，情极见性[1]。’”

问：“大圣遇牡丹，便入情魔；作奔垒先锋，便出情魔，何也？”曰：“斩情魔，政要一刀两段。”

问：“天可凿乎？”曰：“此作者大主意。大圣不遇凿天人，决不走入情魔。”

问：“古本《西游》，凡诸妖魔，或牛首虎头，或豺声狼视[2]；今《西游补》十六回，所记鲭鱼模样，婉娈近人，何也？”曰：“此四字正是万古以来第一妖魔行状[3]。”

静啸斋主人识

1. “乱穷返本”二句：传世的《清静经》，即《太上老君说常清静经》中无此句，疑为异文，或别有《清静经》。
2. 豺声：形容声音凶恶残忍。狼视：形容目光锐利狠毒。
3. 行状：叙述死人生平事迹等的文章。

读《西游补》杂记

《续西游》摹拟逼真，失于拘滞，添出比邱（丘）、灵珠（虚），尤为蛇足。《后西游》潇洒飘逸，不老婆婆一段，借外丹点化，生动异常，然小行者、小八戒未免窠(kē)臼。此于《三调芭蕉扇》后补出十六回之文，离奇惝恍，不可方物；未来世界入勘秦一段，尤非思议所及。至其行文，有起，有讫；有伏案，有缴应；有映带，有穿插；有提挈(qiè)，有过峡；有铺排，有消纳；有反笔，有侧笔；有顿折，有含蓄；有平衍，有突兀；有疏落，有绵密。且帙(zhì)不盈寸，而诗歌、文辞、时文、尺牍(dú)、平话、盲词、佛偈、戏曲，无不具体，亦可谓能文者矣。

前言罗刹女一案，实行者生平所未经，稍稍立脚不定，便入魔障，故《后西游》以不老婆婆一段拟之。此则即借其意，从本文引入情魔，由情入妄，妄极归空，为一切世间痴情人说无量法。十六回书中，人情世故，琐屑必备，虽空中楼阁，而句句入人心脾，是真具八万四千广长舌者。

行者第一次入魔，是春男女；第二次入魔，是握香台；第三次入魔最深，至身为虞美人；逮跳下万镜楼，尚有翠绳娘、罗刹女生子种种魔趣：盖情魔累人，无如男女之际也。

或曰：“以斗战胜佛之英雄智慧，而困于情，可乎？”曰：“人孰无情？有性便有情。无情，是禽兽也。且佛之慈悲，非佛之情乎？情之在人，视其所用，正则为佛，邪则为魔。是故勘秦桧，拜武穆，寻师父，莫非情也。情得其正，即为如来，妙真如性。”

或问：“悟空之为悟幻，何也？”曰：“第二回提纲，大书‘西方路幻出新唐’，明自此以下，皆幻境也。故起首特揭出‘悟空用尽千般计，只望迷人却自迷’二句。夫迷悟空者，即悟空也。世出世间，喜怒哀乐，人我离合，种种幻境，皆由心造。心即镜也。心有万心，斯镜有万镜。入其中者，流浪生死而不自知，方且自以为真境。绿玉殿，见帝王富贵之幻；廷对秀才，见科名之幻；握香台，见风流儿女之幻；项王平话，见英雄名士之幻；阎罗勘案，见功名事业、忠佞贤奸之幻。幻境也，鬼趣也，故以阎罗王终之。自跳出鬼门关，扯断红线，艰难历遍，觉悟顿生。然而小月王宫中之师父，犹非真师父也。弹词茗战，以潇洒为悟；仿古晚郊，以闲适为悟；拟古昆池，以山水为悟；芦中渔唱，以疏野为悟。悟矣乎？犹未也。情根未绝，妄相犹存。命竟何如，不堪回首！始而悲，继而哭，既而疑，终而乱。道味世味，交战于中；大愤大怒，莫知所适。于此真实用力，然后憬然真悟，幻境皆空。非幻亦空，始是立脚之处。虚空主人一偈：‘悟空不悟空，悟幻不悟幻。’正为将悟人对病发药。盖能悟幻，始能悟空。然但能悟幻，而未悟空，则其悟仍幻。用力有虚实，见道有浅深，此悟空、悟幻之分也。”

三调芭蕉扇，其因也；波罗蜜王，其果也。言下指点，明示归结。

曰虚空，曰主人，虚空有主人乎？虚空而无主人，是顽空也。然毕竟如何是虚空主人？请读者下转语。

按钮玉樵《觚(gū)剩续编》云：“吴兴董说，字若雨，华阀懿(yì)孙，才情恬适，淑配称闺阁之贤，佳儿获芝兰之秀。中年以后，一旦捐弃，独皈净域，自号月涵。所至之地，缁素宗仰，于是海内无不推月涵为禅门尊宿矣。月涵于传钵(bō)开堂，飞锡住山之辈，视若蔑如，而身心融悟，得之典籍。每一出游，则有书五十担随之，虽僻谷之深，洪涛之险，不暂离也。余幼时曾见其《西游补》一书，俱言孙悟空梦游事，凿天驱山，出入庄、老，而未来世界历日，先晦后朔，尤奇。”据此，知《西游补》乃董若雨所作。按：若雨《丰草庵杂著》凡十种，曰《昭阳梦史》《非烟香法》《柳谷编》《河图卦版》《文字障》《分野发》《诗表律》《汉铙(náo)歌发》《乐纬》《扫叶录》。其见于《四库全书总目》者，有《七国考》十四卷；见于存目者，有《易发》八卷、《运气定论》一卷、《天官翼》无卷数，及《汉铙歌发》一卷而已。朱竹垞(chá)《明诗综》云：“董说，字若雨，乌程人，晚为僧，名南潜，字宝云，有《丰草庵》

等十八集。”《易发提要》云：“董说，字雨若（若雨），湖州人，黄道周之弟子也。后为沙门，名南潜。其论《易》，专主数学，兼取焦、京、陈、邵之法，参互为一，而推阐以己意，其根柢(dǐ)则黄氏《三易洞玑》也。”然则若雨为僧后，改名南潜，字宝云，而月涵乃其别号。所著诸书，惟《七国考》刊于雪枝从父《守山阁丛书》为最著，其余皆就湮没，故《西游补》一书宜亟刊之以传世也。

问：“《西游补》，演义耳，安见其可传者？”曰：“凡人著书，无非取古人以自寓。书中之事，皆作者所历之境；书中之理，皆作者所悟之道；书中之语，皆作者欲吐之言。不可显著，而隐约出之；不可直言，而曲折见之；不可入于文集，而借演义以达之。盖显著之露，不若隐约之微妙也；直言之浅，不若曲折之深婉也；文集之简，不若演义之详尽也。若雨令妻贤子，处境丰腴，一旦弃家修道，度必有所大悟大彻者，不仅以遗民自命也。此书所述，皆其胸膈(gé)间物。夫其人可传也，其书可传也，传其书，即传其人矣。虽演义，庸何伤？”

第四回云：“尧、舜到孔子是纯天运。”按：董君之学，出于黄石斋。石斋《易象正》以周桓王元年当“蒙”卦，则非其师说。而宋牛无邪传邵子之学，以尧之世当“贲(bì)”，则亦非邵学。其所著《易发》中《飞龙训》篇，谓尧、舜、周、孔，皆以飞龙治万世。又其《天官翼》，以章蔀(bù)纪元、元会运世立论，谓历数出于卦爻，所列“恒星过宫”“年干入卦”二表，以星次递相排比。至帝尧甲子，适值“张”“心”“虚”“昴(mǎo)”居四仲之中，与《尧典》中星合，遂据以为上溯下推之证。则其用卦爻起秝(lì)，盖以尧时为本，正与《西游补》中语相应。轨革之术，随人推衍，本无一定也。玉史仙人，似影指宣圣而言。八卦炉中，殆其自谓。

——空青室本《西游补》附

钱培名

崇祯本插图释读

此图画的是行者化斋途中堕入鲭鱼精（情妖）气囊，开始其情梦之旅。它对应小说第一回前半回《牡丹红鲭鱼吐气》和第二回前半回《西方路幻出新唐》中的相关文字，点明行者因见牡丹

花红而入情，进入情妖幻化的新唐世界。

高高的太湖石旁露出些牡丹花树，清秀的唐僧盘腿端坐，络腮胡的沙僧靠石小憩，猪八戒躺在地上呼呼大睡，边上还有白龙马和行李担。入梦的行者跳在空中，看见一座城池，城头上一面锦旗，上面写着一些篆字。画家用唐僧帽顶延伸出的弧线把行者看见新唐城池这一画面兜了起来，以表现行者堕入情妖气囊中之意。

这是一把青竹帚，“青”谐音“情”，“青竹帚”就是“情竹帚”。鲜明的帚柄竹节，飘逸的绸带，都象征着强烈的情欲，而要悟通大道，必须扫情。小说第二回中写到一个宫人，手拿一柄青竹帚，一边扫地，一边自言自语，回忆大唐天子曾经如何风流，造起了珠雨楼台，与倾国夫人、徐夫人并肩照镜，几百个宫女异口同声赞美唐天子为绝世郎君，然而刹那间楼倾了，往日的舞榭歌台变成了虫鼠栖息的场所，杜鹃啼血代替了昔日的欢歌笑语。镜中淫艳与突然萧瑟形成鲜明对比，其寓意一如宫人之叹息：“到如今，宫殿去了，美人去了，皇帝去了”；“天子庶人，同归无有；皇妃村女，共化青尘！”这也是整部小说的主旨——“总见世界情缘，多是浮云梦幻”，一切风流繁华都将成空，只有扫除情魔，才能悟通大道。

此图画的是第三回踏空凿天的情形："四五百人，持斧操斤，轮刀振臂，都在那里凿天。"画面中的踏空儿分成三拨，上面一排六人，左边一群五人，右边一组两人，再下面则是凿天长官向行者施礼的情景。画面云彩缭绕，行者和凿天长官都踩在云朵上。

小说中行者因看到踏空儿凿天而引发联想，想到天的新旧与真假、天的老嫩与雄雌、天血的红白、天皮的层次、天心的有无，还想到搔天、刮天、修天、雕天，看似荒唐，毫无联系，实际上隐含了作者对明王朝命运的担忧。踏空凿天的结果是把一个光油油的玉帝灵霄殿凿了下来，这预示着明王朝大厦即将倾倒。

此图画了几块在烈火中熊熊燃烧的石头，题曰“补天石”。虽然小说中并没有出现这个物品，也没有任何以石补天的情节，只是写了天被踏空儿凿开后，行者去找女娲补天，女娲却外出闲话了，但既然天被凿开了，就需要补；既然女娲不在，天就未能补。因此，补天石传达的是行者不得补天之恨。正是有此之恨，行者才走入情魔。故《西游补答问》曰：“问：‘天可凿乎？’曰：‘此作者大主意。大圣不遇凿天人，决不走入情魔。’”也就是说，行者是因为天被凿开，灵霄殿滚落，有志于补天，但补天之人女娲外出闲话，自己补天之志未遂，才走入情魔，经历一番梦幻。补天石同时也传达了作者不得补天之恨。作者预感到苍天欲裂，大厦将倾，但无力扭转乾坤。行者与作者，实际上合二而一。

此图画的是第六回项羽杀真虞美人的情节。画面被一分为二，以短墙、花树、山石斜隔着，其中高高突起的那棵应是玉兰花，因为该回行者变的假虞美人对项羽谎称，是窗外玉兰树上跳出来的一个猿精戏弄了她。

画面上半部分有一高阁，里面藤榻上坐着行者变的假虞美人；下半部分左边太湖石畔藤榻上坐着真虞美人，边上有两个侍女，前面是荷花池；下半部分右边是项羽左手提刀，右手把戟，飞奔去杀真虞美人的情形，我们似乎能感觉到项羽“杀他”的叫喊声。

其实，真假虞美人都是佛教所谓的色，行者执迷不悟而变成虞美人，项羽执迷不悟而杀了真虞美人。

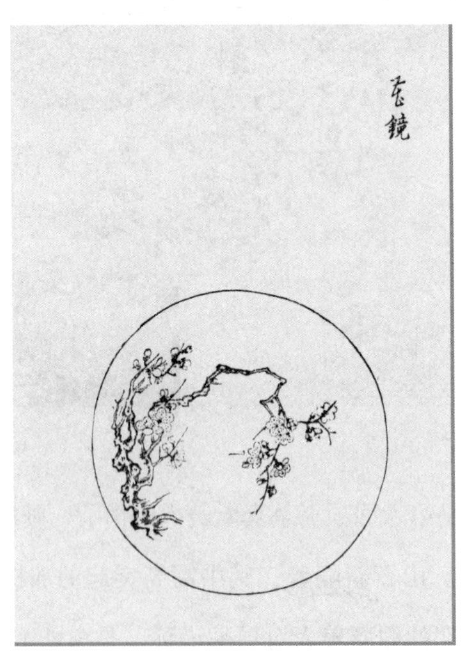

此图名曰“花镜”，镜中画了一树古梅。小说第四回写行者跌落在青青世界的万镜楼中，四壁都是宝镜砌成，团团约有一百万面，其中一面就叫花镜。

花镜，即“镜中花”，是万物空幻的象征，但人们往往为镜中幻象所迷而不能看破，一如行者在青青世界的万镜楼中迷失了自己。在青青世界的万镜楼中，行者原以为能照出百千万亿自家模样，走近照照，却无自家影子，只见每面镜子里别有天地日月山林。其中一面镜子还出现了《西游记》中的刘伯钦，他说这万镜楼台是小月王（情）造的。

第四回回目《一窦开时迷万镜　物形现处我形亡》揭示了小说主旨，因为“青”谐音“情”，青青世界的一窦就是“情窦”，行者因情窦开而迷于世俗红尘，不能悟空。故三一道人评曰：“心即镜也，镜镜相涵，生诸幻影；心心自乱，涉诸妄想。狂花浪蕊，无有是处。”又曰：“每一镜内别有天地、日月、山林，任入者生老病死，浮沉浊浪于其间。嗟乎！众生安得一拳打破？”

另外，小说第七回写假虞美人照“青铜古镜”，见镜中的自己比真虞美人颜值更高。就此细节来说，镜中的虞美人如花似玉，实际上不过是一只猴子，但项羽执迷不悟，为之下跪，为之落泪，为之讲平话。镜中美人是行者和项羽执迷于“情”而产生的幻象，它与镜中花的本质是一样的。作者认为，只有领悟到镜中之像是空无虚幻的，然后破镜而出，才能悟通大道。

《西游补》十六幅插图中的奇数幅一般是没有标目的叙事性插图，我们很容易在小说中找到相应的故事情节，但此图虽属奇数幅，却没有人物活动，看不出故事性，而且有标目，曰“虞美人”。画面上半部分是云雾，下半部分是太湖石。太湖石左边有一株虞美人草，上面有一朵花和一个花苞。这真是令人费解，大概是以花喻人吧。

上海古籍出版社1983年版《西游补》把此图中的这朵花和花苞改成了一个背向读者而坐的有双环发髻的长发美女。从云雾中的虞美人花到云雾中的虞美人，这就让人想到小说第七回的鱼雾村。此村有两扇玉门，里边有条伏路，通着未来世界。行者变的虞美人正是闪入玉门后，滚下未来世界的，而项羽为了抓住她，还跌了一跤。项羽失去假虞美人的痛哭声，行者滚下数里，耳朵里还能听到。这一切都意在说明行者和项羽对情的执迷不悟。

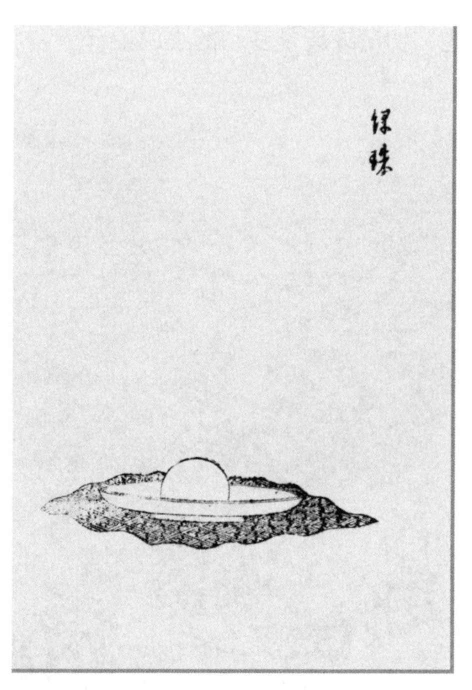

《西游补》十六幅插图中的偶数幅都是有标目的物品插图，它们都是以具体物品阐发小说抽象主题，象征性强，哲理意味浓厚。

此图题为“绿珠”，画了一块锦布，上面放了一个盘子，盘中一颗明珠。小说中没有提到这样一颗明珠，只是第五回说到绿珠楼和西晋美女绿珠。据小说描写，绿珠楼又名握香台，是主人绿珠与西施夫人、丝丝小姐、行者变的虞美人喝酒吟诗、各自招出云情雨意的地方。小说结尾虚空主人说偈语，说绿珠楼“乃是鲭鱼心”，可知小说中绿珠和绿珠楼皆是行者迷于情而产生的幻象。“绿”即“青”，“青”谐音“情”，插图之绿珠象征的就是“情”，目的是为了阐述一切情缘皆是梦幻的小说主旨。

此图画的是小说第九回剐秦桧的场景。行者正在森罗殿代阎罗王审判秦桧，案桌上放着《秦桧恶记》和笔墨砚，边上是掌簿判官。案桌前面是一个沸腾的油锅，秦桧被两个青面獠牙鬼拿刀拥住，跪在锅边。画面左边有两个小鬼，右边是牛头马面鬼，右下角还有一个小鬼，四周则有云彩装饰。佛教常言，心正是佛，心邪是魔。行者审判秦桧正是悟道成佛之举，既寓意行者正心成佛，亦表达作者尽忠报国之意。

此图画的是一把锋利的短剑，有带弧度的锐利的剑尖和云纹样装饰的剑柄，题曰“三尺”。小说中并没有出现“三尺”两字，出现剑的地方主要有两处：一是小说第三回大唐新天子叫将士在囊师库中取出飞蛟剑等，同着一道诏书，飞送西天杀青大将军御弟陈玄奘；二是小说第十回写行者被几百条红线团团绕住，动弹不得时，曾变作一把青锋剑。第一处的飞蛟剑是用来“杀青”，亦即斩情；第二处的红线象征情丝，青锋剑也是用来斩情。因此，画中三尺之剑的象征含义是杀情、斩情。

此图题为“芦花畔”。郊野水边，或远或近，画着三四丛芦花，其中右下角芦花丛边有几块石头，左上角一行大雁斜飞。它对应的是小说第十三回《绿竹洞相逢古老　芦花畔细访秦皇》。该回对芦花畔的环境描写类似插图画面：只见左边一带郊野，有几块随意石，有十来枝乱栌叶，拥着一间草屋；门前一枝大紫柏，数枝缠烟枫，横横竖竖，织成风雨山林。萧瑟的芦花畔是行者悟道的重要转折处，是行者在绿竹洞主点拨下“高唐梦”将醒之时，故三一道人评芦花畔一带景色曰：“此段一片清凉世界，是勘破情根、梦魂将醒之候。”

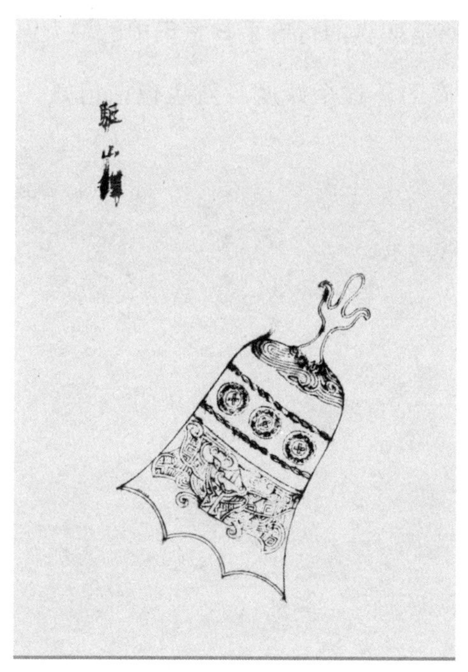

此图画的是驱山铎。该物首次出现于第二回，乃秦始皇所有。在行者看来，有了驱山铎，就可以驱除有妖精的高山。于是他开始寻找秦始皇借驱山铎，这成了小说的一条线索。借驱山铎有《西游记》借芭蕉扇的影子，只是芭蕉扇次次借到，驱山铎却始终不曾借到。

其实借驱山铎只是一个象征，是行者驱除妖魔、保护师父导致的日常焦虑在梦中的变形反映。西行路上，山岭重重，妖魔众多，他们个个巴望着吃唐僧肉，而唐僧手无寸铁，又耳根软，极易受骗，极易失踪。保护唐僧成了行者最头疼最焦虑的问题，因而梦中渴望得到驱山铎，来驱除一切阻挡前进道路的山岭与妖魔，正是担任救护唐僧职责的行者平日意识中的最大愿望。"驱山铎"是用来驱除妖魔的，这个妖魔自然也包括情妖，即行者自身的情魔。

此图是行者被新古人推入池水中的情形。行者和新古人站在右上角崖岸边，下方是一池绿水。它对应的是小说第十回中前半回《万镜台行者重归》。

该回中写行者审判秦桧后，来到新古人饭店，问新古人如何回到青青世界。新古人就“扯了行者，拽脚便走。走到一池绿水边……把行者辊辘轳一推，喇嗽一声，端原跌在万镜楼中”。这象征着行者重新入情，表明出情的道路非常曲折。

此图题为“红线”[1]，一个竹篮中盛着几卷丝线，篮子后面有一根一头成钩状的长杆。小说第十回写行者跌回万镜楼后，寻找出路，焦躁中推开两扇玻璃窗，外面是朱红冰纹阑干。他原以为阑干间隙足够阔大，自己能钻过去。没想到冰纹阑干忽然变作几百条红线，把他团团绕住，动弹不得。他变作珠子，红线就变成珠网；他变作青锋剑，红线就又成了剑匣。无奈之际，眼前忽然

1. 红：美国密西根大学林顺夫教授认为崇祯本此字为“絚”。美国华盛顿大学何谷理教授将此字解为“经”。上海古籍出版社1983年版《西游补》插图将此字写作行书体的“径”字。因小说中提到“红线”，故笔者定为“红”字。

一亮，空中现出一个老人，帮他扯断红线。原来老人就是行者真神，这就叫作“自家人救自家人”。显然，红线象征“情”，行者为红线所缚，意味着为情魔所困。行者只有自己挣脱情的束缚，才能跳出万镜楼这个世俗红尘。

此图是行者与波罗蜜王大战时，虚空尊者唤醒行者的场面。画面中，五色旗乱，只见兵器，不见士兵。行者三头六臂法身，

拿着三根金箍棒，在那里奋战。虚空尊者脚踩莲花，头部有光圈，立在左上角。它对应的是第十五回后半回《五色旗大圣神摇》和第十六回前半回《虚空尊者呼猿梦》。五色旗混战是行者入情魔最深之时，物极必反，故也意味着他即将出情魔。

此图题为“简书”，是一本翻开的书，有天头、地脚、栏线，而没有文字，象征着行者被虚空尊者唤醒后悟通大道。小说中没

有出现“简书”两字，但小说第一回写行者打杀春男女后，怕被师父惩罚，于是拾石为砚，削竹为简，写了一篇送冤文。所谓情根一动，定慧便失。行者打杀春男女后，仁慈心动，写送冤文字，哄骗师父，生出诸多妄想，从而走入文字禅，进入情梦。然此简书上未有文字，象征着行者春梦已醒，情魔已散，自色悟空。

赵红娟

董说简谱

泰昌元年庚申　公元1620年，董说一岁

年底　董说出生。此时曾祖董份、祖父董道醇、大伯父董嗣成、三伯父董嗣昭，董氏家族中的四位进士均已去世。其中曾祖曾任礼部尚书兼翰林学士，祖父曾任工科给事中，大伯父曾任礼部主客司郎中，他们是董氏家族中最显赫的三位人物。董说祖母是大名兵备副使茅坤之女，嫡母是大司空沈泰垣之女，她们也已经去世。董说生母是太学生屠兑之女，是其父董斯张继妻。董斯张这一年已经三十五岁。

天启元年辛酉　公元1621年，董说二岁

吴越名士张隽为董斯张购归董份亲自评点的《史记》《汉书》，董说后来有《书先君赠非翁长歌墨迹后》一文，见《丰草庵文集》卷三。

天启二年壬戌	公元1622年，董说三岁
	三岁的董说已经能够像佛教徒般盘腿端坐，崇奉佛教的父亲因此很喜欢他。
天启三年癸亥	公元1623年，董说四岁
	伯父董嗣成万历间曾因提倡立万历皇帝长子为太子而被革职，这一年被朝廷追赠为光禄寺少卿。
冬	外祖父沈泰垣被晋升为大司空。
天启四年甲子	公元1624年，董说五岁
春	晚明高僧紫柏的弟子行悫拜访董斯张，后来成为董说老师的赵长文也参与了聚谈。
天启五年乙丑	公元1625年，董说六岁
新春及重九	董斯张命董说到南浔各寺庙礼佛。董说师祖汉月法藏禅师住苏州邓尉山，著《五宗源》。
天启六年丙寅	公元1626年，董说七岁
	董说师从南浔赵长文读书，言行异乎寻常儿童，特别喜欢早起，天不亮就起来梳头洗脸。儒家经典《四书》还没学完，就先读起《圆觉经》。
天启七年丁卯	公元1627年，董说八岁
	董说皈依杭州开元寺高僧闻谷大师，赐名智龄；父亲董斯张教其读《心经》，这种教育迥异于封

建社会的一般士子。

崇祯元年戊辰	公元1628年，董说九岁
三月	弟弟去世。
八月	父亲去世。
崇祯二年己巳	公元1629年，董说十岁
	张溥领导的复社成立，这是晚明最著名的文社。董说之师弘储从汉月法藏出家，两人同为明末临济宗著名高僧，分别为南岳下临济宗第三十四世、第三十五世，而董说为第三十六世。
崇祯三年庚午	公元1630年，董说十一岁
秋天	复社举行金陵大会。
崇祯五年壬申	公元1632年，董说十三岁
	复社举行虎丘大会。
崇祯六年癸酉	公元1633年，董说十四岁
	董说成为秀才。不久成为廪膳生员，每月可得到公家发的膳食津贴。
崇祯七年甲戌	公元1634年，董说十五岁
春	董说去光福扫墓，想拜见汉月法藏和尚，未果。此时弘储在苏州玄墓的一个寺庙中做接待工作。玄墓、光福、邓尉诸山均在苏州，且相连。

崇祯八年乙亥	公元1635年，董说十六岁
自此年始	董说喜欢评点古书，评后则悔，悔则烧之，估计是嫌自己的评点还太稚嫩，不足以留在世上。汉月法藏和尚圆寂，年六十三。
崇祯九年丙子	公元1636年，董说十七岁 董说首次评点《史记》，并亲自抄录曾祖董份的《史记》评本。董说父亲的朋友、著名书画家董其昌去世。
崇祯十年丁丑	公元1637年，董说十八岁 陆文声上疏攻击复社。湖州的一位知交赠对联给董说静啸斋，对联为："振衣千仞冈，濯足万里流。"南浔陈茂老见了，说："此未到君，语须异时。"陈茂老觉得这个对联的出世之意，对董说来说太早了，期待他能干一番事业。
崇祯十一年戊寅	公元1638年，董说十九岁 复社人物吴应箕、陈贞慧等作《南都防乱公揭》，讨伐在南京的阉党阮大铖。董说往苏州悼唁徐氏，遇若木先生，拜见范长倩。按：董斯张《静啸斋存草》中有两若木，一为杨若木，一为冯若木。冯若木即冯梦龙兄，苏州人，董说遇见的很可能是他。范长倩为董斯张表姐夫，

擅长书法，与董其昌相伯仲。

桐乡吕愿良举澄社，董说侄子董思参与。董说参加语水社，见社友张履祥批点《王龙溪语录》，遇到稍微直快的话语，便涂抹一大通，并评点曰“禅”，觉得这样的读书人非常可悲。按：张履祥比董说大九岁，是明末清初著名理学家，世称杨园先生。

崇祯十二年己卯　公元1639年，董说二十岁

许豸任浙江提学副使，董说以古文见知，后自称“身是君家弟子员”，见《丰草庵诗集》卷五《阅许有介米有堂集感书》。

董说乡试落榜，悲愤不已，弃所作应制之文。

董说与严既方相交，此人后来成为董说密友，两人交往的诗文很多。

崇祯十三年庚辰　公元1640年，董说二十一岁

董说作《西游补》。《丰草庵诗集》卷二《漫兴》其四“《西游》曾补虞初笔，万镜楼空及第归”，自注曰“余十年前曾补《西游》，有万镜楼一则”。据董说自己系年，此诗作于顺治庚寅（1650），故十年前是崇祯庚辰（1640）。

董说在昆山拜见复社首脑张溥、杨廷麟；为业

	师赵长文《乍醒草》作序，为严既方、陈玉仍汇编的同社成员的近期应制文集《闾书》作序，代浙江督学许豸作《王按台两浙观风录序》。
崇祯十四年辛巳	公元1641年，董说二十二岁
	董说有书信寄侯几道；开始写作著名的史学著作《七国考》；为陈辛生、顾龙湫、施树百、董帷孺以及自己的应制文汇编《玄览斋会业》作序；编辑南浔一地四十四人之文，谓之《浔书》，并作序。
正月	董说成为复社领袖张溥入室弟子，前往太仓侍奉张溥，后因路遥、母老、家贫而回湖州。五月，张溥忽然去世。八月，董说与友人严既方前往吊唁，作《祭张夫子文》，并代复社作《祭西铭先生文》《谒于忠肃庙为西铭先生祈嗣疏》。在会吊张溥期间，董说结交了嘉定侯几道、吴江包惊几。
冬	董说拒绝为人说解，得了“退财白虎”的绰号。
崇祯十五年壬午	公元1642年，董说二十三岁
五月	钱谦益等为张溥立嗣。
秋	董说参加张溥盛大葬礼，途中与湖州复社同仁严既方、陈玉仍相约，为六经开山创作经学文

字。会葬活动中，遇苏州徐枋及其父徐汧。

冬　董说《七国考》完稿，自己作序。

其侄董汉策刻《计然子》，董说为之作序，极言天地黑暗，自己愁苦不堪，惟以著述为生；为复社眉目吴羽三文集作序，吴羽三曾与董说同侍张溥；为复社同仁黄观只文集作序；为友人燕铭所选之文作序，纵论秦汉唐宋之文；序友人卓子《小试十艺》，感叹士之不遇；为闵未孩文稿作序。

密云圆悟圆寂，年七十七。密云圆悟乃弘储师祖，弘储此年重刻《天童七书》。

崇祯十六年癸未　公元1643年，董说二十四岁

董说读书尚矜奇，爱读理学家陈献章著作，拟作《洪范说》。至此年，董说手评古书已达数百卷，但这些书在丙申（1656）七月董说乞戒灵岩前被焚弃。

董说为吴江计东诗集作序；为吴海序制义作序；病中为严既方、陈玉仍、沈公叙及顾端士所集《茗文大舒》作序；作《书〈桃花源记〉后》，表达了其进退思想，表示如果不能为报韩之张良，就当效法避秦之楚客。

正月	复社同仁许孟宏过访。
自春至八月	董说大病。遇庸医，几乎死去。到了秋天，经友人闵持讷诊治才愈。病中评点《左传》《史记》，看宋元人诗，作《夏殷文献》而未成。与大病相关，这一年体弱的董说酷嗜梦：作《昭阳梦史》，收梦三十一个；刻印章曰梦史、梦乡太史；作《梦社约》，张罗成立梦社；刊刻散发《征梦篇》，征集同志友人幽遐之梦；又感而作《梦乡志》，根据梦的内容和心理特征，对梦进行了分类。
秋	董说开始有意学习书法，并从钟鼎古文中悟得草书之法。
冬	董说办理伯母丧事，焚弃自己二十一岁以前所写文章。

崇祯十七年（顺治元年）甲申　公元1644年，董说二十五岁

	董说放弃廪膳生员资格，屏迹丰庵，潜心著述；著《闻书》《野语》二书；太湖虞圣民成为董说孩子的老师。
	董说所作之文，多抒发忠孝之义。
夏	因清兵南下，董说移家湖州鹿山。
九至十月	董说生病，病中频频做梦，因作《病游记》《续

病游记》二文。

十月　董说之师弘储开堂天台国清寺。

冬　刘宗周弟子山阴王毓蓍来南浔访董说，寓董说丰草庵，复社名流张隽、孙淳皆与他订交。

顺治二年乙酉　公元1645年，董说二十六岁

徐汧于清兵破苏州后投水死，其子徐枋自这一年庐墓不出，自号秦余山人。

董说作《文音发》，因战乱而辍笔；又作杂文一卷，丙申（1656）上灵岩前焚弃。

六月　清兵破杭州城，友人王毓蓍投水死，死前寄信给其师刘宗周，刘氏为明末著名理学家，接信后亦殉节。

顺治三年丙戌　公元1646年，董说二十七岁

老师黄道周去世。按：《续文献通考》卷一四五、《四库全书总目》卷八等在著录董说《易发》时，均言董说为黄道周弟子。

董说著《周礼纬》《律吕发》二书；作《丙戌悲愤诗》一卷，丙申（1656）上灵岩前焚弃；为闵持讷《难经纂注》作序；作《雨道人家语》，宣扬自己有雨癖；作《文亡论》《与友人论文书》《文术解》等，纵论古今天下文章，认为自

	晋朝以下不复有文，当今天下之文弱。
顺治四年丁亥	公元1647年，董说二十八岁
五月	友人严既方寄梦于董说；董说作《志园记》，描述了自己的精神乐园；董说在南浔梦华潭口听人谈嘉靖、隆庆间大内旧事；董说与清初著名文人计东有书信往来。
顺治五年戊子	公元1648年，董说二十九岁
	董说《易发》完稿，其自序中流露出了浓厚的反清复明思想，张隽为该书题诗。董说有诗题丰草庵："碧玉藤阴影小庐，磁盆秋水镜红鱼。床头一握崩霜剑，销作清钟伴读书。"表达了抗清壮志难酬，转而隐居读书之意。
顺治七年庚寅	公元1650年，董说三十一岁
	董说著《易运》，与吴越名士吴楚交游唱和，特别津津乐道于采杉、制香、赏香。第五个儿子董渔生。著名书画家友人王时敏构建西庐。
春	著名套版刻书家闵齐伋自南京归，分送宫香于友人，族人闵南仲作绝句咏之，董说一连九次和之。
顺治八年辛卯	公元1651年，董说三十二岁
	鲁王在舟山抗清失败，弘储大师受到牵连，被

浙江按察司入疏奏弹，弘储大师不得已从苏州灵岩赴杭州投案。在这种险恶环境下，灵岩合寺僧人星散，早就立志出家、主张以忠孝做佛事的董说却毅然杖策登山，以表申援。著名遗民徐枋写信赞之。

二月	董说病中评点明代后七子领袖李攀龙诗，认为篇篇秽恶，简直可以呕痰。著《运气定论》《非烟香法》二书；作《乐府拟》一文，提出了汉乐府“缘情结响，不可拟”的观点；作《非烟香记》《博山炉变》《众香评》三文，介绍了自己不焚香而以水煮香的发明创造；编成《文苑英华诗略》；对《诗经》的押韵、六诗的异同与特点等进行研究。
顺治九年壬辰	公元1652年，董说三十三岁 董说有诗寄友人金俊明；著《六书发》《河图卦版》二书；梦至碧峋洞，因作《碧峋石库记》，表达了为臣要尽忠之义。
三月	弘储被逮往永嘉，受了刑杖，直到五月会审后才被释放。
顺治十年癸巳	公元1653年，董说三十四岁 董说卖田十亩，并作《卖田》诗；著《天官翼》

	一书。
夏	董说上灵岩参弘储，途经吴江，携酒祭奠友人包惊几。
五月	自灵岩归，第六子董村出生，因定六个儿子的名、字及号，并作《字释》诗。
六月	董说得灵岩弘储和尚书，述山中近来多事。
七月	董说梦见胡须成松叶，垂数尺，抬头见绿蕉蔽天。
秋	董说再次上灵岩。
顺治十一年甲午	公元1654年，董说三十五岁 与姚宗典、金俊明有诗歌往来；友人闵持讷卒；著《问道录》《残雪录》二书。因伤心俗学，董说作九变：《登峰变》伤易学不明，《洛阳变》伤周礼灭裂，《蜀锦变》伤《素问》《运气》之伪，《飞鱼变》伤拟乐府者不知道宗旨，《宝镜变》伤七十二岁差之法不传于世，《握筹变》伤太乙图式之伪，《画树变》伤六诗之不讲，《采茶变》伤六书失传，《博山变》伤非烟香法自昔无闻。
二月	董说重至灵岩拜见弘储和尚。
顺治十二年乙未	公元1655年，董说三十六岁 丰草庵中童子因董说贫穷而弃之去。

董说著《禅乐府》《晓寒长语》《分野发》；题张隽《古今经传序略》；作《二郎庙》《百花王》《芦王述》等野庙九歌，颇有民俗价值。为建文帝四臣子作歌，即《河西佣》《补锅匠》《东湖樵》《云门僧》，表达了不事新主的遗民立场。作《华清招》《誉树行》《海上牧羝曲》《新丰曲》等诗，以区别于李东阳乐府。

五月　　清军筑石塘，抓农民服役，董说作《筑石塘》揭露之。

秋　　西泠十子之首陆丽京赠董说《恭寿堂诊籍》。

冬　　董说上灵岩，作《洞庭雨》一编，呈弘储和尚。

顺治十三年丙申　　公元1656年，董说三十七岁

董说著《诗发》《汉铙歌发》《扫叶录》；自序所著《非烟香法》；为其侄董汉策诗集作序。作《史记脉》，书未成，而乞戒灵岩。在灵岩，遇虎岩中峰大师，见许孟宏、许孝酌父子。后抱病归黄叶村。

香谷师事董说。

二月　　董说作《古乐府发》。

七月　　董说志在佛门，作《焚研誓辞》，大肆焚书，因误焚《乙酉杂文》《丙戌悲愤诗》各一卷。后清

	理书箱中未焚之书，得庚辰（1640）以后杂文、丙戌（1646）以后诗歌各十余编，亲手交给其子樵、耒。
顺治十四年丁酉	公元1657年，董说三十八岁
	董说正式剃度于灵岩，其友人金镜作《闻董若雨祝发于灵岩感赋》。为侄孙董闻京《复园文集》作序。
顺治十五年戊戌	公元1658年，董说三十九岁
	董说在灵岩生胃病，得沈朗仲治愈。董说刻“潜居漏霜”“钝榜状元”二印，弘储命其充作书状。作《披云啸》《水声编》各一卷。
顺治十六年己亥	公元1659年，董说四十岁
	董说曾回南浔居住百日；作《跋四言律册子》；作《补船村》《杞国转》《研北编》《瞌睡鱼》各一卷。
冬	木陈和尚应召至北京，顺治封其为宏觉禅师，自此僧界分为遗民派和新朝派，其师弘储为遗民派领袖。
顺治十七年庚子	公元1660年，董说四十一岁
	董说曾住南浔。作《松花拈》《石火颂》各一卷。

顺治十八年辛丑	公元1661年，董说四十二岁
	董说有诗寄嘉兴巢端明。
三月	临济宗高僧费隐容和尚圆寂。弘储大师住嘉兴金粟，与董说有书信往来，涉及清初僧界争斗之事。
五月	董说住持苏州尧峰禅院。秋遇大雨，董说登高远望，归作行隶一段。此为董说平生得意之作，谓之快雨格。
康熙元年壬寅	公元1662年，董说四十三岁
	同门檗庵和尚熊开元住持常熟三峰寺。吴兴潘尚仁编选刊刻董说友人闵南仲诗歌《碎金集》二卷、《寒玉集》二卷，集中有不少与董说唱和之诗。
康熙二年癸卯	公元1663年，董说四十四岁
	友人徐枋在天平山上沙村筑涧上草堂。董说在湖州大病一场，历时一月，后被木渎赵拜石治愈。
	董说为灵岩首座，挂搭灵岩天山阁。
	董说弟子香谷住湖州双林。
夏	董说在嘉兴金粟寺侍奉其师弘储。
冬	檗庵和尚熊开元退三峰祖席，不久住华山。

康熙三年甲辰	公元1664年，董说四十五岁
	弘储、黄宗羲、文秉、徐枋、周茂藻、邹文江、王双白等七位遗民在灵岩天山阁集会，纵谈七昼夜。
五月	钱谦益去世。按：董熜《董氏诗萃》卷六言董说曾“从虞山钱宗伯谦益游”。
七月	著名抗清将领张煌言被俘，九月殉义于杭州。
康熙四年乙巳	公元1665年，董说四十六岁
二月	德山原直和尚示寂。同门碓庵晓青和尚住三峰，同门石叶果成和尚住法昌。
冬	弟子香谷上苏州尧峰，准备随从董说游历湖南。
康熙五年丙午	公元1666年，董说四十七岁
二月	弘储为料理德山原直和尚后事而前往湖南，董说从之。除董说外，同行者还有董说弟子香谷、董说同门江阴支石。舟过梁溪宝安，弘储弟子去息和尚前来拜见。至武昌，郭些庵前来相见，别于黄鹤楼下。
秋暑	离德山，董说与师父弘储在江船中商略湘烟。
秋	香谷因病目而提早返回吴越。旅途中，董说与徐枋有书信往还。

康熙六年丁未	公元1667年，董说四十八岁
	弘储和尚退席苏州灵岩，弟子卑牧谦迎其至楚盐兜率。董说在苏州半塘晤嘉兴黄复仲，请他寄言嘉兴巢端明。
	董说与巢端明有书信往来。董说授衣钵于香谷。
	董说在扬州天宁寺遇井人际和尚。
正月	董说侍奉弘储登衡山祝融峰。从湖南回来后，董说寓苏州尧峰禅寺。
八月	与同门晓青和尚宿灵岩大鉴堂，两人联床夜话。
八月二十七日	弘储大师乘竹轿来尧峰，张有誉、王双白、赵拜石等同集。
康熙七年戊申	公元1668年，董说四十九岁
	香谷开法吴江妙华庵，其弟佛巢去世，佛巢亦师事董说。
秋	复社重要人物沈应瑞来南浔补船村访董说。
康熙八年己酉	公元1669年，董说五十岁
	董说在苏州尧峰与其师弘储论《明觉语录》与《楚石琦录》之高下。董说在嘉兴楞严寺遇张履祥。同门友人张有誉卒。
康熙九年庚戌	公元1670年，董说五十一岁
	董说曾挂钵无锡宝安寺，与弘储大师至高汇旃

	书斋观画，并与同门去息和尚往还。
春	遗民黄周星访董说。友人顾有孝编选出版《骊珠集》，董说阅之，有感而赋。张履祥写信给董说，直言董说名利之心未冷，劝其结茅清净之地，不要托身灵岩这一显要、是非之所。
冬	沈应瑞再度来南浔补船村访董说，时值雪后，两人恣言山水。
岁末	董说坐船前往太湖西山，中途遇大雪，冰胶舟，遂度岁于湖中。
康熙十年辛亥	公元1671年，董说五十二岁 檗庵和尚熊开元接替僧鉴晓青和尚住持三峰。董说访徐枋，在其处见郑桐庵《天论》三篇，因作诗怀之。董说与包捷之弟包振会晤。遗民安夏访董说。
春	董说与余怀之子余鸿客诗歌唱和。金俊明来灵岩访董说，聊谈四五日，嘱董说咏其《春草闲房诗集》。时年金氏七十，董说作诗寿之。清初四画僧之一石溪和尚六十岁，董说作诗寿之。著名书画家、清初四王之一王时敏八十岁，董说亦有诗寿之。

康熙十一年壬子	公元1672年，董说五十三岁 弟子香谷住湖州双林菁山常照寺。
三月	友人黄子锡卒。
秋	弟子古渔示寂。
九月	师父弘储示寂。示寂前手赐董说“萧萧林下风”琥珀印，董说为作行录。吴门郑桐庵寄诗于董说，托情旷异。箬庐处士赵拜石访董说。
康熙十二年癸丑	公元1673年，董说五十四岁 董说时有回忆其师弘储之作，如《宝云诗集》卷三中《中元前一日梦先师》《旧年乞假尧峰在，七月先师赐扇，手墨犹新，白露前三日感痛笔记》。董说撰成《退翁行录》，写作、刊布《先借庵先生小传》。董说删定弟子香谷诗，并为之序。董说有诗挽此山和尚。董说有追和郑桐庵之作。董说与江阴画家周荣起有诗歌唱和。
此年开始	董说遁世于苕溪、太湖之间，衲子难睹其面，唯华山晓青、灵岩式谦和尚偶尔相从于村涧溪桥边，系船作日夜谈。董说同门法昌果成之弟子雪舟来访董说，住数日后返江西。居士毛坤叩请诸方重造天池古刹，董说、井人、晓青等赠诗文奖勉之。

康熙十三年甲寅　公元1674年，董说五十五岁

董说有诗歌写黄叶老人智舷少时事。据钱仪吉《衎石斋记事稿》卷七《释南潜传》，董说曾问法于嘉兴黄叶老人智舷。

春　董说与弟子声倍、兼树、秋岸等咏墨梅；长子董樵与闵湘人同访董说；堂兄董胎簪病中携其弟子许以嘉等访董说；侄董汉策过访。同门补庵喻和尚住苏州阳山大慈寺。

六月　新朝派和尚领袖木陈道忞示寂。

七月　友人张履祥卒。

八月　弟子香谷去世。

冬　董说回忆每深秋必与弘储访徐枋，因作诗寄徐氏读之。

康熙十四年乙卯　公元1675年，董说五十六岁

五月　式谦和尚退席灵岩，晓青和尚继住，有信寄董说。郑桐庵八十岁，董说有诗寿之。董说有诗寄箬庐居士赵拜石。董耒刻《南雅》，选荫在、薪逸、冈及、范羽、源鸿、董樵、董耒等十六人之诗，董说为之作序。友人金俊明去世，董说有诗伤之。

十二月　董说从太湖西山西小湖寺移居西山东石涧，作

	《樵者乞辞》，希望世人不要向他再求取应酬文字。
康熙十五年丙辰	公元1676年，董说五十七岁
元日	董说将太湖西山东石涧前的小溪命名为菖蒲石流，并欲作一书名《樵雅》。
初夏	董说在东石涧得昆山新刻《归震川集》一卷。
秋	至水村，得《归震川遗稿》，并为之跋。同门檗庵熊开元和尚示寂。董说与曹洞宗同岑和尚往来密切。
康熙十六年丁巳	公元1677年，董说五十八岁
	董说与著名遗民徐崧往来唱和。徐崧有意于考察名山古迹，但董说以为单搜古碑刻，尤资核实。弟子兼树示寂，董说为主后事。侍者秋岸扶病返江阴，董说作诗送之。晓青弟子吴江长庆寺住持上岩和尚拜访董说。同门翼庵和尚来访，次日早饭后离开。董说编成《退翁和尚编年备谱》，秘不示人。
康熙十七年戊午	公元1678年，董说五十九岁
	董说游湖州双林菁山常照寺，看秋遂坐昭回阁有感，赋诗一首。
五月	跋《韦应物诗集》。

六月	跋弟子纪官所藏赵子昂书《秋兴赋》。
六月末	坐船出游，后留宿霜樵和尚住持的夕香庵。弟子江鸿去世。同门椒庵和尚住古尧峰，董说往古尧峰拜祭弘储时，曾与之相见。江阴周荣起投赠扇头之作，董说有诗和之，时周氏七十九岁。湖北竟陵吴既闲来信，催促董说游楚。董说在弘储卒后首次至天平山上沙村访徐枋，当日正值徐枋生日，徐以为相见一奇。同门文果住持绍兴大能仁寺。
康熙十八年己未	公元1679年，董说六十岁
夏	跋《韦苏州集》。
七月	董说回湖州南浔，与其子董樵、董耒，侄董农山、董玉禾，弟子潘喜曾等唱和论诗。去息溟和尚住持灵岩，晓青和尚退居华山。董说自题《漏霜笞帚图》，并乞诗于同门晓青。
十一月	董说完成《震川先生集》的评点，并为之跋。
康熙十九年庚申	公元1680年，董说六十一岁
	董说寄身山水深处。
正月	从湖州菁山坐船抵苏州，留宿夕香庵五日，后同霜樵游仙都小赤壁。
二月	跋王阳明书迹。

八月	《史记脉》完稿。友人井人睬和尚住金陵碧峰石头庵。友人巢端明、黄周星、王时敏卒。
康熙二十年辛酉	公元1681年，董说六十二岁
正月末	董说于嘉兴道中评点弟子潘喜曾诗。
五月	董说泛舟苏州石湖听雨。
六月	住船尧峰，得南浔纪官驰寄《舟居听雨图》。与同门雪庵殊致和尚有往来。
七月	为同门椒庵和尚语录作序。卑牧谦和尚住持绍兴大能仁寺，于五月十九日过访董说，秋八月在杭州示寂。弟子秋遂卒。序同门大慈补庵和尚所集弘储语录《灵山一会》，并作短歌。
康熙二十一年壬戌	公元1682年，董说六十三岁 同门序香和尚六十，董说有诗寿之。
三月	至苏州天平山上沙村访徐枋。青屿居士许之渐生日，董说有诗寿之。
康熙二十二年癸亥	公元1683年，董说六十四岁
元日	董说感而作诗一首。同门雪庵殊致和尚补住灵岩，董说为其语录作序。碓庵晓青多次拜访董说。
秋	作《挂瓢诗》四十余首。
十月	董说遁世于南麻寺。

康熙二十三年甲子	公元1684年，董说六十五岁
	康熙皇帝南巡，幸江苏多处禅林。
年初	董说往嘉兴吊友人朱茂时。作诗寄沈应瑞，诗中忆及友人徐枋。作诗寄怀友人顾有孝。为同门苏州天池大觉寺住持征圣的《大觉和尚语录》作序。生母去世。密友陶仲调去世，董说作诗哀之。
冬	董说寓居姑苏台，叹法眼环禅师高谊，病中为法侄道冶（字雪炉）《雪炉禅师语录》作序。
康熙二十四年乙丑	公元1685年，董说六十六岁
	同门椒庵和尚住常熟三峰。
康熙二十五年丙寅	公元1686年，董说六十七岁
五月六日	董说卒。
十三日	弟子纪官前往哭吊。

赵红娟

名家评点《西游补》

余幼时曾见其《西游补》一书，俱言孙悟空梦游事，凿天驱山，出入庄、老，而未来世界历日，先晦后朔，尤奇。

——钮琇《觚剩续编》卷二

是书虽借径《西游》，实自述平生阅历了悟之迹，不与原书同趣。

——天目山樵（张文虎）《西游补序》

董若雨《西游补》一书，点窜《楞严》，出入《三易》，其理想如《逍遥》《齐物》，其辞藻如《天问》《大招》。身丁陆沉之祸，不得已遁为诡诞，借孙悟空以自写其生平之历史。云谲波诡，自成一子。

——黄人《小说小话》，转引自朱一玄、刘毓忱编《〈西游记〉资料汇编》

中有青青世界及杀青大将军，伤明之屋，悼阁部之亡。读之，觉字里行间隐隐血泪喷溢，其幸逃文字之网者，盖出之以谲怪，当时或不及察耳。

——引自陈汝衡《说苑珍闻》

书中所云青青世界及杀青大将军等，颇寓微意。且逆数历日，孤臣心事，于无可奈何之日，犹冀天地之旋转。

全书以牡丹始，以桃花终，花王世界，不宜异种羼入，轻薄之桃花，虽能乘时献媚，亦终于逐逝水之流耳。此作者立言之本旨也。

——无名氏《缺名笔记》，转引自孔另镜《中国小说史料》

全书实于讥弹明季世风之意多，于宗社之痛之迹少，因疑成书之日，尚在明亡以前，故但有边事之忧，亦未入释家之奥。

造事遣辞，则丰赡多姿，恍忽善幻，奇突之处，时足惊人，间以俳谐，亦常俊绝，殊非同时作手所敢望也。

——鲁迅《中国小说史略》

这是一部最怪的怪书，它思想之精刻，文章之富丽而微妙，魄力之雄厚，寄托之深沉，是中国任何旧小说都比不上的。

——刘半农校点《西游补》之出版广告

《西游补》表面虽是一部神话书，其实完全是一部人话书，并且是一部活跃跃的最富于现实性的明末的社会书。时代背景与社会意义，反映得非常明显。

《西游补》中，充满着讽刺诙谐文学的特色。董若雨在短短的十六回书里，处处流露着诙谐与滑稽，尤善于分辨人物的性格，而出以各种适当的口吻，上下古今，信笔书写，嬉笑怒骂，都是文章。

——刘大杰《中国文学发展史》（下卷）

虽只有十六回，想象力和象征性都至为丰富，可以说是中国最早的以超现实主义手法写成的小说。

《红楼梦》更可能受过明崇祯十三年董说作的《西游补》的一些影响。《红楼梦》里的好些特征，在《西游补》里早已有其端倪了。

——美国威斯康星大学教授周策纵《〈红楼梦〉与〈西游补〉》

此书于心理之探索（psychological exploration），梦境之运用，与形式结构之新的尝试诸方面，实开辟及预示一种新的途径，其贡献有如法人Proust与英人Joyce之于近代西方小说一般。

——英文本《西游补》（*THE TOWER OF MYRIAD MIRRORS*）绪言，引自柳无忌《英文本〈董说评传〉及〈西游补〉》

这部荒诞不经的《西游补》，其叙述比《西游记》更加怪异。它混着神话传说、历史故事与凭空的离奇幻想，以一场大梦为构架，寓言为真谛，讽刺为主旨，实是一部有政治与社会意义的作品。

——著名旅美学者、文学家柳无忌《英文本〈董说评传〉及〈西游补〉》

名虽为“补”，其实是自成天地，而与原著互相辉映。《西游补》能与明代的四大奇书之一《西游记》并行，而不觉丝毫逊色。

《西游补》的架构是以“心猿”的堕入梦幻为始，以“悟空”的重返本然为结，中间则肆意铺叙“鲭鱼世界”，而以“驱山铎”为芭蕉扇之形，以之为梭，勾勒编织全文。

《西游补》的主题，约言之，即为：通过佛家情缘梦幻的思想以寓现实讽刺之义。全书血脉针线，埋伏照应，非常细密。技巧多端，用了许多象征手法，充满诙谐之趣。

——台湾著名学者曾永义《董说的“鲭鱼世界”——略论〈西游补〉的结构、主题和技巧》

《西游记》里的妖怪没有一个能想到先支开行者然后再猎取三藏的妙计，只有鲭鱼精或董说所具有的“鬼才”才能想出这套战略并付之实行。

在《西游记》里，行者总知道他的敌人或者猜出他的敌人会变成甚么样的怪物，但在《西游补》里，这个合理的宇宙已变得乱七八糟了。敌人藏了起来，到处都是，却又找不到踪影。

在《西游补》里，行者听到有人提及他的五个儿子大惑不解，因为他根本没有儿子。然后，最可怕出奇的，他必须在战场上面对一个敌人的将军，这位将军骄傲地自称是行者与罗刹女在一番云雨之后所生的。

我们最好把他的小说当作一篇“奇文”看，一件利用作者超人的丰富的想象所提供的材料，并基于《西游记》里所呈现的行者的生活及性格，所创造的璀璨的艺术品。

从《西游补》看来，可以很公平地说：中国的小说从未如此地探讨过梦的本质。《西游补》里行者的梦也许不是寻常的，只有超人的行者才会做那种梦，但本书所显示的对人心的正确了解却对人类有深长的意义。

《西游补》借之《西游记》的地方少之又少，而自成体系，开创了一个丰赡多姿的奇境，与《西游记》的幻境绝少雷同。它的幽默、悬宕、怪异，甚至荒谬都是别出心裁。

中国小说里的梦很少是奇异的或荒谬的，而且容易流于平板。董说的成就可以说是清除了中国小说里适当地处理梦境的障碍。

实在说，焦虑是本书的主调。本书至少已用有意识的艺术手法来处理有关无名的压抑及焦虑问题。虽然这些病态大致是实存的（existential）成分多于心理的（psychological），但西方注意到实存的病态也是近年的事。

——台湾大学教授夏济安（Tsi–an Hsia）著、郭继生译《〈西游补〉：一本探讨梦境的小说》

《西游补》是世界上第一本意识流小说。它是用意识流小说的写作技巧，来表现一个荒诞的、破碎的、不连续的、不一致的、不相关的、变形的梦。其艺术价值尤在《西游记》之上。

——台湾林佩芬《董若雨的〈西游补〉》

就我个人经验来谈，《西游补》是惟一一部细读才能认识到其意义的（中国古代）小说。《红楼梦》是多读一次，多长一种经验的作品。

——美国哥伦比亚大学教授夏志清（Chih–tsing Hsia）著、刘绍铭译《中国小说、美国评论家——有关结构、传统和讽刺小说的联想》

《西游补》是中国古代小说中唯一一部需要读数遍的小说，其不易懂是因为董说创造了许多梦境。这些梦境的特色，对世上做过梦的人都似曾相识：歪曲事实、前后矛盾、次序颠倒、离题万丈，妙想天开却又痴情不舍。

——见夏志清、夏济安《两部明代小说的新透视：〈西游记〉和〈西游补〉》中夏济安论《西游补》部分董说的小说（《西游补》）符合坎贝尔的单一神话模式，孙行者的经历可视为一种象征，即关于人类对遭遇现实所做的普遍反应和人类不断寻求其中意义而付出的种种努力的象征。

小说中作为主要人物的孙悟空，同时也是一位虚构的做梦者，身处于一个像梦境般的世界中，于此董说向我们展示了一种心理写实主义的研究风貌。

——美国西雅图大学教授白保罗（Frederick P.Brandauer）英文本《董说评传》

《西游补》是一部复杂的小说，能轻易容纳从种种层次得来的解说。

——美国华盛顿大学教授何谷理（Robert E.Hegel）《十七世纪的中国小说》

《西游补》在传统中国小说里几乎是绝无仅有的现象，其独特的叙事风格与手法，就是以现代的标准衡量，仍算很精到、老练而富现代意味，不仅对现代创作有启发性，而且有助于叙事理论模式的建立。

——加拿大学者高辛勇（Karl S.Y.Kao）《〈西游补〉与叙述理论》

《西游补》之行者，修行人之普遍表征也，借梦境探讨其心理，假多人以写其本我、自我、超我之消长。

《西游补》者，补《西游》也。苟以西游之悟空，置身于大观园，历诸情缘，亦匪夷所思也。

行者困于情，若雨虚写之，采象征手法，言其入梦，迷于鲭鱼（情欲）。《西游补》全书语言，别开新貌，于传统小说中，实为罕见。

《西游补》梦境恍惚迷离，初诵者茫茫然，惟感于诡谲怪诞，思之再三，方明其义。

试看《西游补》人物与事件之组合，莫不逸出常轨，因其荒诞不经，惟见光怪陆离也。

若雨好出新意，其补《西游》，另辟蹊径，非《西游》八十一难之重现，与传统章回小说亦迥然不同。

——台湾著名学者傅世怡《〈西游补〉初探》

董说《西游补》中所写的虚幻的梦境，实际是作者经历过的现实社会的折光，是作者有意颠倒变序，扭曲组合，借此一吐自己悟出的哲理和向往。空破妻子儿女的私情之根，求得国家君父情思绵绵的道根之实，正是《西游补》创作之大旨。

——苏兴著、苏铁戈整理《〈西游补〉中破情根与立道根剖析》

同样是神魔小说，在讽喻现实世界这一点上，应该说《西游补》似还在《西游记》之上。

——孙逊《〈西游补〉寓义试探》

徐文长《四声猿》中的《狂鼓史》不过复现一段历史故事，也只限于冥间；《西游补》可是更奇绝了，从女娲到明人，陆离光怪，令人目不暇接。汤显祖的《牡丹亭》由生入死，死而复生，可谓奇思妙想；《西游补》则不仅可活古人，更能唐人审宋人，干预到未来世界去。勒萨日的《瘸腿魔鬼》，是施了法术从天上遍窥人间隐秘；《西游补》却不是从旁而观，行者时时都在历史和现实中，是进入到各个世界中去的角色。可以说，在中国小说史上，《西游补》所创造的艺术世界是完全独特的。

——王星琦《恣情纵笔任横行：〈西游补〉读札》

《西游补》是一部怪诞小说，是古典小说中罕有的结合怪诞与讽刺于一书的作品。

——香港刘燕萍《怪诞小说：董说〈西游补〉》

董说在凌迟奸相一节，将剐刑比拟为雕刻艺术，便在恐怖氛围中混和黑色幽默。

——香港刘燕萍《怪诞与讽刺——明清通俗小说诠释》

《西游补》和《大话西游》的基本精神是解构经典，即以反权威、反英雄、反秩序、反束缚的面貌颠覆经典小说《西游记》

传统阅读的既有权威，使经典文本的情节结构得到全新的建构，经典主题得到全新的解释，经典语言得到全新的表达。

《大话西游》继承了《西游补》情节安排的虚幻性、主题表达的反权威性和语言使用的反传统性。

——孙书磊《经典的解构：从〈西游记〉到〈西游补〉〈大话西游〉》

《西游补》适当地处理了续书与原著的关系，既不脱离原书，又能自具面目，是中国续书的最佳例子。

《西游补》虽然产生在十七世纪的中国，却具有世界文学的共通性以及浓厚的现代主义文学色彩，主要是情节的怪诞性、人物的意识流、对人类压抑与焦虑问题的探讨等。

嗜梦，佞佛，喜舟居，爱听雨，有焚书癖和取名癖，发明了不焚香而煮香的非烟香法，正是这样的奇人董说，才创造了《西游补》这样一部完全可以和世界文学，甚至是世界现代、后现代派文学接轨的小说。

——赵红娟《明遗民董说研究》

董说的《西游补》是中国文学史上一部极杰出、极奇特、又极复杂且不易解读的小说。

跟其艺术价值一样，《西游补》的富歧义性也是中国小说史中一个很奇特的现象。

“《西游补》，情梦也。”全书十六回，除首回前半及末回结尾三分之一外，都在叙写这个情梦，它是中国古典文学里堪称最长也最精彩的梦。

《西游补》“情梦”的理论基础及其寓意，乃佛教思想“颠倒梦想”的小说化，董说在原来的《西游记》一切“以力遏之”的遏情方式之外，提出“入情—出情”的方式来述说其情梦的意义，完全符合晚明的情观与佛教思想，以及他所以作“补”的原因与意涵。

——美国密歇根大学教授林顺夫（Shuen-fu Lin）《试论董说〈西游补〉“情梦”的理论基础及其寓意》

《西游补》可以说是奇幻（the fantastic）文学的上乘之作。假如南美作家博尔赫斯（Jorge Luis Borges，1899—1986）知道《西游补》，他大概会被此书吸引。……一部作品包含另一部作品（work within work），梦对现实世界的渗透，时间旅行（time travel），以及重像（the double）……这四种手法都在《西游补》中出现过。

——美国路易斯安那州立大学教授李前程《西游补校注·前言》

《桃花扇》止于感叹明清之际的易代兴亡，《西游补》则对几千年的中国历史有着更为深刻的思考。

《西游补》的独特之处，在于结构严谨、布局统一的同时，还时时流露出作者以文为戏的创作意趣。跳出窠臼，以意运笔，腾挪变幻，不受羁绊。尤其结尾，戛然而止，结得俏丽利落。

《西游补》以心系事、以心系人、淡化情节，都异于传统小说而暗合欧美小说模式中的内意识模式的小说。

——朱萍《文人小说〈西游补〉论略》

简而言之，《西游补》为无性的孙悟空补上了一则情难。

《西游记》中的孙悟空一贯自信，甚至自大。然而《西游补》却呈现了行者少见的自我怀疑，这种沉思令《西游补》的哲学性十分接近现代西方哲学。

用佛家的话说，在《西游补》中，求佛的行者面临“无明”，令有情人生成了洋洋苦海。

——张怡微《情关西游——从〈西游记〉到〈西游补〉》